CE QUE VIVENT

Grande dame du suspense, Mary thriller anglo-saxon. Elle est traduite dans tous ses livres sont d'énormes succès de librairie et plusieurs de ses romans ont été adaptés pour la télévision.

Parmi ses titres, on retiendra : *La Nuit du renard, Un cri dans la nuit, Ne pleure pas, ma belle, Nous n'irons plus au bois, Souviens-toi, Ce que vivent les roses, La Maison au clair de lune, Ni vue ni connue...*

Paru dans Le Livre de Poche :

MARY HIGGINS CLARK

Ce que vivent les roses

ROMAN TRADUIT DE L'ANGLAIS PAR ANNE DAMOUR

ALBIN MICHEL

Titre original :

LET ME CALL YOU SWEETHEART
Publié avec l'accord de Simon and Schuster, New York

*Pour mes amies de la Villa Maria Academy
en cette année particulière,
avec un petit signe spécialement affectueux
à l'intention de Joan LaMotte Nye,
Marjorie Lashley Quinlan, June Langren Crabtree,
Joan Molloy Hoffman*

et en souvenir de Dorothea Bible Davis.

Ne couvrez pas cette tombe
Des roses qu'elle aimait tant ;
Pourquoi l'enivrer de roses
Qu'elle ne peut ni voir ni sentir ?

Edna St. Vincent Millay,
Epitaphe.

Il faisait tout ce qui était humainement possible pour oublier Suzanne. Parfois, il parvenait à retrouver le calme pendant quelques heures ou même à dormir toute la nuit. C'était son seul moyen de continuer à vivre, de poursuivre son chemin quotidien.

L'aimait-il encore ou la haïssait-il ? Il ne le saurait jamais avec certitude. Elle avait été si belle, avec ses yeux lumineux au regard moqueur, le sombre halo de sa chevelure... et ces lèvres qui pouvaient vous ensorceler de leur sourire ou faire la moue, comme un enfant auquel on refuse une friandise.

Elle n'avait jamais quitté son esprit. Elle était toujours là, telle qu'il l'avait vue au dernier jour de sa vie, l'accablant de son mépris avant de l'abandonner.

Et aujourd'hui, près de onze ans plus tard, Kerry McGrath s'opposait à ce que Suzanne repose en paix. Des questions, encore des questions ! Intolérable ! Il devait l'en empêcher.

« Laissez les morts ensevelir les morts. » C'était un vieux dicton, et il était toujours vrai. Il devait l'en empêcher, à tout prix.

1

Kerry effaça les plis de son tailleur vert foncé, arrangea la fine chaîne d'or qu'elle portait autour du cou et passa ses doigts dans ses cheveux mi-longs d'un blond cendré. Tout l'après-midi n'avait été qu'une course folle. Il lui avait fallu quitter à la hâte le palais à deux heures et demie, aller chercher Robin à l'école, se plonger à partir d'Hohokus dans les encombrements des routes 17 et 4, franchir George Washington Bridge et entrer dans Manhattan, enfin garer la voiture pour arriver au cabinet du docteur à quatre heures, juste à temps pour le rendez-vous de Robin.

A présent, après tant de précipitation, Kerry était contrainte de rester assise en attendant d'être admise dans la salle d'examen, déplorant de n'avoir pu rester auprès de Robin pendant qu'on lui ôtait ses points de suture. Mais l'infirmière s'était montrée intraitable : « Durant une intervention, le Dr Smith n'autorise aucune présence dans la salle à l'exception de son assistante.

— Mais elle n'a que dix ans ! » avait protesté Kerry. Puis elle s'était tue, reconnaissant qu'elle devrait plutôt remercier le ciel d'avoir pu faire appel au Dr Smith après l'accident. Les infirmières du St. Luke's Roosevelt Hospital lui avaient assuré que c'était un extraordinaire chirurgien plasticien. Le médecin des urgences l'avait même qualifié de faiseur de miracles.

Tandis qu'affluaient en elle les souvenirs de cette journée, déjà vieille d'une semaine, Kerry se rendit compte qu'elle n'était pas encore remise du choc provoqué par cet appel téléphonique. Elle était restée tard à son bureau du palais de justice d'Hackensack pour étudier une affaire de meurtre qu'elle se préparait à instruire, profitant du fait que le père de Robin, son ex-mari Bob Kinellen, avait à l'improviste invité leur fille au Big Apple Circus de New York, et promis de l'emmener ensuite dîner.

A six heures et demie, le téléphone avait sonné. C'était Bob. Il avait eu un accident. Un camion avait percuté sa Jaguar alors qu'il sortait du garage. Robin avait eu le visage entaillé par des éclats de verre. Elle avait été transportée d'urgence au St. Luke's Roosevelt Hospital et on avait immédiatement prévenu un chirurgien plasticien. Sinon elle allait bien, mais on s'assurait en ce moment même qu'elle ne souffrait d'aucune lésion interne.

Au souvenir de cette soirée de cauchemar, Kerry secoua la tête. Elle voulait oublier l'état de panique dans lequel elle avait roulé jusqu'à New York, le pied à fond sur l'accélérateur, le corps secoué de sanglots, ses lèvres formulant un seul mot : *pitié*, tandis qu'elle psalmodiait en elle-même la suite de la prière : *Pitié, Seigneur, ne la laissez pas mourir, elle est tout ce que j'ai. Je vous en prie, elle est si petite. Ne me l'enlevez pas...*

Robin se trouvait déjà en salle d'opération lorsque Kerry était arrivée à l'hôpital, et elle s'était assise dans la salle d'attente, Bob à ses côtés — proche de lui sans être avec lui. Il avait une femme et deux autres enfants à présent. Kerry ressentait encore l'immense soulagement qu'elle avait éprouvé en voyant le Dr Smith apparaître et leur dire, d'un ton froid et curieusement condescendant : « Les coupures n'ont heureusement pas pénétré le derme. Elle n'aura pas de cicatrice. Je désire la revoir à mon cabinet d'ici une semaine. »

Robin n'avait souffert d'aucune autre blessure et elle s'était très rapidement remise de l'accident, manquant seulement deux jours de classe. D'une certaine façon, elle avait paru assez fière de ses pansements. C'était seulement aujourd'hui, en arrivant à New York pour son rendez-vous, qu'elle avait manifesté un peu d'inquiétude : « Tout ira bien, dis, maman ? Mon visage ne sera pas abîmé, hein ? »

Avec ses grands yeux bleus, son visage ovale, son haut front et ses traits parfaitement dessinés, Robin était une enfant ravissante, le portrait de son père. Kerry l'avait rassurée avec une conviction qu'elle espérait sincère.

Pour se changer les idées, Kerry parcourut la salle d'attente du regard. Elle était meublée avec goût de canapés et de fauteuils recouverts d'un même tissu fleuri. Les lumières étaient tamisées, la moquette luxueuse.

Une femme visiblement âgée d'une quarantaine d'années, un bandage sur le nez, attendait patiemment son tour. Une autre, l'air un peu anxieux, confiait à son amie, assise à côté d'elle : « Maintenant que je suis ici, je suis heureuse que tu m'aies entraînée. Tu es magnifique. »

En effet, pensa Kerry, prenant discrètement son poudrier dans son sac. L'ouvrant, elle se regarda dans le miroir. Aujourd'hui elle faisait ses trente-six ans, pas un jour de moins. Elle n'ignorait pas que beaucoup autour d'elle étaient sensibles à son charme, mais elle restait toujours aussi peu sûre de son apparence. Elle poudra légèrement son nez, s'efforçant de dissimuler les taches de rousseur qu'elle détestait, contempla ses yeux noisette et leur trouva cette couleur terne due à la fatigue qui les privait de leurs reflets verts. Elle ramena une mèche de cheveux derrière son oreille puis, avec un soupir, referma son poudrier et arrangea d'un doigt la courte frange qui avait besoin d'être coupée.

Anxieusement, elle fixa du regard la porte qui menait aux salles d'examen. Pourquoi tout ce temps pour ôter les points de suture de Robin ? se demanda-t-elle. Y avait-il des complications ?

Un instant plus tard, la porte s'ouvrit. Kerry leva les yeux, impatiente de voir surgir Robin. Mais à sa place apparut une jeune femme qui semblait âgée de vingt-cinq ans à peine, avec un visage d'une extraordinaire beauté encadré d'un halo de cheveux noirs.

Je me demande si elle a toujours été aussi belle, songea Kerry, admirant les hautes pommettes, le nez droit, les lèvres parfaitement ourlées, les yeux lumineux, les sourcils arqués.

Se sentant peut-être observée, la jeune femme jeta un regard interrogateur à Kerry en passant devant elle.

La gorge de Kerry se serra. Je vous connais, faillit-elle dire. Mais d'où ? Elle avala sa salive, la bouche subitement sèche. Ce visage — je l'ai déjà vu.

Elle attendit qu'elle fût partie pour aller trouver l'hôtesse et expliquer qu'elle croyait connaître la personne qui venait de sortir du cabinet du docteur. Pouvait-elle lui rappeler son nom ?

Le nom de Barbara Tompkins, toutefois, n'évoqua rien dans l'esprit de Kerry. Elle avait dû faire une erreur. Pourtant, lorsqu'elle regagna sa place, son sentiment de déjà-vu continua à l'obséder. L'impression était si bizarre qu'elle eut un frisson.

Kate Carpenter jeta un regard peu amène aux personnes qui patientaient dans la salle d'attente du docteur. Elle assistait le Dr Charles Smith depuis quatre ans, travaillant à ses côtés pendant les interventions qu'il pratiquait à son cabinet. Pour tout dire, elle le considérait comme un génie.

Pour sa part cependant, elle n'avait jamais éprouvé l'envie de se faire opérer par lui. La cinquantaine, solidement charpentée, avec un visage agréable et des cheveux grisonnants, elle se qualifiait auprès de ses amis d'ennemie irréductible de la chirurgie esthétique. « On est comme on est. »

Sincèrement attentive aux patients qui souffraient de réels problèmes, elle ressentait un certain mépris envers les hommes et les femmes qui exigeaient intervention sur intervention dans leur poursuite sans fin de la perfection physique. « Mais, disait-elle à son mari, ce sont eux qui paient mon salaire. »

Kate se demandait parfois pourquoi elle restait fidèle au Dr Smith. Il se montrait si brusque, avec les patients et les patientes comme avec le personnel, qu'il en devenait souvent grossier. Avare de compliments, il ne manquait jamais une occasion de souligner impitoyablement la plus petite erreur. Mais une fois encore, décida-t-elle, le salaire et les avantages étaient très satisfaisants et regarder le docteur travailler était proprement fascinant.

Si ce n'est que depuis peu il lui semblait encore plus irritable. Les nouvelles patientes, attirées par sa notoriété, se montraient choquées par son attitude et annulaient de plus en plus fréquemment les interventions prévues. Les seules à bénéficier d'une attention flatteuse étaient celles qui avaient droit à la « métamorphose », et c'était là un autre sujet d'inquiétude pour Kate Carpenter.

Et en plus de son irritabilité coutumière, il lui

avait paru détaché, lointain, ces derniers temps. Parfois, lorsqu'elle s'adressait à lui, il fixait sur elle un regard vide, comme si son esprit était ailleurs.

Elle consulta sa montre. Comme elle l'avait prévu, le docteur s'était enfermé dans son bureau après avoir fini d'examiner Barbara Tompkins, la dernière à avoir été « métamorphosée ».

Que faisait-il ? se demanda-t-elle. Il devait se rendre compte qu'il prenait du retard. Cette gamine, Robin, attendait toute seule dans la salle d'examen numéro 3 depuis une demi-heure, et il y avait d'autres patients dans la salle d'attente. Mais elle avait constaté qu'après avoir examiné une de ces clientes spéciales, le docteur semblait toujours avoir besoin de se retirer un moment.

« Madame Carpenter. »

Surprise, elle leva la tête de son bureau. Le Dr Smith la regardait sévèrement. « Je crois que nous avons laissé Robin Kinellen attendre suffisamment longtemps », dit-il d'un ton accusateur. Derrière les lunettes, ses yeux avaient une expression glacée.

3

« Je n'aime pas le Dr Smith », dit sans détour Robin au moment où Kerry sortait la voiture du garage de la 9ᵉ Rue et s'engageait dans la Cinquième Avenue.

Kerry lui lança un regard rapide. « Pourquoi ?

— Il me fait peur. Chez nous, quand je vais voir le Dr Wilson, il raconte toujours des blagues. Mais le Dr Smith ne sourit même pas. On aurait dit qu'il était en colère contre moi. Il a dit que certains ont reçu la beauté en cadeau, alors que d'autres doivent

16

s'y efforcer, mais qu'en aucun cas on ne doit la gâcher. »

Robin avait hérité du physique exceptionnel de son père, et c'était indéniablement une enfant exquise. Il est vrai que cette beauté pourrait lui peser un jour, mais pourquoi tenir des propos aussi étranges à une petite fille ? se demanda Kerry.

« Je n'aurais pas dû lui dire que je n'avais pas complètement attaché ma ceinture quand le camion a heurté la voiture de papa, ajouta Robin. C'est à ce moment-là qu'il s'est mis à me faire la leçon. »

Kerry lança un coup d'œil à sa fille. Robin bouclait toujours sa ceinture de sécurité. Qu'elle n'en ait pas eu le temps signifiait que Bob avait démarré trop vite. Elle s'efforça de dissimuler sa colère. « Papa était sans doute pressé en sortant du garage.

— Il n'a pas remarqué que je ne l'avais pas tout à fait mise », dit Robin, sur la défensive, percevant l'accent d'irritation dans la voix de sa mère.

Kerry se sentit le cœur serré pour sa fille. Bob Kinellen les avait abandonnées alors que Robin était encore un bébé. Aujourd'hui, il était marié avec la fille de son associé et père d'une petite fille de cinq ans et d'un petit garçon de trois ans. Robin adorait son père, et il débordait toujours d'empressement en sa présence. Mais il la décevait si souvent, téléphonant à la dernière minute pour annuler un rendez-vous. Sa seconde femme feignant d'oublier qu'il avait un autre enfant, Robin n'était jamais invitée chez lui. Résultat, elle connaissait à peine son demi-frère et sa demi-sœur.

Pour une fois qu'il consent à l'emmener quelque part, voilà ce qui arrive, pensa Kerry. Mais elle parvint à cacher son amertume et préféra ne pas s'étendre sur le sujet. « Tu devrais dormir un peu jusqu'à ce que nous arrivions chez oncle Jonathan et tante Grace, suggéra-t-elle.

— D'accord. » Robin ferma les yeux. « Je parie qu'ils m'ont acheté un cadeau. »

En attendant Kerry et Robin pour le dîner, Jonathan et Grace Hoover prenaient leur Martini habituel dans le salon de leur maison d'Old Tappan dont les fenêtres ouvraient sur le lac Tappan. Le soleil couchant jetait de longues ombres sur l'eau sans rides. Soigneusement taillés pour garder intacte la vue sur le lac, les arbres offraient la splendeur rougeoyante de leur feuillage d'automne.

Jonathan avait allumé la première flambée de la saison et Grace venait de faire remarquer que des gelées précoces étaient annoncées.

Mariés depuis près de quarante ans, ils formaient un beau couple d'une soixantaine d'années, uni par des liens et des goûts qui dépassaient la tendresse et l'habitude. Le temps passant, ils étaient presque parvenus à se ressembler. Ils avaient les mêmes traits patriciens encadrés par une abondante chevelure, blanche et naturellement ondulée pour Jonathan, courte et bouclée pour Grace, avec un reste de reflets bruns.

Mais là s'arrêtait la ressemblance. Car si Jonathan se tenait assis, le buste droit, dans un haut fauteuil à oreillettes, Grace était allongée sur un divan en face de lui, un couvre-pieds en poil de chameau étendu sur ses jambes inertes, les doigts crispés et immobiles sur ses genoux, un fauteuil roulant à côté d'elle. Elle souffrait depuis longtemps de rhumatismes articulaires et voyait son infirmité s'aggraver chaque jour.

Jonathan lui était resté dévoué durant ces longues années d'épreuves. Associé principal d'un important cabinet juridique qui traitait des affaires de grande envergure, il était également sénateur depuis plus de vingt ans, mais avait à plusieurs reprises refusé de se porter candidat au poste de gouverneur. « Je peux toujours me rendre utile, au Sénat, aimait-il à souligner, et de toute façon j'ai peu de chances de l'emporter. »

Tous ceux qui le connaissaient n'en croyaient pas un mot. Ils savaient que c'était à cause de Grace qu'il ne pouvait se plier aux exigences d'une vie de gouverneur, et ils se demandaient en secret s'il n'en nourrissait pas un vague ressentiment. En tout cas, il n'en laissait rien voir.

Rompant le silence, Grace avala une gorgée de Martini et soupira. « Je crois vraiment que c'est mon époque préférée de l'année. Il fait si beau ! Ce genre de journée me rappelle le temps où nous prenions le train de Bryn Mawr jusqu'à Princeton pour assister aux matches de football, et où nous allions dîner ensuite à l'auberge de Nassau...

— Et tu habitais chez ta tante et elle ne se couchait jamais avant que tu ne sois rentrée, la coupa Jonathan en riant. Je priais pour qu'une fois, juste une fois, la vieille chipie s'endorme tôt, mais elle tenait toujours le coup. »

Grace sourit. « A la minute où nous arrêtions la voiture devant la maison, la lumière du porche s'allumait. » Elle jeta alors un regard anxieux vers la pendule posée sur la cheminée. « Ne sont-elles pas en retard ? Je n'aime pas savoir Kerry et Robin prises dans le flot de la circulation. Surtout après l'accident de la semaine dernière.

— Kerry est une excellente conductrice, la rassura Jonathan. Ne t'inquiète pas. Elles vont arriver d'une minute à l'autre.

— Je sais. C'est seulement... » Elle n'eut pas besoin d'achever sa phrase ; Jonathan comprit immédiatement. Depuis qu'à l'âge de vingt et un ans, jeune étudiante en droit, Kerry avait répondu à l'annonce qu'ils avaient passée dans le journal pour rechercher une jeune fille capable de garder la maison, elle était devenue en quelque sorte leur fille adoptive. Il y avait quinze ans de cela, et durant toutes ces années Jonathan avait souvent aidé Kerry, l'orientant et l'aidant dans sa carrière. Plus récemment, il avait joué de son influence pour qu'elle soit inscrite sur la liste finale des candidats au siège de juge présentée au gouverneur.

Dix minutes plus tard, le son joyeux du carillon annonça l'arrivée de Kerry et de Robin. Comme elle l'avait deviné, un cadeau attendait Robin, un livre et un jeu vidéo pour son ordinateur. Après le dîner, elle emporta le livre dans la bibliothèque et se pelotonna au fond d'un fauteuil pendant que les adultes s'attardaient autour d'une tasse de café.

Grace attendit que Robin fût hors de portée de voix pour demander tout bas : « Kerry, ces marques sur le visage de Robin vont disparaître, n'est-ce pas ?

— C'est exactement la question que j'ai posée au Dr Smith en les voyant. Non seulement il m'a pratiquement garanti leur disparition, mais il m'a fait sentir que je l'insultais en exprimant mon inquiétude. Je dois dire que notre remarquable docteur m'a donné l'impression d'avoir un ego de taille. Mais la semaine dernière, le médecin des urgences m'a assuré que Smith était l'un des meilleurs chirurgiens de sa spécialité. Il l'a même qualifié de faiseur de miracles. »

Tout en savourant la dernière goutte de son café, Kerry se souvint de la femme qu'elle avait aperçue dans le cabinet du Dr Smith. Elle regarda Jonathan et Grace assis en face d'elle. « Il est arrivé quelque chose d'étrange pendant que j'attendais Robin. J'ai vu une femme dont le visage m'a paru familier. J'ai même demandé son nom à l'hôtesse. Je suis certaine de ne pas la connaître, et pourtant je ne peux chasser l'impression de l'avoir déjà rencontrée. J'ai eu la chair de poule en la regardant. N'est-ce pas bizarre ?

— A quoi ressemblait-elle ? demanda Grace.

— Une vraie beauté, à la fois sensuelle et provocante, répondit pensivement Kerry. Je crois que ce sont ses lèvres qui lui donnaient cet aspect. Ourlées, avec une sorte de moue boudeuse. Je sais : c'était peut-être une des anciennes petites amies de Bob, et j'avais seulement refoulé ce souvenir. » Elle haussa les épaules. « N'en parlons plus, je finirai bien par trouver. »

5

Vous avez changé ma vie, docteur Smith... C'était ce que lui avait dit Barbara Tompkins en quittant son cabinet un peu plus tôt dans la journée. Et il savait qu'elle disait vrai. Il l'avait métamorphosée et, dans le même temps, avait changé sa vie. D'une femme simple, sans éclat, d'apparence plus âgée que ses vingt-six ans, il avait fait une jeune beauté. Davantage, en réalité. Elle avait du caractère à présent. Il ne restait rien de l'être effacé qui était venu le voir il y a un an.

A cette époque, elle travaillait dans une petite société de relations publiques à Albany. « J'ai vu ce que vous avez fait pour l'une de nos clientes, avait-elle dit en pénétrant dans son cabinet le premier jour. Je viens d'hériter un peu d'argent de ma tante. Pouvez-vous me rendre jolie ? »

Il avait fait mieux. Il en avait fait une véritable Vénus. Aujourd'hui, Barbara travaillait à Manhattan dans une grande et prestigieuse société de relations publiques. Elle avait toujours eu la tête bien faite, mais la combinaison de son intelligence et de cette beauté particulière avait proprement changé son existence.

Le Dr Smith reçut sa dernière patiente de la journée à six heures et demie. Puis il parcourut à pied les trois blocs de la Cinquième Avenue qui le séparaient de Washington Mews, où il habitait une ancienne remise à voitures.

Il avait pour habitude, une fois rentré chez lui, de se détendre en buvant un bourbon devant la télévision et d'écouter les nouvelles avant de décider où aller dîner. Il vivait seul et ne prenait presque jamais ses repas chez lui.

Ce soir, une nervosité anormale s'empara de lui. De toutes les femmes, Barbara Tompkins était celle qui *la* reproduisait le plus parfaitement. Le seul fait de la voir l'avait ému au plus haut point. Il avait entendu Barbara bavarder avec Mme Carpenter, lui dire qu'elle invitait un client à dîner à l'Oak Room du Plaza Hotel.

Il se leva presque à regret. Ce qui allait arriver était inévitable. Il irait à l'Oak Room, jetterait un regard dans le restaurant, vérifierait s'il y avait une petite table d'où observer Barbara pendant qu'il dînerait. Avec un peu de chance, elle ne se rendrait même pas compte de sa présence. Sinon, au cas où elle l'apercevrait, il lui ferait juste un petit geste de la main. Elle n'avait aucune raison de penser qu'il la suivait.

6

Une fois rentrées chez elles après la soirée chez Jonathan et Grace, et longtemps après que Robin se fut endormie, Kerry continua à travailler. Son bureau se trouvait dans le petit salon de la maison où elle avait emménagé après le départ de Bob et la vente du cottage qu'ils avaient acheté ensemble. Elle l'avait eue pour un prix intéressant, à l'époque où le marché immobilier était déprimé, et se félicitait tous les jours de son choix — elle l'adorait.

Construite il y a une cinquantaine d'années, c'était une confortable habitation de style Nouvelle-Angleterre avec des lucarnes, bâtie sur un hectare de terrain. La seule époque qu'elle n'aimait pas était celle où les feuilles commençaient à tomber par milliers. C'est pour bientôt, songea-t-elle avec un soupir.

Demain, elle procéderait au contre-interrogatoire de l'inculpé dans une affaire de meurtre qu'elle instruisait. C'était un bon acteur. A la barre, sa version des événements qui avaient conduit à la mort de sa chef de service avait paru parfaitement plausible. Il affirmait qu'elle passait son temps à l'humilier, si bien qu'il avait fini par perdre son contrôle et la tuer. Son avocat avait choisi de plaider l'homicide involontaire.

C'était à Kerry de démonter toute son histoire, de prouver qu'il s'agissait d'une vengeance soigneusement préparée et exécutée contre un supérieur qui, pour de bonnes raisons, lui avait refusé une promotion. Un refus qui lui avait coûté la vie. A présent, cet homme devait payer, pensa Kerry.

Elle travailla sans lever la tête jusqu'à une heure du matin, ne s'arrêtant qu'après avoir préparé toutes les questions qu'elle désirait poser, chaque argument qu'elle voulait utiliser.

D'un pas las, elle monta jusqu'au premier étage. Elle jeta un coup d'œil sur Robin, profondément endormie, borda les couvertures autour d'elle, puis traversa le couloir et entra dans sa chambre.

Cinq minutes plus tard, démaquillée, les dents brossées, vêtue d'une chemise de nuit douillette, elle se glissa dans le grand lit de cuivre qu'elle avait acheté lors d'une vente de charité après le départ de Bob. Elle avait changé tous les meubles de la chambre. Comment aurait-elle pu vivre dans leur ancien mobilier, regarder la commode de Bob, sa table de nuit, voir l'oreiller vide à sa place dans le lit ?

Le store était à moitié tiré et, à la lueur du lampadaire à l'entrée de la maison, elle s'aperçut qu'une pluie régulière s'était mise à tomber.

Bon, les beaux jours étaient finis, encore heureux qu'il ne fasse pas aussi froid que l'avait prévu la météo, que la pluie ne se change pas en neige fondue. Elle ferma les yeux. Pourquoi ses pensées ne cessaient-elles de bouillonner ? Pourquoi se sentait-elle si mal à l'aise ?

Elle se réveilla à cinq heures, somnola jusqu'à six heures. Ce fut durant ce laps de temps que le rêve se produisit pour la première fois.

Elle se trouvait dans la salle d'attente d'un cabinet médical. Il y avait une femme étendue par terre, ses grands yeux vides fixaient le néant. Un halo de cheveux noirs encadrait la beauté saisissante de son visage. Elle avait une corde nouée autour du cou.

Puis, sous les yeux de Kerry, la femme se levait, ôtait la corde et allait à la réception demander un rendez-vous.

7

Durant la soirée, Robert Kinellen songea à téléphoner pour connaître les résultats de la visite de Robin chez le médecin, mais il ne mit pas cette pensée à exécution. Après dîner, son beau-père et associé Anthony Bartlett était passé chez lui à l'improviste pour discuter de la stratégie à adopter dans une affaire d'évasion fiscale dont avait été accusé James Forrest Weeks, leur client le plus important — et le plus controversé.

Weeks, homme d'affaires et promoteur immobilier multimillionnaire, était devenu une personnalité marquante, tant à New York que dans le New Jersey, au cours des trois dernières décennies. Soutien financier de poids dans les campagnes politiques, généreux donateur pour de nombreuses œuvres de charité, il faisait aussi l'objet de rumeurs à propos de délits d'initié et de trafic d'influence et on le soupçonnait d'avoir des relations avec la Mafia.

Depuis des années, le bureau du procureur des Etats-Unis avait tenté d'épingler Weeks, et Bartlett et Kinellen avaient eu la tâche, extrêmement rémunératrice, de le représenter lors de ces dernières enquêtes. Jusqu'à aujourd'hui, les fédéraux avaient toujours manqué de preuves pour l'inculper.

« Cette fois-ci, les choses se corsent pour Jimmy », rappela Anthony Bartlett à son gendre assis en face de lui. Il but une gorgée de brandy. « Ce qui signifie que nous sommes aussi dans le bain. »

Dix ans auparavant, Bob était entré dans le cabinet de Bartlett, qui était devenu une sorte de prolongement des sociétés Weeks, tant leurs liens étaient étroits. A dire vrai, sans le vaste empire de Jimmy, il ne leur resterait qu'une poignée de clients d'importance mineure, procurant des revenus insuffisants pour maintenir à flot le cabinet. Ils savaient l'un et l'autre que si Jimmy était condamné, Bartlett et Kinellen n'auraient plus qu'à mettre la clé sous la porte.

« C'est Barney qui m'inquiète », dit calmement Bob. Barney Haskell était le chef comptable de Jimmy Weeks, coïnculpé dans l'affaire qui les occupait. Ils n'étaient pas sans savoir qu'une pression considérable était exercée sur lui pour qu'il témoigne en faveur de l'accusation en échange d'une réduction de peine.

Anthony Bartlett acquiesça. « Moi aussi.

— Et pour plus d'une raison, continua Bob. Je vous ai dit que j'avais eu un accident de voiture à New York, n'est-ce pas ? Et que Robin était soignée par un chirurgien plasticien ?

— Oui. Comment va-t-elle ?

— Très bien, Dieu soit loué. Mais je ne vous ai pas dit le nom du médecin. C'est Charles Smith.

— Charles Smith. » Anthony Bartlett plissa le front, cherchant à retrouver ce qu'évoquait pour lui ce nom. Puis il haussa les sourcils, se redressa brusquement. « Pas celui qui...

— Parfaitement. Et mon ex-femme, l'adjointe du procureur, conduit régulièrement notre fille chez lui. Connaissant Kerry, elle ne mettra pas longtemps à faire le rapprochement.

— Oh, bon Dieu », fit Bartlett d'un ton consterné.

Jeudi 12 octobre

8

Les bureaux du procureur du comté de Bergen étaient situés au premier étage de l'aile ouest du palais de justice. Ils abritaient trente-cinq procureurs adjoints, soixante-dix enquêteurs et vingt-cinq secrétaires, ainsi que Franklin Green, le procureur.

En dépit d'une charge de travail considérable et de la nature austère, souvent même macabre, de leur activité, une atmosphère de franche camaraderie régnait à l'intérieur. Kerry aimait y travailler. Elle recevait régulièrement des offres séduisantes de la part de cabinets d'avocats qui lui demandaient de se joindre à eux mais, faisant fi de ces avantages financiers, elle avait choisi de persévérer et se retrouvait aujourd'hui substitut principal. Du même coup, elle avait gagné une réputation de juriste intelligente, énergique et consciencieuse.

Deux juges avaient atteint l'âge légal de la retraite et venaient de quitter leurs fonctions, laissant deux sièges vacants. Usant de ses prérogatives de séna-teur, Jonathan Hoover avait proposé la candidature de Kerry à l'un des sièges. Sans se l'avouer, elle en mourait d'envie. Les gros cabinets juridiques offraient certes des revenus beaucoup plus substan-tiels mais un poste de juge symbolisait une réussite qu'aucune somme d'argent ne pouvait égaler.

C'est en songeant à son éventuelle nomination, ce matin-là, que Kerry composa le code de la porte extérieure et pénétra dans le bâtiment. Saluant le standardiste, elle se dirigea d'un pas vif vers la pièce réservée au substitut principal.

Comparée aux réduits aveugles occupés par les nouveaux assistants, elle était de dimension raison-nable. Le bureau de bois usagé disparaissait sous une pile de dossiers, si bien que son état importait peu. Les sièges étaient dépareillés, mais on pouvait malgré tout s'y asseoir. Il fallait tirer vigoureuse-ment le tiroir supérieur du classeur pour l'ouvrir, un inconvénient mineur aux yeux de Kerry.

Le bureau était ventilé grâce à deux fenêtres en vis-à-vis qui procuraient à la fois de la lumière et de l'air. Kerry l'avait personnalisé avec des plantes vertes disposées sur les rebords des fenêtres, et des photos prises par Robin. Il en résultait une impres-sion de confort fonctionnel, et Kerry s'y sentait bien.

Le matin avait apporté la première gelée de l'année, forçant Kerry à prendre son Burberry avant de quitter la maison. Elle le suspendit soigneuse-ment. Elle l'avait acheté en solde et comptait le gar-der longtemps.

S'asseyant à son bureau, elle secoua les dernières traces du rêve qui l'avait tellement troublée la nuit précédente. Sa préoccupation du moment était le procès qui allait reprendre dans une heure.

La victime avait deux jeunes fils qu'elle avait éle-vés seule. Qui prendrait soin d'eux, à présent ? Et s'il m'arrivait malheur, pensa Kerry, où irait Robin ?

Sûrement pas chez son père ; elle ne serait ni bien accueillie ni heureuse dans ce nouveau foyer. Mais Kerry n'imaginait pas plus sa mère et son beau-père, tous deux âgés de plus de soixante-dix ans et retirés dans le Colorado, élevant une enfant de dix ans. Dieu fasse que je reste en vie au moins jusqu'à ce que Robin soit capable de se débrouiller seule, pria-t-elle en se penchant sur le dossier ouvert devant elle.

A neuf heures moins dix, le téléphone sonna. C'était Frank Green, le procureur. « Kerry, je sais que vous êtes sur le point de vous rendre au tribunal, mais pouvez-vous passer une minute ?

— Bien sûr. » Et ça ne pourra pas être plus qu'une minute, se dit-elle. Frank sait que le juge Kafka pique une crise quand on le fait attendre.

Elle trouva le procureur assis à son bureau. Le visage buriné, le regard vif, il avait gardé à cinquante-deux ans le physique athlétique qui avait fait de lui une star du football à l'université. Son sourire chaleureux avait quelque chose de changé. S'est-il fait refaire les dents ? Si oui, bravo. Elles sont parfaites, et elles feront le plus bel effet en photo quand il présentera sa candidature, en juin.

Car il ne faisait aucun doute que Green préparait déjà sa campagne. La couverture médiatique apportée à ses activités augmentait chaque jour et l'attention qu'il prêtait à son habillement était flagrante. Un éditorialiste, rappelant le succès de l'actuel gouverneur dans l'accomplissement de ses deux mandats et le soutien qu'il apportait à la candidature de Green, en concluait que ce dernier avait toutes les chances d'être choisi pour diriger l'Etat.

A la suite de cet article, Green était devenu pour son staff « notre cher leader ».

Kerry admirait ses talents et son efficacité dans le domaine juridique. Il menait remarquablement sa barque. Ses réserves à son égard étaient d'une autre nature : à plusieurs reprises durant ces dix dernières années, il avait mis au placard un adjoint coupable d'une erreur accomplie de bonne foi. Green était avant tout fidèle à ses intérêts.

Elle savait que son éventuelle nomination au siège de juge avait accru son importance aux yeux de Frank. « Il semblerait que nous soyons promis à de grandes destinées », lui avait-il dit dans un de ses rares accès d'exubérance et de familiarité.

« Entrez, Kerry, disait-il à présent. Je voulais seulement entendre de votre propre bouche des nouvelles de Robin. En apprenant que vous aviez demandé au juge un report d'audience hier, je me suis inquiété. »

Elle le rassura, lui fit part brièvement des résultats de l'examen.

« Robin se trouvait avec son père au moment de l'accident, n'est-ce pas ? demanda-t-il.

— Oui. C'était Bob qui conduisait.

— Votre ex-mari semble avoir la poisse en ce moment. Je doute qu'il puisse sortir Weeks d'affaire, cette fois-ci. Le bruit court qu'ils vont l'épingler, et j'espère qu'ils y parviendront. C'est un escroc, sinon pire. » Il eut un geste de dégoût. « Je suis heureux que Robin aille bien, et je sais que vous avez les choses bien en main. Vous procédez au contre-inter-rogatoire de l'inculpé aujourd'hui, n'est-ce pas ?

— Oui.

— Vous connaissant, je le plaindrais presque. Bonne chance. »

Deux semaines plus tard, Kerry savourait encore l'heureuse conclusion du procès. Elle avait obtenu la condamnation pour meurtre qu'elle avait requise. Au moins les fils de la victime ne grandiraient-ils pas en sachant que l'assassin de leur mère risquait de se balader tranquillement dans les rues d'ici cinq ou six ans. Ce qui se serait produit si le jury avait opté pour l'homicide involontaire plaidé par la défense. La condamnation pour meurtre avec préméditation entraînait une peine incompressible de trente ans.

A présent, assise à nouveau dans la salle d'attente du cabinet du Dr Smith, elle ouvrit la serviette qui ne la quittait jamais et en sortit un journal. C'était le second check-up de Robin, un examen de simple routine, et elle pouvait se détendre. D'autre part, elle était impatiente de lire les dernières péripéties du procès de Jimmy Weeks.

Comme l'avait prédit Frank Green, les choses tournaient mal pour l'accusé. Les précédentes instructions pour corruption, délit d'initié et blanchiment d'argent étaient tombées à l'eau par manque de preuves. Mais cette fois, le bruit courait que le procureur avait un dossier en béton. Si toutefois le procès commençait vraiment. La sélection du jury avait déjà pris plusieurs semaines, et il semblait qu'on n'en verrait jamais la fin. Nul doute que tout ça faisait l'affaire de Bartlett et Associés qui voyait s'accumuler les heures facturables.

Bob avait présenté Jimmy Weeks à Kerry un jour où elle l'avait rencontré par hasard dans un restaurant. Elle examina sa photo. Il était assis à côté de son ex-mari au banc de la défense. Otez le complet fait sur mesure et le faux air de sophistication, et vous avez un gangster pur jus, pensa-t-elle.

Sur la photo, le bras de Bob était posé sur le dossier de la chaise de Weeks. Leurs têtes étaient proches. Kerry se rappela que Bob prenait souvent cette attitude protectrice.

Elle parcourut l'article, puis remit le journal dans sa serviette. Elle n'avait pas oublié sa consternation lorsque, peu avant la naissance de Robin, Bob lui avait appris son engagement chez Bartlett et Associés.

« Tous leurs clients ont un pied en prison, avait-elle protesté. Et l'autre devrait y être aussi.

— Et ils règlent leurs honoraires rubis sur l'ongle, avait répliqué Bob. Kerry, reste chez le procureur si tu veux, j'ai quant à moi d'autres projets. »

Un an plus tard, elle avait appris que ces projets incluaient son mariage avec Alice Bartlett.

De l'histoire ancienne, se dit Kerry, parcourant du regard la salle d'attente. S'y trouvaient aujourd'hui un robuste adolescent avec un bandage sur le nez et une femme d'un âge avancé dont les rides profondes expliquaient sans doute la présence.

Kerry jeta un coup d'œil à sa montre. La semaine dernière, Robin s'était plainte d'avoir attendu une demi-heure avant de voir arriver le docteur. « Je regrette de ne pas avoir emporté de livre », avait-elle dit. Cette fois, elle en avait pris un.

Smith devrait donner des heures de rendez-vous plus réalistes, s'irrita intérieurement Kerry en lorgnant dans la direction des salles d'examen, dont la porte venait de s'ouvrir.

Kerry se figea. La jeune femme qui en sortait avait un visage auréolé de cheveux noirs, un nez étroit, des lèvres boudeuses, des yeux écartés, des sourcils arqués. Kerry sentit sa gorge se contracter. Ce n'était pas la femme qu'elle avait vue la dernière fois, mais elle lui ressemblait. Se pouvait-il qu'elles soient parentes ? S'il s'agissait de simples patientes, le Dr Smith ne se serait certainement pas amusé à leur donner la même apparence.

Et pourquoi ce visage lui en rappelait-il tellement un autre qui lui était apparu dans un cauchemar ? Elle secoua la tête, incapable de trouver une réponse.

Elle regarda à nouveau les autres personnes qui attendaient dans la petite salle. Le jeune garçon avait visiblement eu un accident et s'était sans doute cassé le nez. Mais l'autre femme était-elle venue pour un simple lifting, ou espérait-elle une transformation totale ?

Quel effet cela faisait-il de se regarder dans la glace et d'y découvrir un visage étranger ? Peut-on avoir le physique de ses rêves ? Etait-ce aussi simple que cela ?

« Madame McGrath. »

Mme Carpenter, l'infirmière, lui faisait signe de s'avancer.

Kerry se leva précipitamment et la suivit. Lors de la dernière visite, elle avait interrogé la secrétaire à propos de cette femme dont la vue l'avait tellement frappée, Barbara Tompkins. Aujourd'hui, elle pouvait peut-être demander à l'infirmière le nom de l'autre femme. « La jeune femme qui vient de sortir, il me semble la connaître, dit-elle. Comment s'appelle-t-elle ?

— Pamela Worth, répondit sèchement Mme Carpenter. Nous y voici. »

Kerry trouva sa fille sagement assise en face du bureau du médecin, les mains jointes sur les genoux, inhabituellement droite. Elle vit le soulagement se peindre sur son visage lorsqu'elle se retourna et rencontra son regard.

Le docteur lui fit un signe de tête et d'un geste lui désigna la chaise près de Robin. « J'ai indiqué à Robin les précautions à prendre pour s'assurer que rien ne vienne contrarier le processus de cicatrisation. Elle peut continuer à jouer au football, mais elle doit promettre de porter un masque facial jusqu'à la fin de la saison. Il n'est pas question de risquer que se rouvrent ses blessures. Dans six mois elles ne devraient plus être visibles. »

Son regard devint intense. « J'ai déjà expliqué à Robin que beaucoup de gens viennent ici chercher la beauté qu'elle a naturellement reçue. C'est son devoir de la préserver. Vous êtes divorcée, d'après votre dossier. Robin m'a dit que c'était son père qui conduisait au moment de l'accident. Vous devriez l'inciter à avoir un comportement plus responsable avec sa fille. Elle est irremplaçable. »

Sur le trajet du retour, à la demande de Robin, elles s'arrêtèrent pour dîner chez Valentino, à Park Ridge. « Les crevettes y sont tellement bonnes », expliqua Robin. Mais lorsqu'elles furent installées à une table, elle regarda autour d'elle et dit : « Je suis déjà venue avec papa. Il dit qu'on ne fait pas mieux. » Sa voix était rêveuse.

Voilà donc la raison de son choix, pensa Kerry. Depuis l'accident, Bob n'avait téléphoné à Robin qu'une seule fois. D'après son message sur le répondeur, il supposait qu'elle était en classe et en concluait que tout allait bien. Il ne lui demandait pas de le rappeler. Soyons juste, se dit Kerry. Il m'a téléphoné au bureau pour prendre de ses nouvelles, et il sait que le Dr Smith est satisfait de son état. Mais c'était il y a deux semaines. Depuis lors, silence.

Le garçon vint prendre leur commande. Lorsqu'elles furent à nouveau seules, Robin dit : « Maman, je ne veux plus retourner chez le Dr Smith. Il me donne la chair de poule. »

Kerry eut un serrement de cœur. C'était exactement ce qu'elle ressentait elle-même. Et qui plus est, elle devait le croire sur parole quand il affirmait que les traces d'inflammation disparaîtraient sur le visage de Robin. Je vais la faire examiner par quelqu'un d'autre, se promit-elle. Elle s'efforça de prendre un ton désinvolte. « Oh, je suis sûre que le Dr Smith est très bien, même s'il a une tête d'enterrement. » Le sourire de Robin la récompensa.

« De toute façon, poursuivit-elle, il ne veut pas te revoir avant un mois, et ensuite, peut-être plus du tout. Ne t'inquiète pas. Tu n'y peux rien s'il n'a pas de charme. »

Robin éclata de rire. « Tu peux le dire ! Il fiche la trouille, oui. »

Lorsque leurs plats arrivèrent, elles grappillèrent chacune dans l'assiette de l'autre tout en bavardant. Robin avait une passion pour la photographie et suivait des cours. Le professeur leur avait donné pour sujet l'arrivée de l'automne. « Je vais te montrer les photos que j'ai prises au moment où les feuilles changent de couleur. Tu verras, maman, il y en a qui sont magnifiques.

— Du jamais vu, hein ? murmura Kerry.

— Hum-hum. Maintenant, je vais attendre qu'elles se fanent et qu'un grand coup de vent les éparpille. Ça sera formidable, non ?

— Rien de tel qu'un grand coup de vent pour tout balayer », convint Kerry.

Elles décidèrent de ne pas prendre de dessert. Le garçon venait de rapporter à Kerry sa carte de crédit quand elle entendit Robin pousser une exclamation. « Qu'y a-t-il, Rob ?

— Papa est là. Il nous a vues. » Robin se leva brusquement.

« Attends, Rob, laisse-le venir lui-même te dire bonsoir », dit Kerry, la retenant. Elle se retourna. Accompagné d'un autre homme, Bob suivait le maître d'hôtel. Les yeux de Kerry s'écarquillèrent. L'autre homme était Jimmy Weeks.

Comme toujours, Bob était superbe. Même après une longue journée au tribunal, aucune trace de fatigue n'apparaissait sur son visage régulier. Jamais une ride ou une marque de lassitude, pensa Kerry, qui en présence de Bob avait toujours le réflexe de vérifier son maquillage, l'ordonnance de sa coiffure, d'arranger sa veste.

De son côté, Robin semblait aux anges. Avec un bonheur manifeste elle rendit son baiser à Bob. « Je suis triste d'avoir raté ton coup de téléphone, papa. »

Oh, Robin... songea Kerry. Puis elle s'aperçut que Jimmy Weeks la regardait. « Je vous ai rencontrée ici même l'an dernier, dit-il. Vous dîniez avec un couple de juges. Heureux de vous revoir, madame Kinellen.

— Je ne porte plus ce nom depuis longtemps. J'ai repris mon nom de jeune fille, McGrath. Mais vous avez une excellente mémoire, monsieur Weeks. » Le ton de Kerry était impersonnel. Elle n'allait sûrement pas faire semblant d'être heureuse de voir cet individu.

« Bien sûr que j'ai une bonne mémoire. » Le sourire de Weeks donnait à la remarque l'apparence d'une plaisanterie. « C'est utile lorsqu'il s'agit de reconnaître une jolie femme. »

Laisse tomber, murmura Kerry en son for intérieur tout en s'efforçant de garder un air aimable. Elle se détourna de Weeks au moment où Bob relâchait Robin. Il lui tendit la main.

« Kerry, en voilà une surprise !

— C'est si rare d'avoir le privilège de te voir, Bob.

— Maman », implora Robin.

Kerry se mordit la lèvre. Elle s'en voulait toujours lorsqu'elle s'en prenait à Bob devant leur fille. Elle s'obligea à sourire. « Nous allions partir. »

Une fois qu'ils furent installés à leur table devant un verre de vin, Jimmy Weeks fit remarquer : « Visiblement, votre ex-femme ne vous porte pas dans son cœur, Bob. »

Kinellen haussa les épaules. « Kerry devrait être plus détendue. Elle prend les choses tellement au sérieux. Nous nous sommes mariés trop jeunes. Nous avons rompu. Cela arrive tous les jours. J'aimerais qu'elle rencontre un autre homme.

— Qu'est-il arrivé au visage de la petite ?

— Des éclats de verre au cours d'un accrochage. Rien de vraiment grave.

— Vous êtes sûr qu'elle a consulté un bon plasticien ?

— Oui, on me l'a chaudement recommandé. Que voulez-vous manger, Jimmy ?

— Comment s'appelle son médecin ? Peut-être est-ce le même que celui de ma femme ? »

Bob Kinellen enrageait. Il maudissait cette rencontre avec Kerry et Robin, qui incitait Jimmy à l'interroger à propos de l'accident. « C'est Charles Smith, finit-il par dire.

— Charles Smith ? » La voix de Weeks trahit sa stupéfaction. « Vous voulez rire ?

— J'aimerais bien.

— Bon. Heureusement, il est sur le point de prendre sa retraite, paraît-il. Il a eu de sérieux problèmes de santé. »

Kinellen parut étonné. « Comment le savez-vous ? »

Jimmy lui lança un regard glacial. « Je garde un œil sur lui. Tout ça devrait bientôt être réglé. »

10

Cette nuit-là, le rêve revint. A nouveau, Kerry se trouvait dans le cabinet d'un médecin. Une jeune femme était étendue par terre, une corde nouée autour du cou, ses cheveux noirs encadrant un visage aux yeux vides, la bouche ouverte comme si elle tentait désespérément de respirer, montrant un bout de langue rose.

Dans son rêve, Kerry s'efforçait de crier, mais seul un gémissement sortait de ses lèvres. Un moment plus tard, Robin la réveilla en la secouant. « Maman, maman, réveille-toi. Que se passe-t-il ? »

Kerry ouvrit les yeux. « Quoi ? Oh, mon Dieu, quel horrible cauchemar ! Merci d'être venue, mon bébé. »

Mais lorsque Robin eut regagné sa chambre, Kerry resta éveillée, cherchant à déchiffrer son rêve. Qu'est-ce qui l'avait provoqué ? En quoi différait-il du premier ?

Cette fois-ci, il y avait eu des fleurs répandues sur le corps de la femme. Des roses rouges. *Des roses Sweetheart.*

Elle se redressa brusquement. C'était ça ! Voilà ce qu'elle tentait désespérément de se rappeler ! Dans le cabinet du Dr Smith, la femme qu'elle avait vue aujourd'hui et la femme de la semaine dernière, celles qui se ressemblaient tellement. Elle savait maintenant pourquoi elles lui avaient paru si familières. Elle savait à qui elles ressemblaient...

Suzanne Reardon, la victime du « meurtre aux roses rouges ». Il y a presque onze ans, elle avait été assassinée par son mari. L'histoire avait fait les gros titres dans la presse : « Crime passionnel. Des roses répandues sur la belle victime. »

C'est le jour où j'ai pris mes fonctions au bureau du procureur que le jury a déclaré le mari coupable, se souvint Kerry. Les journaux étaient remplis de photographies de Suzanne. Je suis certaine de ne pas me tromper. J'étais présente quand le verdict a été rendu. Ça m'a vraiment frappée. Mais, au nom du ciel, pourquoi deux patientes du Dr Smith seraient-elles les sosies de la victime d'un meurtre ?

Il s'était fourvoyé avec Pamela Worth. Cette pensée garda Charles Smith éveillé pendant pratiquement toute la nuit du lundi. La récente beauté de son visage ne compenserait jamais son maintien sans grâce, sa voix forte et vulgaire.

J'aurais dû le savoir tout de suite, se reprocha-t-il. Et, à vrai dire, il l'avait su. Mais la tentation avait été trop forte. Son ossature faisait d'elle un sujet idéal pour une telle métamorphose. Et sentir la transformation s'effectuer sous ses doigts lui avait permis de revivre en partie l'excitation qui s'était emparée de lui la première fois.

Que deviendrait-il le jour où il ne pourrait plus opérer ? C'était imminent. Le léger tremblement de la main qui l'irritait aujourd'hui allait s'accroître. L'irritation céderait la place à l'incapacité.

Il alluma la lampe, non pas celle qui se trouvait près de son lit, mais celle qui éclairait la photo sur le mur opposé. Il la contemplait chaque soir avant de s'endormir. Elle était si belle. Mais aujourd'hui, sans ses lunettes, il la voyait recroquevillée et déformée, telle qu'elle lui était apparue dans la mort.

« Suzanne », murmura-t-il. Puis, comme la douleur du souvenir l'envahissait, il replia un bras sur ses yeux, oblitérant l'image. Il ne supportait pas de la revoir ainsi, dépouillée de sa beauté, les yeux exorbités, le bout de la langue pointant hors de ses lèvres inertes...

12

En arrivant à son bureau le mardi matin, le premier geste de Kerry fut de téléphoner à Jonathan Hoover.

Comme à chaque fois, le son de sa voix la réconforta. Elle alla directement au but : « Jonathan, Robin a fait sa visite de contrôle hier, et tout semble aller pour le mieux, mais je serais plus rassurée avec un second diagnostic, si un autre chirurgien que le Dr Smith me confirmait qu'il n'y aura aucune cicatrice. Avez-vous quelqu'un à me recommander ? »

Elle perçut la chaleur d'un sourire dans la voix de Jonathan. « Pas par expérience personnelle.

— Vous n'en avez certainement jamais eu besoin.

— Merci, Kerry. Laisse-moi me renseigner autour de moi. Nous pensions, Grace et moi, que tu aurais dû prendre un second avis, mais nous n'avons pas voulu nous en mêler. Est-il arrivé quelque chose hier qui t'a poussée à prendre cette décision ?

— Oui et non... Je dois vous quitter. Quelqu'un m'attend. Je vous en parlerai quand nous nous verrons.

— Je te rappellerai cet après-midi pour te communiquer le nom d'un médecin.

— Merci, Jonathan.

— Je t'en prie, Votre Honneur.

— Jonathan, ne dites pas ça. Vous allez me porter la guigne. »

Au moment de raccrocher, elle l'entendit rire.

Elle avait rendez-vous avec Corinne Banks, une jeune assistante à laquelle elle avait confié une affaire d'homicide involontaire. Celle-ci était inscrite pour le lundi suivant et Corinne désirait revoir certains points du réquisitoire qu'elle avait l'intention de prononcer.

Corinne, une jeune femme noire de vingt-sept ans, avait tout pour devenir une excellente avocate d'assises. Un coup à la porte et elle entra, un gros dossier sous le bras. Un sourire éclairait son visage. « Devinez ce que Joe a déniché. »

Joe Palumbo était l'un de leurs meilleurs enquêteurs.

Kerry la regarda malicieusement. « Je brûle d'impatience de le savoir.

— Notre prévenu innocent qui clamait n'avoir jamais eu d'autre accident est dedans jusqu'au cou. Avec un faux permis de conduire, il a à son actif une sacrée liste d'infractions à la circulation, y compris une autre mort accidentelle il y a une quinzaine d'années. J'ai hâte d'épingler ce type, et je suis certaine d'y parvenir. » Elle posa le dossier sur le bureau de Kerry et l'ouvrit. « Voilà ce dont je voulais discuter avec vous... »

Vingt minutes plus tard, la jeune juriste partie, Kerry saisit le téléphone. En entendant Corinne mentionner l'enquêteur, une idée avait germé dans son cerveau.

Lorsque Palumbo répondit avec son habituel « Ouais », Kerry demanda : « Joe, êtes-vous pris pour déjeuner ?

— Absolument pas, Kerry. Vous voulez m'inviter chez Solari ? »

Kerry rit. « J'aimerais bien, mais j'ai autre chose en tête. Depuis combien de temps travaillez-vous ici ?

— Vingt ans.

— Vous êtes-vous occupé de l'affaire Reardon, il y a une dizaine d'années, celle que les médias ont appelée le "meurtre aux roses rouges" ?

— Une grosse affaire. Non, je ne m'en suis pas occupé mais je me souviens qu'elle a été menée tambour battant. Notre cher leader a bâti sa réputation là-dessus. »

Kerry savait que Palumbo n'était pas un fan de Frank Green. « N'y a-t-il pas eu plusieurs appels ?

— Oh si ! Ils n'ont cessé d'échafauder de nouvelles théories juridiques. A croire que ça n'en finirait jamais.

— Je crois que le dernier appel a été rejeté il y a juste deux ans, dit Kerry, mais il est arrivé quelque chose qui a réveillé ma curiosité pour cette affaire. Bref, j'aimerais que vous alliez fouiller dans les archives du *Record* pour y trouver tout ce qu'ils ont publié sur ce procès. »

Elle s'imagina Joe roulant des yeux ronds.

« Pour vous, Kerry, bien sûr. Qu'est-ce que je ne ferais pas ! Mais pourquoi ? Tout ça est de l'histoire ancienne.

— Je vous expliquerai plus tard. »

En guise de déjeuner, Kerry se fit apporter un sandwich et un café à son bureau. A une heure et demie, Palumbo entra, une grosse enveloppe à la main. « Mission accomplie. »

Kerry le regarda avec affection. Petit, grisonnant, dix kilos de trop et le sourire prompt, Joe arborait une bonhomie désarmante qui cachait son habileté à détecter d'instinct des détails apparemment insignifiants. Elle avait travaillé avec lui sur de nombreuses affaires. « Je vous le revaudrai, dit-elle.

— Inutile, mais je dois avouer que je brûle de curiosité. Pourquoi ce soudain intérêt pour l'affaire Reardon, Kerry ? »

Elle hésita. A ce stade, il n'était peut-être pas prudent de rapporter les faits et gestes du Dr Smith.

Palumbo sentit son embarras. « Peu importe. Vous me le direz quand vous le jugerez bon. A bientôt. »

Kerry avait l'intention d'emporter le dossier chez elle et d'en entamer la lecture après le dîner. Mais elle ne put s'empêcher d'en extraire la première coupure. J'avais raison, pensa-t-elle. C'était seulement il y a deux ans.

Il s'agissait d'un petit entrefilet à la page 32 du *Record* notant que le cinquième appel de Skip Reardon pour la révision de son procès avait été rejeté par la Cour suprême du New Jersey et que son avocat, Geoffrey Dorso, s'était juré de trouver d'autres voies de recours.

Les propos de Dorso étaient les suivants : « Je m'acharnerai jusqu'à ce que Skip Reardon sorte réhabilité de cette prison. Il est innocent. »

Bien sûr, pensa Kerry, tous les avocats disent ça.

13

Pour le second soir de suite, Bob Kinellen dînait avec son client, Jimmy Weeks. La journée s'était mal passée au tribunal. La sélection du jury n'en finissait pas. Ils avaient utilisé huit de leurs possibilités de récusation. Mais, même s'ils mettaient le plus grand soin à choisir leurs jurés, il était évident que l'accusation disposait d'arguments solides. Il était presque certain que Haskell s'apprêtait à plaider coupable.

Les deux hommes étaient d'humeur morose.

« Même si Haskell plaide coupable, je crois que je peux le démolir durant son audition, assura Kinellen à Jimmy.

— Vous le *croyez* seulement. Ce n'est pas suffisant.

— On verra bien. »

Weeks eut un sourire amer. « Je commence à me faire du souci en ce qui vous concerne, Bob. Il est grand temps que vous trouviez un plan de rechange. »

Bob Kinellen préféra ne pas relever la remarque. Il ouvrit la carte du menu. « Je dois retrouver Alice chez Arnott tout à l'heure. Vous avez l'intention de venir ?

— Seigneur non ! Je n'ai pas envie qu'il me présente à qui que ce soit d'autre. Vous devriez le savoir. Ça m'a suffisamment desservi jusqu'ici. »

14

Kerry et Robin terminaient agréablement la journée dans la salle de séjour. La soirée était froide et elles avaient décidé de faire la première flambée de la saison, ce qui dans leur cas consistait à appuyer sur le bouton qui projetait des flammes autour des bûches artificielles.

Comme l'expliquait Kerry à ses visiteurs : « Je suis allergique à la fumée. Ce feu a l'air vrai et procure de la chaleur. En réalité, il a l'air tellement vrai que ma femme de ménage a balayé les fausses cendres et que j'ai dû en acheter d'autres. »

Robin étala ses photos de paysages d'automne sur la table basse. « Il fait un temps super, dit-elle avec satisfaction, froid, avec du vent. Je vais pouvoir prendre le reste des photos bientôt. Les arbres nus, des tas de feuilles par terre. »

Kerry était installée dans son fauteuil favori, les pieds sur un coussin. Elle leva la tête. « Ne me parle pas de feuilles. Je suis fatiguée d'avance.

— Pourquoi tu n'achètes pas un souffleur ?

— Je t'en offrirai un pour Noël.

— Très drôle. Qu'est-ce que tu lis, maman ?

— Viens ici, Rob. » Kerry lui montra une coupure de magazine où l'on voyait une photo de Suzanne Reardon. « Est-ce que tu reconnais cette dame ?

— Elle était dans le cabinet du Dr Smith aujourd'hui.

— Tu as l'esprit d'observation, mais ce n'est pas la même personne. » Kerry venait de commencer la lecture du rapport sur le meurtre de Suzanne Reardon. Son corps avait été découvert à minuit par son mari, Skip Reardon, un self-made-man qui avait fait fortune dans les travaux publics. Il avait trouvé son épouse gisant dans l'entrée de leur luxueuse propriété, à Alpine. Elle avait été étranglée. Des roses Sweetheart étaient répandues sur son corps.

L'histoire m'a sans doute frappée suffisamment à l'époque pour provoquer ces rêves aujourd'hui.

Vingt minutes plus tard, elle tomba sur une coupure de presse qui la fit sursauter. Skip Reardon avait été accusé de meurtre après que son beau-père, *le Dr Charles Smith*, eut déclaré à la police que sa fille vivait dans la terreur, à cause des crises de jalousie de son mari.

Le Dr Smith était le père de Suzanne Reardon ! Mon Dieu ! Est-ce pour cette raison qu'il donne son apparence à d'autres femmes ? C'est tellement étrange. Combien d'entre elles ont subi ce traitement ? Est-ce pour cela qu'il nous a sermonnées, Robin et moi, sur le devoir de préserver la beauté ?

« Que se passe-t-il, maman ? Tu as l'air bizarre, demanda Robin.

— Ce n'est rien. Juste un procès qui m'intéresse. » Kerry jeta un coup d'œil à la pendule sur la cheminée. « Il est neuf heures, Rob. L'heure de monter te coucher. Je viendrai dans une minute te dire bonsoir. »

Comme Robin rassemblait ses photos, Kerry laissa retomber les coupures de journaux sur ses genoux. Elle avait entendu parler de parents qui ne se remettaient jamais de la mort d'un enfant, laissaient sa chambre inchangée, ses vêtements dans les placards, exactement dans l'état où les avait laissés le disparu. Mais « recréer » sa fille, recommencer, et

recommencer encore ! Cela dépassait le simple chagrin, indubitablement.

Elle se leva lentement et rejoignit Robin à l'étage.
Après avoir tendrement embrassé sa fille, elle alla
dans sa chambre, enfila un pyjama et une robe de
chambre, puis redescendit au rez-de-chaussée, se
prépara un chocolat chaud et reprit sa lecture.

Le procès de Skip Reardon semblait avoir été
conclu précipitamment. Il avait admis qu'il s'était
disputé avec Suzanne au petit déjeuner, le matin de
sa mort. En fait, il avait même déclaré qu'ils ne ces-
saient de se quereller depuis quelque temps. Il avait
reconnu qu'il était rentré chez lui à six heures ce
soir-là et qu'il l'avait trouvée en train de disposer des
roses dans un vase. Quand il lui avait demandé d'où
elles venaient, elle avait répondu que ça ne le regardait pas. Il avait alors répliqué que celui qui les lui
avait envoyées tombait à pic, que lui, pour sa part
s'en allait. Puis il avait affirmé être retourné à son
bureau, avoir bu un verre ou deux, et s'être endormi
sur le canapé. En rentrant chez lui, à minuit, il avait
découvert le corps.

Il n'y avait eu personne, toutefois, pour corrobo-
rer ses dires. Le dossier contenait une partie des
minutes du procès, y compris la déposition de Skip.
L'avocat général l'avait harcelé, l'amenant à se
contredire. Le pauvre homme ne s'était pas montré
très convaincant à la barre, c'était le moins qu'on
puisse dire.

Comment son avocat avait-il pu le laisser se com-
porter de manière aussi désastreuse ? se demanda
Kerry. Face aux arguments solides de l'accusation, il
était évident que Reardon devait impérativement
soutenir qu'il n'était pour rien dans le meurtre de
Suzanne. Mais il était clair aussi que le contre-interrogatoire de Frank Green l'avait complètement
déstabilisé. Reardon a creusé lui-même sa propre
tombe, songea-t-elle.

Le verdict était tombé six semaines après la fin du

procès. Kerry y avait assisté. Elle se remémora cette journée. Elle revoyait Reardon, un grand et beau rouquin, l'air guindé dans son complet à fines rayures. Lorsque le juge lui avait demandé s'il avait quelque chose à déclarer avant que la sentence ne soit prononcée, il avait une fois de plus protesté de son innocence.

Geoff Dorso se trouvait à côté de Reardon ce jour-là, comme assistant de l'avocat de la défense. Kerry le connaissait un peu. Durant les dix années qui avaient suivi, Geoff s'était forgé une solide réputation, toutefois elle ne l'avait jamais vu à l'œuvre. Elle n'avait jamais requis contre lui.

Elle arriva à l'article qui relatait le verdict. Y était incluse une déclaration de Skip Reardon : « Je suis innocent de la mort de ma femme. Je ne lui ai jamais fait de mal. Je ne l'ai jamais menacée. Son père, Charles Smith, est un menteur. Devant Dieu et cette cour, je *jure* qu'il a menti. »

Malgré la chaleur du feu, Kerry frissonna.

15

Tout le monde savait, ou croyait savoir, que Jason Arnott venait d'une famille fortunée. Il habitait Alpine depuis une quinzaine d'années, depuis qu'il avait acheté la vieille maison des Halliday, une propriété de vingt pièces sur une hauteur qui jouissait d'une vue superbe sur Palisades Interstate Park.

Agé d'un peu plus de cinquante ans, la silhouette mince, le cheveu brun et clairsemé, Jason posait sur le monde un regard délavé. Il voyageait beaucoup, parlait vaguement d'investissements en Extrême-Orient et aimait les belles choses. Ornée de magnifiques tapis persans, de meubles anciens, de tableaux de maîtres et de délicats objets d'art, sa maison était un régal pour les yeux. Hôte exceptionnel, Jason recevait avec faste, et était en retour invité par la haute et la moins haute société, et par les gens simplement fortunés.

Cultivé et plein d'esprit, il se targuait d'une vague parenté avec les Astor d'Angleterre, mais la plupart de ses relations voyaient là un pur produit de son imagination. Elles reconnaissaient par contre qu'il était original, assez mystérieux et merveilleusement séduisant.

Ce qu'elles ignoraient en revanche, c'est que Jason était un voleur. Personne ne semblait jamais s'étonner qu'après un laps de temps raisonnable, pratiquement toutes les maisons où il avait été reçu étaient cambriolées par quelqu'un qui possédait une méthode apparemment infaillible pour court-circuiter les systèmes d'alarme. La seule difficulté pour Jason était de pouvoir emporter le fruit de ses expéditions. Les objets d'art, les sculptures, les bijoux et les tapisseries avaient sa préférence. Une ou deux fois seulement dans sa longue carrière, il avait raflé le contenu entier d'une propriété. Cela avait demandé une organisation élaborée, et l'aide de déménageurs sans scrupules pour charger le camion qui se trouvait en ce moment dans le garage d'une résidence secrète dans une partie reculée des Catskill.

Là, sous une autre identité, il était connu de ses rares voisins comme un solitaire, un ours. Personne d'autre que la femme de ménage et des réparateurs n'avait jamais poussé la porte de sa retraite campagnarde, et ni la femme de ménage ni les réparateurs n'avaient la moindre idée de la valeur des trésors qu'elle contenait.

Si sa maison d'Alpine était meublée avec un goût exquis, celle des Catskill était fabuleuse ; c'était là que Jason abritait les fruits de ses cambriolages dont il n'aurait pu supporter de se séparer. Chaque pièce de mobilier était une splendeur. Un Frederic Remington occupait le mur de la salle à manger, au-dessus du buffet Sheraton, sur lequel étincelait un vase de Peachblow.

Tout ce qui se trouvait à Alpine avait été acheté avec le produit de la vente de certains objets volés. Jason n'y conservait rien qui puisse attirer l'attention de quelqu'un susceptible de reconnaître une pièce de mobilier. Cela lui permettait de dire avec assurance et naturel : « Oui, c'est très beau, n'est-ce pas ? Je l'ai acquis lors d'une vente chez Sotheby l'année dernière. » Ou : « Je me suis rendu dans le comté de Bucks lorsque les biens des Parker ont été vendus aux enchères. »

Jason avait commis une seule erreur, dix ans auparavant, quand sa femme de ménage d'Alpine avait fait tomber le contenu de son sac. En ramassant ses papiers, elle avait oublié une feuille de carnet où étaient notés les codes des alarmes de quatre propriétés. Jason les avait relevés, replaçant la feuille avant que la femme ne s'aperçoive de sa disparition. Ensuite, incapable de résister à la tentation, il avait cambriolé les quatre maisons : les Ellot, les Ashton, les Donnatelli. Et les Reardon. Jason avait bien failli se faire prendre lors de cette horrible nuit.

Mais il y avait des années de cela, et Skip Reardon était en prison, ses tentatives de recours ayant à chaque fois été rejetées.

Ce soir, la réception battait son plein. Jason accepta en souriant les compliments chaleureux d'Alice Bartlett Kinellen.

« J'espère que Bob va pouvoir venir, lui dit Jason.

— Oh, il viendra. Je ne lui conseille pas de me faire faux bond. »

Alice était une jolie blonde qui ressemblait à Grace Kelly. Malheureusement, elle n'avait ni le charme ni la vivacité de la princesse. Alice Kinellen était froide comme la glace. Et aussi ennuyeuse que possessive, se dit Jason. Comment Kinellen pouvait-il la supporter ?

« Il dîne avec Jimmy Weeks, confia Alice entre deux gorgées de champagne. Il est plongé jusque-là dans ce procès. » Elle fit mine de se trancher le cou.

« Eh bien, j'espère que Jimmy viendra aussi, dit Jason avec sincérité. Je le trouve très sympathique. » Mais il savait que Jimmy ne viendrait pas. Weeks n'avait pas assisté à une seule de ses soirées depuis des années. En fait, il avait évité Alpine après le meurtre de Suzanne Reardon. Onze ans plus tôt, Jimmy Weeks avait fait la connaissance de Suzanne à un dîner chez Jason Arnott.

Mercredi 25 octobre

16

Frank Green était visiblement contrarié. Le sourire qu'il arborait si volontiers pour montrer la blancheur récente de ses dents avait déserté son visage tandis qu'il regardait Kerry, assise en face de lui de l'autre côté de son bureau.

Je devais m'attendre à cette réaction, pensa-t-elle. J'aurais dû savoir que Frank, plus que tout autre, refuserait de voir remis en question le procès qui a fait sa renommée, surtout en ce moment où l'on parle de plus en plus de sa candidature au poste de gouverneur.

La nuit dernière, après avoir lu le dossier de presse concernant l'affaire du « meurtre aux roses rouges », Kerry était montée se coucher, hésitant encore sur la façon d'aborder le Dr Smith. Devait-elle aller le trouver, lui parler de but en blanc de sa fille, lui demander pourquoi il recréait son visage chez d'autres femmes ?

Il était prévisible qu'il la jetterait dehors et nierait tout en bloc. Skip Reardon avait accusé le docteur de mensonge lorsqu'il avait témoigné au sujet de sa fille. Aujourd'hui, après tant d'années, Smith n'admettrait certainement pas avoir menti. Et même s'il avait menti, la question la plus importante était de savoir pourquoi.

Avant de s'endormir, elle avait finalement décidé qu'elle commencerait par questionner Frank Green, qui avait instruit l'affaire. Maintenant qu'elle venait d'expliquer à Green la raison de son intérêt pour le procès Reardon, il était évident que sa question : « Croyez-vous possible que Charles Smith ait menti lors de son témoignage contre Skip Reardon ? » n'allait pas lui attirer une réponse très utile, ni même amicale.

« Kerry, dit Green, Skip Reardon a tué sa femme. Il savait qu'elle le trompait. Le jour même où il l'a assassinée, il était allé trouver son comptable pour savoir combien lui coûterait un divorce, et il est devenu fou de rage en apprenant qu'il en aurait pour un paquet de dollars. C'était un homme riche, et Suzanne avait renoncé à une carrière lucrative de mannequin pour devenir femme au foyer. Il aurait dû lui verser une fortune. Dans ces conditions, mettre en doute la véracité des propos du Dr Smith me semble être une perte de temps et un gaspillage de l'argent des contribuables.

— Mais il y a quelque chose qui cloche chez le Dr Smith, insista Kerry. Frank, je ne cherche pas à créer des problèmes, et personne plus que moi ne désire voir un meurtrier derrière les barreaux, mais je vous jure que Charles Smith est davantage qu'un père frappé par la douleur. Il a l'air dément. Vous auriez dû voir son regard lorsqu'il nous a fait la leçon, à Robin et à moi, sur le devoir de préserver la beauté d'un être humain, une beauté naturelle chez certains et que d'autres doivent acquérir. »

Green jeta un regard à sa montre. « Kerry, vous venez de clore un procès important. Vous êtes sur le point d'en instruire un autre. Vous allez peut-être être nommée juge. C'est dommage que Robin ait été soignée par le père de Suzanne Reardon. Le moins qu'on puisse dire est qu'il ne s'est pas montré brillant à la barre des témoins. Il n'y avait pas une once d'émotion en lui lorsqu'il a parlé de sa fille. A vrai dire, il était tellement froid, tellement intraitable que j'ai remercié le ciel en voyant le jury accepter son témoignage. Ne vous mettez pas martel en tête et laissez tomber tout ça. »

L'entretien était terminé. Kerry se leva. « Je vais seulement demander à un autre médecin son avis à propos de l'intervention du Dr Smith sur Robin. Jonathan m'en a recommandé un. »

De retour dans son bureau, Kerry demanda à sa secrétaire de noter les appels téléphoniques et resta un long moment le regard fixé dans le vague. Elle comprenait l'inquiétude de Frank Green voyant qu'elle mettait en doute les déclarations de son principal témoin dans l'affaire Reardon. La moindre allusion à une éventuelle erreur judiciaire aurait à coup sûr un impact négatif sur la candidature de Frank à la magistrature suprême de l'Etat.

Le Dr Smith est probablement un père si maladivement désespéré d'avoir perdu sa fille qu'il est capable d'utiliser ses talents pour la recréer, se dit-elle, et Skip Reardon est vraisemblablement l'un de ces innombrables meurtriers qui clament : « Ce n'est pas moi qui l'ai fait. »

Malgré tout, elle savait qu'elle n'en resterait pas là. Samedi, en conduisant Robin chez le chirurgien recommandé par Jonathan, elle lui demanderait s'il pouvait venir à l'idée de spécialistes comme lui de reproduire un visage identique sur plusieurs femmes.

17

A six heures et demie, Geoff Dorso jeta un regard peu enthousiaste à la pile de messages qui s'étaient amoncelés pendant qu'il était au palais. Puis il s'en détourna. Depuis les fenêtres de son bureau, à Newark, il avait une vue magnifique sur New York, spectacle qui ne manquait jamais de le détendre après une longue journée d'audience.

Geoff était un gosse des villes. Il était né et avait grandi à Manhattan jusqu'à l'âge de onze ans, puis sa famille était partie s'installer dans le New Jersey. Aujourd'hui, il avait l'impression d'avoir un pied de chaque côté de l'Hudson, et rien ne lui plaisait davantage.

Trente-huit ans, grand et mince, Geoff avait un physique qui ne trahissait pas son penchant pour les sucreries. Ses cheveux noir de jais et son teint mat venaient de ses ancêtres italiens. Ses yeux d'un bleu intense étaient l'héritage de sa grand-mère irlandaise.

Il était célibataire et cela se voyait. Ses cravates étaient choisies au petit bonheur, ses vêtements généralement un peu froissés. Mais la pile de messages était la preuve de son excellente réputation d'avocat d'assises et du respect dont il jouissait dans le milieu judiciaire.

Il les parcourut, mettant en évidence les plus importants, écartant les autres. Soudain il haussa les sourcils. Kerry McGrath demandait qu'il la rappelle. Elle avait laissé deux numéros, celui de son bureau et celui de son domicile. Que lui voulait-elle ? Il n'avait aucune affaire en cours dans le comté de Bergen, la région de sa juridiction.

Il lui était arrivé de rencontrer Kerry à des réunions du barreau, et il savait qu'elle était pressentie pour être nommée juge. Son appel l'intriguait. Il était trop tard pour la joindre à son bureau. Il décida de l'appeler chez elle.

« Je vais répondre », déclara Robin au moment où le téléphone sonnait.

C'est probablement pour toi, de toute façon, murmura Kerry en elle-même tout en goûtant les spaghettis. Je croyais que la téléphonite ne commençait pas avant l'âge de douze ans, songea-t-elle. Puis elle entendit Robin lui crier de prendre la ligne.

Elle alla décrocher le téléphone mural à l'autre bout de la cuisine. Une voix inconnue demanda : « Kerry ?

— Oui.

— Geoff Dorso à l'appareil. »

Prise d'une impulsion subite, Kerry lui avait laissé un message. Elle l'avait regretté ensuite. Si jamais Frank Green apprenait qu'elle était en rapport avec l'avocat de Skip Reardon, il ne se montrerait plus aussi bienveillant avec elle. Mais les dés étaient jetés.

« Geoff, cela n'a sans doute aucun rapport, mais... » Elle se tut. Crache le morceau, s'encouragea-t-elle. « Geoff, ma fille a eu un accident récemment et elle a été soignée par le Dr Charles Smith...

— Charles Smith, le père de Suzanne Reardon ?

— Lui-même. Il y a quelque chose de bizarre chez cet homme. » Il lui était plus facile de s'exprimer à présent. Elle lui parla des deux femmes qui ressemblaient à Suzanne.

« Vous voulez dire que Smith leur donne le visage de sa fille ? s'exclama Dorso. Qu'est-ce que ça veut dire ?

— C'est ce qui m'inquiète. Je vais consulter un autre médecin samedi. J'ai l'intention de lui demander quelles sont les incidences chirurgicales de ce genre de procédé. Je compte aussi avoir une entrevue avec le Dr Smith, mais il me semble que si je pouvais lire les minutes du procès auparavant, j'aurais plus de prise sur lui. Je pourrais les demander au bureau, elles sont rangées quelque part dans les archives, mais les trouver prendra du temps et, en outre, je préfère ne pas laisser paraître mon intérêt pour cette affaire.

— Je vous en obtiendrai une copie dès demain, promit Dorso. Je l'enverrai à votre bureau.

— Non, mieux vaut que vous me la postiez ici. Je vais vous donner mon adresse.

— J'aimerais vous l'apporter moi-même et m'entretenir avec vous. Demain soir vers six heures ou six heures trente vous conviendrait-il ? Je ne m'attarderai pas plus d'une demi-heure. Promis.

— Je pense que c'est possible.

— A demain donc. Et merci, Kerry. » Elle l'entendit raccrocher.

Kerry regarda fixement l'appareil. Dans quoi me suis-je lancée ? se demanda-t-elle. L'excitation dans la voix de Dorso ne lui avait pas échappé. Je n'aurais pas dû employer le mot « bizarre », pensa-t-elle. J'ai mis en route quelque chose que je ne vais peut-être pas pouvoir maîtriser.

Un bruit provenant de la cuisinière la fit pivoter sur elle-même. L'eau bouillante des spaghettis débordait du faitout et se répandait sur les brûleurs. Inutile de vérifier, les pâtes *al dente* n'étaient certainement plus qu'une masse gélatineuse.

18

Le mercredi, le Dr Charles Smith recevait à son cabinet seulement dans la matinée. L'après-midi était réservé aux interventions ou aux visites à l'hôpital. Aujourd'hui, cependant, il avait annulé tous ses rendez-vous. Alors qu'il longeait la 68ᵉ Rue Ouest et passait devant le petit immeuble de pierre qui abritait la société de relations publiques où travaillait Barbara Tompkins, son regard s'éclaira. La chance lui souriait. Il y avait une place de parking libre de l'autre côté de la rue ; il pourrait attendre dans la voiture et la regarder sortir.

La voyant apparaître sous le porche de l'immeuble, il sourit malgré lui. Dieu qu'elle était jolie ! Suivant ses conseils, elle portait ses cheveux en vagues souples autour de son visage ; « la meilleure façon d'encadrer vos nouveaux traits », lui avait-il dit. Elle était vêtue d'une veste cintrée rouge avec une jupe noire aux genoux et chaussée de bottines. De loin, elle avait l'air d'une jeune femme élégante à qui tout réussit. Il savait dans les moindres détails à quoi elle ressemblait de près.

Au moment où elle hélait un taxi, il mit le contact de sa vieille Mercedes noire et démarra lentement. Bien que la circulation dans Park Avenue fût dense, comme à l'habitude aux heures de pointe, il n'eut aucun mal à suivre le taxi.

Ils roulèrent vers le sud et le taxi finit par s'arrêter devant le Four Seasons, 52ᵉ Rue Est. Barbara y avait sans doute rendez-vous avec quelqu'un, pensa-t-il. Le bar serait bondé à cette heure-ci. Il pourrait se glisser à l'intérieur sans se faire remarquer.

Il secoua la tête, préférant rentrer chez lui. L'avoir aperçue lui suffisait. C'était déjà presque trop, en fait. Pendant un instant, il avait vraiment cru qu'elle était Suzanne. Maintenant, il avait seulement envie d'être seul. Un sanglot lui monta à la gorge. Tandis que le flot de voitures se dirigeait lentement vers le bas de la ville, il répéta comme une psalmodie : « Pardon, Suzanne. Pardon, Suzanne. »

Jeudi 26 octobre

19

Lorsque Jonathan Hoover venait à Hackensack, il essayait généralement d'inviter Kerry pour un déjeuner sur le pouce. « Combien de bols de soupe en sachet un être humain peut-il avaler ? » l'interrogeait-il en se moquant.

Aujourd'hui, en mangeant un sandwich au Solar, le restaurant proche du palais de justice, Kerry lui raconta l'histoire des sosies de Suzanne Reardon et sa conversation avec Geoff Dorso. Elle lui fit part également de la réaction négative de son boss quand elle avait émis l'idée de fouiller dans ce vieux dossier.

Jonathan se montra soucieux. « Kerry, je me souviens mal de cette affaire, si ce n'est qu'il n'y avait à mon avis aucun doute sur la culpabilité du mari. Quoi qu'il en soit, je crois que tu devrais renoncer, surtout en raison de l'acharnement mis par Frank Green — un acharnement ostensible, si je me souviens bien — à le faire condamner. Regarde les faits en face. Le gouverneur Marshall est encore jeune. Il a rempli deux mandats successifs et ne peut pas se présenter une troisième fois, mais il adore son job. Il voudrait que Frank lui succède. Entre nous, ils ont certainement passé un marché. Green sera gouverneur pendant quatre ans, ensuite il se présentera au Sénat avec l'appui de Marshall.

— Et Marshall reviendra à Drumthwacket.

— Tout juste. Rien ne lui plaît davantage que la résidence du gouverneur. Dès maintenant, tout le monde sait que Green sera nommé. Il présente bien, il parle bien. Il a très bien conduit sa carrière, dont le procès Reardon est un maillon important. Et, par une coïncidence remarquable, il est également intelligent. Il gouvernera l'Etat à la manière de Marshall. Mais si un incident quelconque ébranle ce bel échafaudage, il peut être battu aux primaires. Deux autres candidats aspirent à cette nomination.

— Jonathan, mon intention est seulement de vérifier si un problème sérieux pourrait avoir influencé les déclarations du principal témoin à charge dans cette affaire d'homicide. Je veux dire, tous les pères éprouvent du chagrin à la mort de leur fille, mais le Dr Smith est allé bien au-delà d'un désespoir normal.

— Kerry, Frank Green a établi sa réputation en requérant dans cette affaire. Grâce à elle, il a obtenu l'attention des médias qui lui était nécessaire. Lorsque Dukakis était candidat aux présidentielles, l'un des facteurs de sa défaite a été l'émission télévisée au cours de laquelle on lui a attribué la libération d'un criminel qui a ensuite récidivé. Imagine la réaction des médias si on laissait entendre que Green a envoyé un innocent en prison pour le restant de sa vie ?

— Jonathan, vous dépassez ma pensée. Je ne suppose rien de tel. J'ai seulement l'impression que Charles Smith souffre de gros problèmes, et qu'ils ont pu peser sur son témoignage. Il était le témoin principal de l'accusation et, s'il a menti, alors je me pose de sérieuses questions quant à la culpabilité de Reardon. »

Le serveur se tenait devant eux, une cafetière à la main. « Encore un peu de café, sénateur ? » demanda-t-il.

Jonathan hocha la tête. Kerry mit sa main sur sa tasse de café. « Merci, j'en ai assez. »

Soudain, Jonathan eut un sourire. « Kerry, te rappelles-tu l'époque où tu surveillais l'aménagement du jardin en notre absence et où tu as cru que le paysagiste n'avait pas planté autant de buissons et d'arbustes que prévu ? »

Kerry eut l'air mal à l'aise. « Je m'en souviens.

— Le dernier jour, tu as fait le tour du jardin, tu as compté tous les nouveaux plants et, pensant que tu avais fait la preuve de ce que tu avançais, tu lui as passé un savon devant son équipe au complet. Vrai ? »

Kerry baissa la tête sur sa tasse de café. « Hum-hum.

— Dis-moi ce qui est arrivé ?

— Il n'était pas satisfait de certains buissons, il vous avait téléphoné en Floride, puis les avait déplantés dans l'intention de les remplacer.

— Quoi d'autre ?

— C'était le mari de la cousine de Grace.

— Tu comprends ce que je veux dire ? » Une lueur moqueuse brilla dans son regard. Puis il se rembrunit. « Kerry, si tu mets Frank Green dans une situation embarrassante, si tu compromets sa nomination, tu peux dire adieu à ton siège de juge. Ton nom sera enterré sous une pile de dossiers sur le bureau du gouverneur Marshall, et on me priera à mots couverts de présenter un autre candidat. » Il se tut, prit la main de Kerry. « Penses-y avant de te lancer dans cette histoire. Je sais que tu prendras la bonne décision. »

20

A six heures et demie tapantes, le carillon de l'entrée sonna et Robin courut à la porte accueillir Geoff Dorso. Kerry l'avait prévenue qu'il venait discuter avec elle d'un procès et qu'il ne resterait pas plus d'une demi-heure. Robin avait décidé de dîner tôt et promis de terminer ses devoirs dans sa chambre pendant que Kerry le recevrait. En échange, elle eut droit à une heure de télévision supplémentaire.

Elle examina Dorso d'un air approbateur et le fit entrer dans le salon. « Ma mère va descendre tout de suite, annonça-t-elle. Je suis Robin.

— Et moi, Geoff Dorso. Dans quel état est l'autre type ? » Avec un sourire, il désigna les marques encore visibles sur son visage.

Robin fit la moue. « Je l'ai aplati comme une galette. En réalité, il s'agit d'un pare-brise qui a explosé.

— Les cicatrices n'ont pas l'air trop méchantes.

— C'est ce que dit le Dr Smith, le chirurgien. Il paraît que vous le connaissez. Il me fiche la chair de poule.

— Robin ! » Kerry descendait l'escalier.

« La vérité sort de la bouche des enfants, dit Dorso en souriant. Kerry, je suis ravi de vous connaître.

— Moi aussi, Geoff. » J'espère être sincère, pensa Kerry en lorgnant vers la serviette volumineuse que Dorso tenait sous son bras. « Robin...

— Je sais. C'est l'heure des devoirs, fit Robin d'un ton joyeux. Je ne suis pas l'élève la plus consciencieuse du monde, expliqua-t-elle à Dorso. Sous "travail à la maison", mon dernier bulletin scolaire indiquait "doit faire des progrès".

— Et également "perd son temps", lui rappela Kerry.

— C'est parce que, quand j'ai fini un devoir en classe, il m'arrive de bavarder avec une amie. N'en parlons plus. » Avec un geste de la main, Robin se dirigea vers l'escalier.

Geoff sourit en la voyant partir. « C'est une gosse adorable, Kerry, et elle est belle comme le jour. Dans cinq ou six ans il vous faudra barricader la porte.

— Je préfère ne pas y penser. Geoff, du café, un verre de vin ?

— Non, merci. J'ai promis de ne pas vous déranger longtemps. » Il posa sa serviette sur la table basse. « Voulez-vous jeter un coup d'œil là-dedans ?

— Bien sûr. » Elle s'assit près de lui sur le canapé tandis qu'il sortait deux épais dossiers cartonnés. « Les minutes du procès, dit-il. Mille pages. Si vous voulez réellement comprendre ce qui s'est passé, je vous conseille de les lire attentivement. Franchement, du début à la fin, notre stratégie a été lamentable. Nous savions que Skip devait être appelé à la barre, mais il n'avait pas été suffisamment préparé. Les témoins à charge n'ont pas été soumis à un contre-interrogatoire assez serré. Et nous n'avons cité que deux témoins de moralité en faveur de Skip alors que nous aurions dû en faire venir une vingtaine.

— Pourquoi ce manque de rigueur ? demanda Kerry.

— J'étais jeune assistant, Farrell et Strauss venaient de m'engager. Farrell avait été un excellent avocat d'assises en son temps, c'est indéniable. Mais lorsque Skip Reardon lui a demandé de le représenter, il était un peu sur la touche. Il n'était plus de la première jeunesse et n'avait pas vraiment envie de s'occuper d'une autre affaire criminelle. Je pense franchement que Skip s'en serait mieux tiré avec un avocat moins chevronné qui aurait eu davantage de cœur au ventre.

— Vous n'auriez pas pu jouer ce rôle ?

— Non, pas vraiment. J'étais frais émoulu de

l'université et je n'avais pas droit à la parole. J'ai très peu participé au procès, en fait. Je n'étais pratiquement qu'un garçon de courses pour Farrell. Mais même pour un novice comme moi, il semblait évident que la défense de Skip était menée en dépit du bon sens.

— Et Frank Green l'a mis en pièces au cours du contre-interrogatoire ?

— Comme vous le lirez, il a fait avouer à Skip que Suzanne et lui s'étaient querellés dans la matinée, qu'il s'était entretenu avec son comptable de ce que lui coûterait un divorce, qu'il était revenu chez lui à six heures et s'était à nouveau disputé avec Suzanne. Le médecin légiste a estimé que l'heure de la mort se situait entre six heures et huit heures, si bien que Skip, selon son propre témoignage, pouvait s'être trouvé sur les lieux à l'heure du crime.

— D'après le rapport que j'ai lu, Skip Reardon a affirmé qu'il était reparti à son bureau, qu'il avait bu deux verres et s'était endormi. C'est plutôt mince, fit remarquer Kerry.

— C'est mince, mais c'est vrai. Skip avait monté une entreprise florissante, principalement en construisant des maisons de qualité, bien que plus récemment il se fût lancé dans la construction de centres commerciaux. Il passait énormément de temps à son bureau, à s'occuper de la gestion de son affaire, mais il aimait enfiler une combinaison de travail et passer une journée sur le chantier. C'est ce qu'il a fait ce jour-là, avant de revenir travailler à son bureau. Il était crevé. »

Geoff ouvrit le premier dossier. « J'ai mis une marque sur la déposition de Charles Smith, et aussi sur celle de Skip. Pour notre part, nous sommes certains qu'il y avait une autre personne impliquée dans cette histoire, et il y a tout lieu de croire que c'était un homme. En réalité, Skip était persuadé que Suzanne le trompait, peut-être même avec plusieurs personnes. Ce qui a déclenché leur seconde querelle, survenue alors qu'il se trouvait chez lui à six heures, c'est de l'avoir trouvée en train d'arranger un bouquet de roses rouges, de la variété Sweetheart, qu'il ne lui avait pas envoyé. L'accusation a prétendu qu'il s'était mis en rage, l'avait étranglée, puis avait répandu les roses sur son corps. Lui, bien sûr, jure que c'est faux, qu'au moment où il est parti, Suzanne était encore occupée, le sourire aux lèvres, à disposer les fleurs dans un vase.

— A-t-on interrogé les fleuristes alentour pour savoir si l'un d'eux avait reçu une commande de roses ? Si Skip ne les avait pas apportées, quelqu'un avait dû les livrer.

— C'est au moins une chose que Farrell a vérifiée. Il n'y a pas eu un fleuriste du comté de Bergen qui n'ait été interrogé. Cela n'a abouti à rien.

— Je vois. »

Geoff se leva. « Kerry, je sais que c'est beaucoup vous demander, mais je voudrais que vous lisiez ce dossier avec soin. Je voudrais que vous accordiez une attention particulière à la déposition du Dr Smith. Et j'aimerais aussi que vous me laissiez vous accompagner le jour où vous irez l'interroger sur son étrange habitude de donner à d'autres femmes le visage de sa fille. »

Elle le raccompagna à la porte. « Je vous téléphonerai dans les prochains jours », promit-elle.

Il s'arrêta, puis se retourna. « Il y a autre chose qui me ferait plaisir. J'aimerais que vous veniez avec moi à la prison de Trenton. Que vous vous entreteniez avec Skip. Sur la tombe de ma grand-mère, je jure que vous entendrez le son de la vérité lorsque ce pauvre bougre vous racontera son histoire. »

A la prison d'Etat de Trenton, Skip Reardon, allongé sur la couchette de sa cellule, regardait le journal télévisé de dix-huit heures trente. L'heure du dîner avec son triste menu était vite passée. Comme souvent depuis quelque temps, il était agité et contrarié. Après dix ans dans cet endroit, il était parvenu à conserver un certain équilibre. Au début, il passait sans cesse de l'espoir le plus fou, tant qu'un pourvoi était en instance, au désespoir le plus sombre, lorsqu'il était rejeté.

A présent, une sorte de résignation l'habitait. Il savait que Geoff Dorso ne cesserait jamais de chercher tous les moyens d'appel possibles, mais le climat changeait dans le pays. Aux informations, on citait de plus en plus fréquemment des rapports critiquant le nombre grandissant de pourvois qui paralysaient les tribunaux et auxquels il fallait mettre un terme. Si Geoff ne trouvait pas d'autres voies de recours, qui permettraient enfin à Skip de retrouver la liberté, il lui faudrait passer vingt ans de plus derrière ces barreaux.

Dans ses pires moments d'abattement, Skip se remémorait les années antérieures au meurtre, se reprochant sa folie. Beth et lui étaient pratiquement fiancés, alors. Et un jour, Beth l'avait poussé à se rendre seul à un dîner donné par sa sœur et son mari chirurgien. Elle avait attrapé un rhume à la dernière minute, mais elle avait tenu à ce qu'il aille se distraire sans elle.

Se distraire ! Ah, certes, il s'était distrait ! Suzanne et son père faisaient partie des invités. Encore aujourd'hui, il se rappelait son trouble en la voyant apparaître. Il avait su dès la première minute qu'elle était dangereuse, mais comme un imbécile il était tombé fou amoureux d'elle.

Avec impatience, Skip se leva de la couchette, éteignit la télévision et jeta un regard sombre vers les minutes du jugement posées sur l'étagère au-dessus des toilettes. Il aurait pu les réciter par cœur. C'est la place qu'elles méritent, au-dessus de la cuvette des toilettes, songea-t-il amèrement. Pour tout le bien que j'en ai retiré, je devrais les déchirer et tirer la chasse d'eau.

Il s'étira. Il s'était toujours maintenu en forme en travaillant sur les chantiers et en pratiquant régulièrement des exercices de gymnastique. Ici, il faisait chaque soir, consciencieusement, des pompes et des abdominaux. Le petit miroir de plastique accroché au mur reflétait ses cheveux roux striés de gris et son visage, autrefois tanné par le grand air, qui avait pris le teint blafard des prisonniers.

Son rêve, s'il retrouvait par miracle la liberté, était de pouvoir construire à nouveau des maisons. L'atmosphère oppressante de la cellule et la rumeur incessante de la prison lui avaient donné des idées de maisons modestes, suffisamment isolées pour assurer l'intimité, pleines de fenêtres ouvertes sur l'extérieur. Il avait des cahiers entiers remplis de plans.

Lorsque Beth venait lui rendre visite — il tentait de l'en dissuader depuis quelque temps —, il lui montrait ses derniers projets et ils en parlaient comme s'il allait réellement bâtir à nouveau des maisons, reprendre ce travail qu'il avait toujours aimé.

Mais à quoi ressemblerait le monde, dans quoi vivraient les gens quand il sortirait enfin de ce sinistre endroit ?

22

Une autre longue soirée de veille attendait Kerry. Dès le départ de Geoff, elle avait commencé à lire les minutes du procès, et s'était remise au travail une fois Robin au lit.

A neuf heures et demie, Grace Hoover téléphona. « Jonathan est sorti. Il avait une réunion ce soir. Je me suis couchée et j'ai eu envie de bavarder. Je ne te dérange pas ?

— Vous ne me dérangez jamais, Grace. » Kerry était sincère. Tout au long des quinze années d'amitié avec Grace et Jonathan, elle avait assisté au déclin physique de Grace. Cette dernière avait commencé par utiliser une canne, puis des béquilles, et finalement un fauteuil roulant. Après une vie sociale active, elle se retrouvait presque totalement immobilisée à la maison. Elle était restée en relation avec ses amis et recevait souvent chez elle en louant les services d'un traiteur mais, comme elle le disait à Kerry, « sortir me demande trop d'efforts ».

Kerry n'avait jamais entendu une plainte franchir les lèvres de Grace. « Il faut savoir s'adapter aux circonstances », lui avait-elle répondu avec une ironie désabusée le jour où Kerry lui avait confié combien elle admirait son courage.

Après deux minutes de conversation à bâtons rompus, il devint évident que l'appel téléphonique de ce soir avait un but bien précis. « Kerry, tu as déjeuné avec Jonathan aujourd'hui, et je vais être franche : il se fait du souci. »

Kerry écouta Grace lui répéter les appréhensions de Jonathan, et conclure : « Kerry, Jonathan est sénateur depuis vingt ans et il a énormément de pouvoir, mais pas suffisamment pour forcer le gouverneur à te nommer juge si tu causes des problèmes au successeur qu'il favorise. Je te précise, ajouta-t-elle, que Jonathan n'est pas au courant de mon coup de fil. »

Il a dû confier ses craintes à Grace, pensa Kerry. Que penserait-elle si elle me voyait en ce moment ? Restant sur la réserve, Kerry rassura Grace du mieux qu'elle put, lui affirmant qu'elle n'avait ni l'intention ni le désir de contrarier qui que ce soit. « Mais, Grace, s'il est établi que le témoignage du Dr Smith était faux, je crois que Frank Green gagnerait le respect et l'admiration de tous en proposant la révision du procès de Reardon. Je ne pense pas que ses concitoyens lui en voudraient de s'être de bonne foi basé sur la déposition de Charles Smith. Il n'avait aucune raison de la mettre en doute.

« Et ne l'oubliez pas, ajouta-t-elle, je suis loin d'être convaincue qu'il y ait eu un déni de justice dans le cas de Reardon. Mais je suis tombée sur cette histoire par le plus pur hasard, et je ne serai pas en paix avec ma conscience si je ne vais pas jusqu'au bout. »

Lorsque la conversation fut terminée, Kerry reprit sa lecture. Quand elle referma enfin le dossier, elle avait noirci des pages entières de notes et de questions.

Les roses Sweetheart : Skip Reardon mentait-il en disant qu'il ne les avait ni apportées ni envoyées ? S'il disait vrai, s'il ne les avait pas envoyées, qui, alors ?

Dolly Bowles, la baby-sitter qui se trouvait le soir du meurtre dans la maison en face de celle des Reardon : elle affirmait avoir vu une voiture stationnée juste devant à neuf heures du soir. Mais des voisins donnaient un dîner ce même jour, et nombre de leurs invités s'étaient garés dans la rue. Dolly avait été un témoin particulièrement peu convaincant devant la cour. Frank Green avait souligné le fait qu'elle avait rapporté à six occasions dans l'année la présence de gens « à l'air bizarre » dans le voisinage. A chaque fois, le suspect s'était révélé être un honnête livreur. En conséquence, Dolly faisait figure de témoin peu fiable. Kerry était certaine que le jury n'avait pas tenu compte de sa déposition.

Skip Reardon n'avait jamais eu de démêlés avec la justice et était considéré comme un citoyen tout à fait honorable pourtant, seuls deux témoins de moralité avaient été cités. Pourquoi ?

Il y avait eu une série de cambriolages à Alpine, à l'époque de la mort de Suzanne Reardon. Skip Reardon avait déclaré qu'une partie des bijoux qu'il avait vus sur Suzanne manquaient, que leur chambre à coucher avait été fouillée. Mais on avait trouvé plusieurs bijoux de valeur sur la commode, et l'accusation avait cité une femme de ménage précédemment employée par les Reardon qui avait déclaré que Suzanne laissait toujours la chambre dans un désordre indescriptible : « Elle essayait trois ou quatre tenues, et laissait tout par terre si elles ne lui convenaient pas. Elle renversait de la poudre sur la coiffeuse, laissait traîner des serviettes de toilette humides. J'ai souvent eu envie de rendre mon tablier. »

Comme elle se préparait pour la nuit, Kerry repassa dans son esprit ce qu'elle avait lu et nota deux choses à faire : prendre un rendez-vous avec le Dr Smith, et rendre visite à Skip Reardon à la prison d'Etat de Trenton.

Vendredi 27 octobre

23

Durant les neuf années qui avaient suivi son divorce, Kerry était sortie occasionnellement avec des hommes, mais rien de durable. Son amie la plus intime était Margaret Mann, qui avait partagé sa chambre d'étudiante à Boston. Marg était blonde et menue et à l'université, Kerry et elle avaient été surnommées les inséparables. Aujourd'hui banquière d'affaires, habitant un appartement dans la 86ᵉ Rue Ouest, Margaret était à la fois sa confidente et sa complice. Parfois, le vendredi soir, Kerry faisait venir une jeune fille pour garder Robin et se rendait à Manhattan. Margaret et elle dînaient ensemble et allaient à Broadway voir un spectacle ou un film, ou simplement s'attardaient à table pendant des heures pour bavarder.

Vendredi soir, donc, après que Geoff Dorso fut venu lui porter les minutes du procès, Kerry arriva chez Margaret et se laissa tomber avec un *ouf !* de satisfaction sur le canapé, devant un plateau de fromages et de raisin.

Margaret lui tendit un verre de vin. « A ta santé. Tu es superbe. »

Kerry portait un nouveau tailleur vert bronze. Veste longue et jupe aux genoux. Elle baissa les yeux et haussa les épaules. « Merci. J'ai eu l'occasion d'acheter deux ou trois trucs neufs et je me suis pavanée dedans toute la semaine. »

Margaret éclata de rire. « Te souviens-tu de la façon dont ta mère mettait son rouge à lèvres en disant : "On ne sait jamais quelle idylle vous attend au coin de la rue" ? Elle avait raison, non ?

— Peut-être. Sam et elle sont mariés depuis quinze ans maintenant et chaque fois qu'ils viennent sur la côte Est ou que Robin et moi allons leur rendre visite dans le Colorado, ils se tiennent par la main comme deux amoureux. »

Margaret eut un sourire. « Ce n'est pas nous qui aurions cette chance ! » Puis son regard s'assombrit. « Comment va Robin ? Les coupures se cicatrisent bien sur son visage, j'espère ?

— Il me semble. Je compte la conduire chez un

autre chirurgien demain. Pour une simple consultation. »

Margaret hésita avant de dire : « C'est exactement ce que je voulais te conseiller. Je parlais de l'accident de Robin, l'autre jour, au bureau, et j'ai mentionné le nom du Dr Smith. L'un des courtiers, Stuart Grant, a immédiatement relevé son nom. Il a raconté que sa femme avait consulté Smith. Elle voulait qu'il lui supprime ses poches sous les yeux, mais elle n'a plus jamais remis les pieds chez lui après la première visite. Elle a trouvé son comportement bizarre. »

Kerry se redressa. « Qu'entendait-elle par là ?

— Elle s'appelle Susan, mais le docteur n'a pas cessé de l'appeler Suzanne. Puis il a dit qu'il pouvait lui arranger le tour des yeux, mais qu'il préférerait lui refaire tout le visage, qu'elle avait tout ce qu'il fallait pour devenir une véritable beauté et qu'il était navrant d'en tirer si peu avantage.

— Quand cela s'est-il passé ?

— Il y a trois ou quatre ans, je crois. Oh, autre chose. Charles Smith lui a tenu un discours sur les devoirs auxquels vous oblige la beauté, ajoutant que certaines personnes en abusent et suscitent la jalousie et la violence. » Elle s'interrompit. « Kerry, qu'est-ce que tu as ? Tu fais une drôle de tête.

— Marg, c'est important. Es-tu certaine que Charles Smith a parlé de femmes qui suscitent la jalousie et la violence ?

— Je suis sûre de ce que m'a dit Stuart.

— As-tu son numéro de téléphone ? Je voudrais parler à sa femme.

— Je l'ai au bureau. Ils habitent Greenwich, mais je crois me souvenir que leur numéro est sur liste rouge, et nous devrons attendre jusqu'à lundi. De quoi s'agit-il ?

— Je te le raconterai en dînant », dit Kerry d'un air songeur. Il lui semblait que les minutes du procès étaient inscrites dans son esprit. Le Dr Smith avait juré que sa fille craignait pour sa vie à cause de la jalousie *injustifiée* de Skip Reardon. Avait-il menti ? Suzanne avait-elle donné à Skip des raisons d'être jaloux ? Et si oui, de qui ?

Samedi 28 octobre

24

A huit heures samedi matin, Geoff Dorso appela Kerry au téléphone. « J'ai consulté mon répondeur au bureau et j'ai eu votre message, lui dit-il. Je vais à Trenton voir Skip cet après-midi. Voulez-vous m'accompagner ? » Il expliqua qu'il fallait être à la prison à deux heures moins le quart, pour la visite de trois heures.

Presque sans réfléchir, Kerry répondit : « Je vais me débrouiller. Je dois prendre des dispositions pour Robin, mais je vous retrouverai là-bas. »

Deux heures plus tard, Kerry et Robin étaient à Livingston, dans le New Jersey, devant le cabinet du Dr Ben Roth, spécialiste renommé de la chirurgie esthétique.

« Je vais rater mon match de foot, s'inquiéta Robin.

— Tu seras un peu en retard, c'est tout, la calma Kerry. Ne t'en fais pas.

— Très en retard, protesta Robin. Pourquoi ne peut-il pas me voir cet après-midi après le match ?

— Si tu avais envoyé ton emploi du temps au docteur, peut-être aurait-il pu s'y conformer, la taquina Kerry.

— Oh, maman !

— Vous pouvez entrer avec Robin, maintenant, madame McGrath », annonça la réceptionniste.

Trente-cinq ans, chaleureux et souriant, le Dr Roth offrait un contraste agréable avec le Dr Smith. Il examina attentivement le visage de Robin. « Les coupures avaient sans doute un aspect inquiétant après l'accident, mais elles étaient superficielles. Elles n'ont pas pénétré profondément le derme. Il n'en restera rien. »

Robin sembla soulagée. « Formidable ! Merci, docteur. Allons-y, maman.

— Attends-moi à la réception, Robin. Je te rejoins dans un instant. Je veux parler au docteur. » La voix de Kerry avait pris ce que Robin appelait « son ton ». Cela signifiait : « Et je ne veux entendre aucune protestation. »

« Bon. » Avec un soupir exagéré, Robin quitta la pièce.

« Je sais que vous avez des rendez-vous rapprochés, je ne serai donc pas longue, docteur, mais je dois vous demander quelque chose, dit Kerry.

— J'ai tout mon temps. De quoi s'agit-il, madame McGrath ? »

En quelques phrases, Kerry décrivit ce qu'elle avait vu dans le cabinet du Dr Smith. « J'ai donc deux questions à vous poser », conclut-elle. « Peut-on transposer les traits d'une personne sur un autre visage, ou bien un facteur fondamental, comme une ossature similaire, est-il nécessaire ? Et, sachant qu'il est possible de donner une ressemblance quasi parfaite à certains visages, est-ce une chose que font les chirurgiens plasticiens — je veux dire, recréer délibérément quelqu'un à l'image de quelqu'un d'autre ? »

Vingt minutes plus tard Kerry rejoignit Robin et elles partirent rapidement vers le terrain de foot. Contrairement à sa mère, Robin n'était pas d'un naturel athlétique mais, la voyant déterminée à devenir une bonne joueuse, Kerry avait passé de longues heures à l'entraîner. Aujourd'hui, en la regardant taper avec assurance dans le ballon et rentrer un but, Kerry se remémorait la réflexion du Dr Roth : « C'est un fait que certains plasticiens font souvent le même nez, ou le même menton, ou les mêmes yeux, mais il me semble extrêmement inhabituel qu'un chirurgien cherche à reproduire à de multiples exemplaires le même visage chez ses patientes. »

A onze heures trente, elle croisa le regard de Robin et lui fit un au revoir de la main. Robin rentrerait après le match avec sa meilleure amie, Cassie, et passerait l'après-midi chez elle.

Quelques minutes plus tard, Kerry était en route pour Trenton.

Elle avait visité la prison à plusieurs reprises, trouvant toujours aux barbelés et aux miradors un aspect lugubre et désespérant. Ce n'était certes pas un endroit où elle se rendait avec plaisir.

25

Geoff l'attendait dans la salle où l'on enregistrait les noms des visiteurs. « Je suis sincèrement heureux que vous ayez pu venir », dit-il. Ils parlèrent peu avant l'heure de la visite. Geoff semblait comprendre qu'elle préférait le voir garder une certaine réserve en ce moment.

A trois heures pile, un gardien s'approcha d'eux et les pria de le suivre.

Kerry se demandait à quoi ressemblait Skip Reardon aujourd'hui. Dix années s'étaient écoulées depuis qu'elle avait assisté à son procès. L'image qu'elle avait retenue de lui était celle d'un homme jeune, grand, beau, large d'épaules et doté d'une abondante crinière rousse. Mais, plus que son apparence, c'était sa déclaration qui était restée gravée dans sa mémoire : *Le Dr Charles Smith est un menteur. Devant Dieu et cette cour, je jure qu'il a menti !*

« Qu'avez-vous dit à Skip Reardon à mon sujet ? demanda-t-elle à Geoff alors qu'ils attendaient que le prisonnier fût conduit au parloir.

— Seulement que vous vous intéressiez à titre personnel à son cas et que vous vouliez le rencontrer. Je vous le promets, Kerry, j'ai dit "à titre personnel".

— C'est bien. Je vous crois.

— Le voilà. »

Skip Reardon apparut, vêtu du pantalon bleu réglementaire et de la chemise sans col fournis par la prison. Des fils gris striaient ses cheveux roux, mais à part les rides autour de ses yeux, il était tel que s'en souvenait Kerry. Un sourire éclaira son visage quand Geoff fit les présentations.

Un sourire plein d'espoir, constata Kerry, et, avec un serrement de cœur, elle se demanda si elle n'aurait pas dû se montrer plus prudente, voire attendre d'en savoir plus sur toute l'affaire, au lieu d'accepter si rapidement cette rencontre.

Geoff ne perdit pas de temps en préliminaires. « Skip, comme je vous l'ai dit, Mme McGrath voudrait vous interroger sur certains points.

— Je comprends. Et, sachez-le, je suis prêt à répondre à toutes les questions qui me seront posées, quelles qu'elles soient. » Il parlait avec sincérité, malgré une pointe de résignation. « Vous savez ce qu'on dit dans ce cas : je n'ai rien à cacher. »

Kerry sourit, puis aborda directement la question qui était pour elle le nœud de cet entretien : « Dans sa déposition, le Dr Smith a juré que sa fille, votre femme, avait peur de vous et que vous l'aviez menacée. Vous avez soutenu qu'il mentait, mais dans quel but aurait-il menti ? »

Les mains de Reardon étaient jointes sur la table devant lui. « Madame McGrath, si je pouvais expliquer le comportement du Dr Smith, sans doute ne serais-je pas ici en ce moment. Suzanne et moi avons été mariés quatre ans, mais durant ce temps j'ai assez peu vu mon beau-père. Elle allait à New York et dînait avec lui à l'occasion, ou bien il venait à la maison, généralement pendant mon absence. Mon entreprise de travaux publics était florissante à cette époque. Je construisais des maisons du nord au sud de l'Etat et j'investissais dans des terrains en Pennsylvanie pour des projets immobiliers. Je partais régulièrement deux jours par semaine. Nous n'avions pas grand-chose à nous dire, de toute façon, mais il n'a jamais manifesté la moindre animosité à mon égard. En tout cas, il ne s'est jamais comporté comme s'il craignait pour la vie de sa fille.

— Lorsque vous vous trouviez avec lui et Suzanne, avez-vous remarqué quelque chose de particulier dans son attitude envers elle ? »

Reardon regarda Dorso. « C'est vous qui êtes doué pour les mots, Geoff. Comment dire ? Attendez. Je vais vous donner un exemple. Quand j'étais en classe, dans une école religieuse, les nonnes nous grondaient parce que nous parlions à l'église et elles nous disaient qu'il fallait montrer de la vénération envers un lieu saint. Eh bien, c'est ainsi qu'il la traitait. Smith montrait de la "vénération" pour Suzanne. »

Quel mot étrange pour qualifier l'attitude d'un père à l'égard de sa fille, se dit Kerry.

« Et il était très protecteur aussi, ajouta Skip. Un soir où nous avions pris la voiture pour aller dîner tous les trois en ville, il a remarqué que Suzanne n'avait pas bouclé sa ceinture de sécurité. Il lui a fait un véritable sermon, disant qu'elle devait se protéger elle-même, que c'était une obligation. Il avait l'air nerveux, irrité. »

Cela ressemble au discours qu'il nous a tenu, à Robin et à moi, pensa Kerry. Presque à regret, elle dut reconnaître que Skip Reardon avait l'apparence d'un homme franc et honnête.

« Comment se comportait-elle avec lui ?

— Avec respect, la plupart du temps. Mais vers la fin — avant qu'elle ne soit assassinée —, les dernières fois où je les ai vus ensemble, elle semblait curieusement agacée par lui. »

Abordant ensuite un autre aspect du procès, Kerry l'interrogea sur sa déposition selon laquelle, juste avant le meurtre, il avait remarqué que Suzanne portait des bijoux de valeur qu'il ne lui avait pas offerts.

« Madame McGrath, j'aimerais que vous en parliez avec ma mère. Elle pourrait vous le confirmer. Elle a gardé une photo de Suzanne à une fête de charité qui a fait la une des journaux locaux. Suzanne y porte une broche ancienne en diamants, piquée au revers de son tailleur. La photo a été prise seulement deux semaines avant sa mort. Je vous jure que cette broche et deux autres bijoux de prix, qui ne venaient pas de moi, se trouvaient dans le coffret à bijoux ce matin-là. Je m'en souviens très bien car nous nous étions disputés entre autres sur ce sujet. Ces bijoux étaient bien là le matin, et ils avaient disparu le lendemain.

— Vous voulez dire que quelqu'un les a pris ? »

Reardon parut mal à l'aise. « Je ne sais pas si quelqu'un les a pris ou si elle les a rendus à quelqu'un, mais je peux vous dire qu'une partie des bijoux n'étaient plus là le lendemain matin. Je me suis évertué à le dire à la police, je les ai suppliés de vérifier par eux-mêmes, mais il était évident depuis le début qu'ils ne me croyaient pas. Ils ont pensé que j'essayais de les convaincre qu'elle avait été volée et assassinée par un intrus.

« Autre chose, poursuivit-il, mon père avait fait la Seconde Guerre mondiale et était resté deux ans en Allemagne après la guerre. Il en avait rapporté un cadre miniature qu'il avait offert à ma mère pour leurs fiançailles. Ma mère nous a donné ce cadre, à Suzanne et à moi, lorsque nous nous sommes mariés. Suzanne y avait mis une photo d'elle que j'aimais particulièrement et l'avait posé sur la table de nuit dans notre chambre. Lorsque ma mère et moi avons trié les affaires de Suzanne avant mon arrestation, maman s'est aperçue que le cadre avait disparu. Mais je sais qu'il était à sa place ce matin-là.

— Vous voulez dire que le soir où Suzanne est morte, quelqu'un s'est introduit dans la maison et a volé des bijoux et une photo dans un cadre ? demanda Kerry.

— Je vous dis ce qui, à ma connaissance, a disparu. J'ignore où ces choses sont passées et, bien entendu, je ne suis pas sûr que leur disparition ait un rapport quelconque avec le meurtre de Suzanne. Je sais seulement qu'elles n'étaient plus là et que la police n'a pas voulu suivre cette piste. »

Kerry quitta ses notes des yeux et fixa l'homme en face d'elle.

« Skip, quels étaient vos rapports avec votre femme ? »

Il poussa un soupir. « Je suis tombé fou amoureux d'elle dès le premier regard. C'était une véritable beauté. Intelligente. Drôle. Le genre de femme qui vous donne l'impression de ne plus toucher terre. Après notre mariage (il s'arrêta) le feu s'était éteint, madame McGrath. J'avais été élevé dans l'idée qu'on se mariait pour la vie, que le divorce était le dernier recours et, je ne le nie pas, nous avons eu de bons moments. Mais étais-je heureux ou satisfait ? Non, sûrement pas. Heureusement, mes affaires m'absorbaient, je passais presque tout mon temps à travailler, ce qui m'évitait d'y penser.

« Quant à Suzanne, elle semblait avoir tout ce qu'elle désirait. L'argent rentrait à flots. Je lui avais construit la demeure dont elle disait avoir toujours rêvé. Elle allait tous les jours au club, jouer au tennis ou au golf. Elle a passé deux ans à meubler la maison à son goût avec l'aide d'un décorateur. Il y a un type, à Alpine, un certain Jason Arnott, qui est un expert en antiquités. Il emmenait Suzanne à des ventes aux enchères, la conseillait dans ses achats. Elle ne s'habillait plus que chez les grands couturiers. Elle était comme une enfant qui veut que chaque jour soit Noël. Vu la façon dont je travaillais, elle était entièrement libre de son temps. Elle adorait les mondanités, voir sa photo publiée dans les journaux. Pendant longtemps j'ai cru qu'elle était heureuse mais, tout bien pesé, je suis convaincu qu'elle restait avec moi parce qu'elle n'avait pas trouvé mieux.

— Jusqu'au jour..., l'interrompit Geoff.

— Jusqu'au jour où elle a rencontré quelqu'un, continua Reardon. C'est alors que je l'ai vue porter de nouveaux bijoux. Certains étaient anciens, d'autres modernes. Elle affirmait qu'il s'agissait de cadeaux venant de son père, mais je voyais bien qu'elle mentait. Son père a tous ses bijoux aujourd'hui, y compris ceux que je lui avais donnés. »

Lorsque le gardien les prévint que l'heure de la visite était écoulée, Skip se leva et regarda Kerry droit dans les yeux. « Madame McGrath, je ne devrais pas être ici. Quelque part hors de ces murs, l'assassin de Suzanne se promène en toute liberté. Et il existe certainement un moyen de le prouver. »

Geoff et Kerry marchèrent ensemble jusqu'au parking. « Je suis persuadé que vous n'avez pas pris le temps de déjeuner, dit-il. Nous pourrions aller grignoter un morceau rapidement, qu'en dites-vous ?

— Je ne peux pas. Je dois rentrer. Geoff, je vous avoue que dans tout ce que j'ai appris aujourd'hui, je ne vois aucune raison qui aurait pu pousser le Dr Smith à mentir à propos de Skip Reardon. Skip affirme qu'ils entretenaient des rapports raisonnablement cordiaux. Vous l'avez comme moi entendu

dire qu'il ne croyait pas Suzanne quand elle déclarait que les bijoux venaient de son père. Si c'est à
cause d'eux qu'il est devenu jaloux, alors... » Elle ne
termina pas sa phrase.

26

Le dimanche matin, Robin servit la messe de dix
heures. Quand elle voyait la procession longer l'allée
centrale depuis la sacristie, Kerry se rappelait
qu'elle aussi avait voulu être enfant de chœur et
qu'elle s'était entendu répondre que c'était impossible, que seuls les garçons en avaient le droit.

Tout change, se dit-elle pensivement. Je n'aurais
jamais cru voir un jour ma fille à l'autel, je n'aurais
jamais cru que je divorcerais, je n'aurais jamais cru
être juge un jour. *Peut-être* juge, se reprit-elle. Elle
savait que Jonathan avait raison. Mettre aujourd'hui
Frank Green en difficulté équivalait à mettre le gouverneur en difficulté. Cela pouvait porter un coup
fatal à sa propre nomination. La visite de la veille à
Skip Reardon avait peut-être été une grave erreur de
sa part. Pourquoi gâchait-elle sa vie encore une
fois ?

Les années passées avec Bob Kinellen n'avaient
été qu'une succession de chocs émotionnels ; elle
l'avait aimé, avait cru mourir de chagrin, puis de
rage, le jour où il l'avait quittée, s'en était voulu de
n'avoir pas percé à jour l'opportuniste qu'il était. A
présent, elle n'éprouvait plus à son égard que de
l'indifférence, sauf lorsqu'il s'agissait de Robin.
Pourtant, en observant autour d'elle les couples
dans l'église, qu'ils fussent de son âge, plus jeunes

ou plus vieux, elle éprouvait toujours un accès de tristesse. Si seulement Bob avait été l'homme que j'imaginais, pensa-t-elle. Si seulement il était l'homme qu'*il* imaginait être. Aujourd'hui, ils seraient mariés depuis onze ans. Aujourd'hui, sûrement, elle aurait d'autres enfants. Elle avait toujours rêvé d'en avoir trois.

Elle observa sa fille en train d'apporter l'aiguière et son bassin à l'autel avant la consécration. Robin leva les yeux et rencontra son regard. Son bref sourire alla droit au cœur de Kerry. De quoi est-ce que je me plains ? se reprocha-t-elle. Quoi qu'il arrive, je l'ai, elle. Et s'agissant de mariage, le leur n'avait sans doute pas été un modèle de perfection, mais au moins quelque chose de bien en était-il sorti. Personne d'autre que Bob Kinellen et moi n'aurait pu mettre au monde cette délicieuse enfant.

Ses pensées revinrent alors à une autre relation parent-enfant, celle du Dr Smith et de Suzanne. Cette dernière avait été l'unique produit des gènes du docteur et de sa première femme. Dans sa déposition, Charles Smith avait dit qu'après leur divorce, sa femme était partie pour la Californie où elle s'était remariée. Estimant agir pour le bien de sa fille, il avait autorisé le second mari à adopter Suzanne.

« Mais après la mort de sa mère, elle est venue me voir, avait-il dit. Elle avait besoin de moi. »

A entendre Skip Reardon, l'attitude du Dr Smith envers sa fille tenait de la vénération. Une question des plus troublantes avait alors traversé l'esprit de Kerry. Le Dr Smith avait transformé d'autres femmes à l'image de sa fille. Mais personne ne s'était jamais demandé s'il avait opéré Suzanne.

Kerry et Robin finissaient de déjeuner quand Bob téléphona, proposant d'emmener Robin dîner dehors le soir même. Il expliqua qu'Alice avait emmené les enfants en Floride pour une semaine et qu'il allait dans les Catskill visiter un chalet qu'ils envisageaient d'acheter. Robin aimerait-elle l'accompagner ? « Je lui dois une sortie, dit-il, et je promets de la ramener vers neuf heures. »

Le oui de Robin fut enthousiaste et Bob vint la prendre une heure plus tard.

Kerry profita de cet après-midi inattendu de liberté pour se plonger à nouveau dans les minutes du procès de Reardon. La lecture des témoignages lui donna une vue globale de l'affaire, mais elle n'ignorait pas qu'entre lire une froide transcription et écouter les témoins faire leur déposition, il y avait un monde. Elle n'avait pas entendu leurs voix, elle n'avait observé ni leurs visages ni leurs réactions aux interrogatoires. Elle savait que leur attitude avait sans aucun doute joué un rôle considérable dans la décision du jury. Les jurés avaient observé et jaugé le Dr Smith. Et il était évident qu'ils l'avaient cru.

27

Geoff Dorso adorait le football et était un ardent supporter des Giants. Ce n'était certes pas la raison qui l'avait poussé à acheter un appartement dans les Meadowlands mais, il le reconnaissait, c'était commode. Néanmoins, en ce dimanche après-midi, assis dans le Giants Stadium, Geoff avait l'esprit moins occupé par le match qui se jouait ce jour-là contre les Cowboys de Dallas que par sa visite de la veille à Skip Reardon et par les réactions de Kerry.

Il lui avait confié les minutes du procès le jeudi précédent. Les avait-elle déjà lues ? Il avait espéré qu'elle lui en parlerait pendant qu'ils attendaient l'arrivée de Skip, mais elle n'y avait pas fait allusion. Il essaya de se persuader que son scepticisme était une déformation professionnelle et que son attitude ouvertement négative après leur visite ne signifiait pas nécessairement qu'elle se désintéressait de l'affaire.

Lorsque les Giants gagnèrent d'un cheveu, à la fin du quatrième quart, Geoff applaudit avec la foule, mais refusa d'aller célébrer la victoire avec les amis qui l'accompagnaient. Il préféra rentrer chez lui et appela Kerry.

Il se réjouit d'apprendre qu'elle avait lu les minutes du procès et désirait lui poser un certain nombre de questions. « J'aimerais vous rencontrer à nouveau », dit-il. Puis il fut saisi d'une impulsion. Elle me répondra sûrement non, réfléchit-il tout en demandant néanmoins : « Par hasard, seriez-vous libre pour dîner ce soir ? »

28

Dolly Bowles avait soixante ans lorsqu'elle était venue s'installer chez sa fille, à Alpine. C'était il y avait douze ans, elle venait de perdre son mari. Elle n'avait pas voulu s'imposer, mais la pensée de se retrouver seule l'angoissait et elle n'envisageait pas de vivre dans la grande maison qu'elle avait partagée avec lui.

Et, à la vérité, il y avait une raison psychologique à son anxiété. Des années auparavant, alors qu'elle était encore enfant, elle avait ouvert la porte à un livreur qui s'était révélé être un cambrioleur. Elle revoyait encore dans ses cauchemars la façon dont il les avait attachées, elle et sa mère, avant de mettre la maison à sac. Résultat, elle avait tendance, depuis, à soupçonner tous les inconnus, et à plusieurs reprises s'était attiré les foudres de son gendre en déclenchant l'alarme lorsque, seule à la maison, elle avait entendu des bruits inhabituels ou aperçu un inconnu dans la rue.

Sa fille Dorothy et son gendre Lou voyageaient beaucoup. Leurs enfants habitaient encore à la maison lorsqu'ils avaient accueilli Dolly, et elle s'était occupée d'eux. Ils étaient partis vivre de leur côté depuis plusieurs années, et Dolly s'était retrouvée presque sans rien à faire. Elle avait en vain essayé de se rendre utile, la fidèle femme de ménage refusant toute aide de sa part.

Libre de son temps, Dolly était alors devenue la baby-sitter du quartier, situation qui lui convenait admirablement. Elle aimait les jeunes enfants, prenait un réel plaisir à leur lire des histoires ou à jouer avec eux des heures durant. Les gens en général l'appréciaient. Seule les irritait sa manie de téléphoner à la police pour signaler un individu à l'air bizarre. Et elle ne le faisait pratiquement plus ; pas depuis qu'elle avait été citée comme témoin dans l'affaire Reardon. Un frisson la parcourait à chaque fois qu'elle y repensait. Le procureur l'avait ridiculisée. Dorothy et Lou avaient été mortifiés. « Maman, je t'avais demandé de ne pas appeler la police », lui avait sèchement dit Dorothy à l'époque.

Pourtant, Dolly avait eu le sentiment qu'elle devait le faire. Elle connaissait Skip Reardon et elle éprouvait de la sympathie pour lui ; elle avait voulu l'aider. Par ailleurs, elle avait vraiment vu cette voiture, tout comme l'avait vue Michael, le petit garçon de cinq ans qui avait tellement de mal à lire et dont elle avait la garde ce soir-là. Il avait vu la voiture lui aussi, mais l'avocat de Skip avait conseillé à Dolly de ne pas en parler.

« Cela ne ferait qu'embrouiller les choses, avait dit M. Farrell. Tout ce que nous vous demandons, c'est de dire ce que vous avez vu, qu'une voiture noire était garée devant la maison des Reardon à neuf heures du soir et qu'elle en est repartie quelques minutes plus tard. »

Elle était certaine d'avoir repéré l'un des numéros et l'une des lettres : 3 et L. Mais le procureur avait tenu en l'air une plaque d'immatriculation au fond de la salle d'audience et elle n'avait pas pu la lire. Il lui avait fait avouer qu'elle trouvait Skip Reardon très sympathique parce qu'il avait sorti un soir sa voiture d'une congère.

Ce n'était pas pour ça qu'il ne pouvait pas être un meurtrier, Dolly le savait, mais au fond de son cœur elle sentait qu'il était innocent, et elle priait pour lui tous les soirs. Parfois, encore aujourd'hui, lorsqu'elle faisait du baby-sitting de l'autre côté de la rue, en face de la maison des Reardon, elle regardait par la fenêtre et se rappelait la nuit où Suzanne avait été assassinée. Et elle pensait au petit Michael — sa famille avait déménagé plusieurs années auparavant —, qui avait quinze ans aujourd'hui, et à la façon dont il avait désigné du doigt la voiture noire en disant : « L'auto de grand-papa. »

Dolly ne pouvait pas savoir que, ce dimanche soir-là, à l'heure même où elle contemplait par la fenêtre la maison qui avait été celle de Reardon, à une quinzaine de kilomètres de là, à la Villa Cesare, à Hillsdale, Geoff Dorso et Kerry McGrath parlaient d'elle.

29

D'un commun accord, Kerry et Geoff évitèrent de discuter de l'affaire Reardon jusqu'au moment du café. Durant la première partie du repas, Geoff raconta son enfance à New York. « A mes yeux, mes cousins du New Jersey vivaient à la cambrousse, dit-il. Puis, après que nous avons nous-mêmes déménagé et que j'ai grandi ici, j'ai décidé d'y rester. »

Il dit à Kerry qu'il avait quatre sœurs cadettes.

« Je vous envie, fit-elle. Je suis enfant unique, et j'aimais aller chez mes amies qui avaient une grande famille. J'ai toujours regretté de ne pas avoir une flopée de frères et sœurs. Mon père est mort alors que j'avais dix-neuf ans et ma mère s'est remariée quand j'avais vingt et un ans et elle est partie vivre dans le Colorado. Je la vois deux fois par an. »

Le regard de Geoff s'adoucit. « Ça ne vous apporte pas un grand soutien familial, dit-il.

— Non, je suppose que non, mais Jonathan et Grace Hoover ont comblé le vide. Ils ont été merveilleux pour moi, presque comme des parents. »

Ils parlèrent de la faculté de droit, convenant que la première année était épouvantable et qu'ils détesteraient devoir l'endurer à nouveau. « Qu'est-ce qui vous a décidé à devenir avocat d'assises ? demanda Kerry.

— Je crois que ça remonte à l'époque où j'étais gosse. Une femme dans notre immeuble, Anna Owens, était l'une des personnes les plus gentilles que j'aie jamais connues. Je me souviens d'un jour où je courais dans le hall pour attraper l'ascenseur. Je l'ai bousculée et elle est tombée. N'importe qui d'autre aurait poussé des cris d'orfraie, mais elle s'est contentée de se relever en disant : "Geoff, l'ascenseur redescendra, tu sais." Puis elle a ri. Elle voyait bien que j'étais mort de honte...

— Vous n'allez pas me dire que c'est ça qui vous a décidé à être avocat ! » Kerry sourit.

« Non. Mais trois mois plus tard, quand son mari l'a plaquée, elle l'a suivi jusque chez sa petite amie et l'a tué. Je suis convaincu qu'il s'agissait d'un accès de folie passagère, ce que son avocat a tenté de plaider, mais elle a quand même fait vingt ans de prison. Pour moi, la phrase clé est "circonstances atténuantes". Lorsqu'elles existent à mes yeux, ou lorsque je crois l'accusé innocent, comme c'est le cas pour Skip Reardon, j'accepte d'assurer la défense. » Il se tut un instant. « Et vous, qu'est-ce qui vous a poussée à devenir procureur ?

— La victime et la famille de la victime, répondit-elle simplement. Si l'on accepte votre théorie, j'aurais pu avoir tué Bob Kinellen et plaider les circonstances atténuantes. »

Une lueur d'irritation traversa les yeux de Geoff Dorso, vite remplacée par de l'amusement. « Franchement, je ne vous vois pas tirant sur qui que ce soit, Kerry.

— Moi non plus, à moins... » Kerry hésita un instant avant de continuer. « A moins que Robin ne soit en danger. Dans ce cas je ferais n'importe quoi pour la sauver. J'en suis certaine. »

Au cours du dîner, Kerry évoqua presque malgré elle la mort de son père. « J'étais en seconde année d'université, à Boston. Après avoir été commandant de bord sur la Pan Am, il était entré dans l'administration et avait été nommé vice-président. Il nous emmenait partout, ma mère et moi. Pour moi, c'était l'homme le plus merveilleux du monde... » Elle avala sa salive. « Et un week-end où j'étais rentrée à la maison, après mes cours, il s'est plaint d'être patraque. Mais il n'a pas jugé bon d'aller chez le médecin car il venait de passer le contrôle médical annuel. Il a dit qu'il irait mieux le jour suivant. Le lendemain matin, il ne s'est pas réveillé.

— Et votre mère s'est remariée deux ans plus tard ?

— Oui, juste avant l'année de mon diplôme. Sam était veuf et c'était un ami de papa. Il était sur le point de prendre sa retraite à Vail quand papa est mort. Il a une belle maison là-bas. Ils y sont très heureux.

— Qu'est-ce que votre père aurait pensé de Bob Kinellen ? »

Kerry éclata de rire. « Vous êtes très perspicace,

Geoff Dorso. Je crois qu'il n'aurait pas été impressionné. »

En prenant leur café, ils abordèrent enfin l'affaire Reardon. Kerry dit sans détour : « J'étais là quand le jury a rendu son verdict il y a dix ans. L'expression de Reardon et ce qu'il a dit sont restés imprimés dans ma mémoire. J'ai entendu beaucoup de coupables jurer qu'ils étaient innocents — après tout, qu'avaient-ils à perdre ? — mais il y avait quelque chose dans sa déclaration qui m'a émue.

— Parce qu'il disait la vérité. »

Kerry le regarda franchement. « Je vous préviens, Geoff, j'ai l'intention de jouer l'avocat du diable, et si la lecture des minutes a soulevé nombre de questions dans mon esprit, elle ne m'a certainement pas convaincue de l'innocence de Reardon. Pas plus que notre visite d'hier. C'est ou lui ou le Dr Smith qui ment. Skip Reardon a une excellente raison de mentir. Pas Charles Smith. Je persiste à juger suspect que, le jour même de la mort de Suzanne, Skip ait discuté de divorce et se soit montré bouleversé en apprenant ce que ça lui coûterait.

— Kerry, Skip Reardon était un self-made-man. Il s'est sorti de la pauvreté à la force du poignet et a brillamment réussi. Suzanne lui avait déjà coûté une fortune. Il vous l'a dit lui-même. C'était une dépensière-née, achetant tout ce qui lui passait par la tête. » Il s'interrompit. « Non. Etre en colère et le faire entendre est une chose. Mais il y a une sacrée différence entre épancher sa bile et tuer. En tout cas, même si le divorce devait lui coûter cher, Skip était soulagé à la pensée de mettre fin à la comédie de son mariage et de pouvoir enfin vivre en paix. »

Ils parlèrent des roses Sweetheart. « Je suis absolument persuadé que Skip ne les a ni apportées ni fait livrer », dit Geoff en buvant son espresso. « Si nous admettons ce point, cela veut dire qu'il y a une autre personne en jeu. »

Pendant que Geoff payait l'addition, ils convinrent tous deux que la déposition du Dr Smith était l'élément déterminant qui avait provoqué la condamnation de Skip. « Réfléchissez, la pressa Geoff. Le Dr Smith a affirmé que Suzanne était terrorisée par Skip et ses crises de jalousie. Mais si elle avait tellement peur de lui, comment serait-elle restée tranquillement en sa présence à disposer dans un vase les fleurs qu'un autre homme lui avait envoyées, et cela avec la plus grande désinvolture, selon les dires de Skip ? Ça n'a pas de sens.

— *Si* Skip a dit la vérité, et nous n'en avons pas la preuve, n'est-ce pas ?

— En tout cas, je le crois, affirma Geoff avec conviction. Par ailleurs, aucun témoin n'est venu confirmer la déclaration de Charles Smith. Les Reardon étaient un couple très mondain. S'il s'était montré violent avec sa femme, quelqu'un se serait sûrement manifesté pour le dire.

— Peut-être, concéda Kerry, mais pourquoi n'y a-t-il eu aucun témoin à décharge pour nier qu'il était maladivement jaloux ? Pourquoi n'a-t-on cité que deux témoins de moralité pour contrer la déposition du Dr Smith ? Non, Geoff, je crains que le jury, sur la base de ce qu'il a entendu, n'ait eu aucune raison de mettre en doute les affirmations du Dr Smith. Par ailleurs, ne sommes-nous pas généralement portés à faire confiance à un médecin ? »

Ils restèrent silencieux sur le chemin du retour. En raccompagnant Kerry à sa porte, Geoff lui prit la clé des mains. « Ma mère dit qu'il faut toujours ouvrir la porte à une femme. J'espère que ce n'est pas trop sexiste.

— Non, pas du tout. Pas pour moi du moins. Mais peut-être suis-je un peu démodée. » Le ciel au-dessus d'eux était d'un noir bleuté et scintillant d'étoiles. Un vent vif soufflait, et Kerry fut parcourue d'un frisson.

Geoff le remarqua, tourna rapidement la clé et ouvrit la porte. « Vous n'êtes pas vêtue assez chaudement pour l'air du soir. Rentrez vite. »

Comme elle pénétrait à l'intérieur, il resta dehors sur le porche, sans faire un mouvement pouvant indiquer qu'il espérait être invité à entrer. Il dit simplement : « Avant de vous quitter, dites-moi, que faisons-nous à partir de là ?

— Je compte voir le Dr Smith dès qu'il voudra bien me donner un rendez-vous. Mais il vaut mieux que j'y aille seule.

— Nous nous reverrons donc dans les prochains jours », dit Geoff. Il lui adressa un bref sourire et descendit lentement les marches. Kerry referma la porte et se dirigea vers la salle de séjour, mais elle n'alluma pas immédiatement la lumière. Elle savourait encore le moment où Geoff lui avait pris la clé des mains pour lui ouvrir la porte. Puis elle alla à la fenêtre et regarda sa voiture partir en marche arrière dans l'allée et disparaître dans la rue.

C'est tellement amusant d'être avec papa, pensa Robin en s'asseyant avec un soupir de satisfaction à côté de lui dans la Jaguar. Ils avaient visité le chalet que Bob Kinellen songeait acheter. Elle l'avait trouvé super, mais il ne correspondait pas à ce qu'il attendait. « Je veux que les pistes arrivent juste devant la porte », avait-il dit. Et il avait ri. « Il n'y a qu'à continuer à chercher. »

Robin avait emporté son appareil photo, et son père lui laissa le temps de faire deux pellicules. Il y avait à peine quelques plaques de neige sur les sommets, mais la lumière sur les montagnes était fantastique. Elle prit en photo les derniers rayons du soleil couchant, et ils repartirent. Son père connaissait un endroit épatant où l'on mangeait des crevettes formidables.

Robin savait que maman était furieuse contre papa parce qu'il ne lui avait pas parlé au téléphone après l'accident, mais il *avait* laissé un message. Et c'était vrai, elle ne le voyait pas beaucoup, mais quand ils étaient ensemble, il était merveilleux...

A six heures et demie, ils s'arrêtèrent au restaurant où ils commandèrent des crevettes et des coquilles Saint-Jacques. Il lui assura que cette année, promis-juré, ils iraient skier tous les deux seuls. « Un jour où maman sera partie se balader avec quelqu'un. » Il lui fit un clin d'œil.

« Oh ! maman ne sort pas beaucoup, lui dit-elle. Deux fois cet été quelqu'un que j'aimais bien est venu la chercher, mais elle a dit qu'il était rasoir.

— Qu'est-ce qu'il faisait ?

— C'était un ingénieur, je crois.

— Eh bien, quand maman sera juge, elle finira peut-être par rencontrer un autre juge. Il y en aura une flopée autour d'elle.

— Un avocat est venu à la maison l'autre soir, dit Robin. Il est gentil. Mais je crois que c'était seulement pour le travail. »

Bob Kinellen était resté quelque peu distrait pendant leur conversation. Soudain, son intérêt s'éveilla. « Comment s'appelait-il ?

— Geoff Dorso. Il a apporté un gros dossier à maman. »

Lorsque son père devint subitement très silencieux, Robin eut la désagréable impression d'en avoir peut-être trop dit, de l'avoir contrarié.

Au retour dans la voiture, elle dormit pendant le reste du trajet, et quand son père la déposa, à neuf heures et demie, elle se sentit heureuse d'être à la maison.

L'automne fut chargé pour le Sénat et l'assemblée de l'Etat du New Jersey. La participation aux séances bihebdomadaires n'était pas loin d'atteindre cent pour cent, et cela pour une bonne raison : la prochaine élection du gouverneur, même si elle était encore éloignée d'une année, créait une tension sous-jacente qui électrisait l'atmosphère des deux chambres.

Le fait que le gouverneur Marshall paraisse vouloir soutenir la candidature du procureur Frank Green à sa succession n'était pas sans mécontenter nombre d'autres candidats de son parti, impatients d'occuper sa place. Jonathan Hoover savait pertinemment que le moindre incident de parcours capable de déstabiliser Green serait pain bénit pour les autres postulants. Ils sauteraient sur l'occasion, créeraient un maximum de confusion. Si l'affaire prenait de l'ampleur, les chances de Green seraient compromises. En ce moment même, c'était loin d'être du tout cuit.

Président du Sénat, Hoover avait un poids politique énorme. S'il avait été réélu à cinq reprises pour des mandats de quatre ans, c'était en grande partie à cause de sa capacité à prendre en compte le long terme dans ses décisions ou ses votes. Une qualité appréciée par les électeurs.

Les jours où le Sénat se réunissait, il lui arrivait de rester à Trenton et de dîner avec des amis. Ce soir, il devait dîner avec le gouverneur.

Après la session de l'après-midi, Jonathan regagna son bureau personnel, demanda à sa secrétaire de prendre les messages et ferma la porte. Pendant l'heure qui suivit, il resta assis à sa table de travail, les mains jointes sous le menton. Une attitude que Grace appelait « Jonathan en prière ».

Il finit par se lever, alla à la fenêtre et contempla le ciel qui s'assombrissait. Il avait pris une décision importante. L'enquête que menait Kerry McGrath dans l'affaire Reardon posait un véritable problème. C'était exactement le genre de chose dont pouvaient s'emparer les médias pour en faire du sensationnel. Même si finalement il n'en sortait rien, ce dont Jonathan était convaincu, cela donnerait néanmoins une image négative de Frank Green et compromettrait sa candidature.

Certes, il était possible que Kerry laisse tomber ses recherches avant qu'elles n'aillent trop loin — il espérait qu'elle le ferait, pour le bien de tout le monde. Mais il était du devoir de Jonathan de prévenir le gouverneur et de lui suggérer de mettre momentanément en attente la demande de nomination de Kerry au siège de juge. Il serait embarrassant pour le gouverneur de voir travailler contre lui quelqu'un qu'il aurait lui-même nommé.

31

Le lundi matin, Kerry trouva sur son bureau un paquet contenant une de ces porcelaines de Chine Royal Doulton appelées « Vent d'automne ». Une lettre l'accompagnait :

Chère Madame McGrath,
La maison de maman est vendue et nous avons déménagé toutes nos affaires. Nous partons vivre en Pennsylvanie chez notre tante et notre oncle.

Maman avait gardé cette statuette sur sa commode. Elle la tenait de sa mère. Elle disait que sa vue la rendait heureuse.

Nous voulons vous la donner, car grâce à vous nous sommes sûrs que le meurtrier de maman paie son crime. C'est notre façon de vous remercier.

La lettre était signée de Chris et Ken, les fils de la chef de service qui avait été assassinée par son employé.

Kerry refoula ses larmes en soulevant la délicate figurine. Elle fit venir sa secrétaire et lui dicta une brève réponse :

Par la loi, je ne suis pas autorisée à accepter de cadeau, mais, Chris et Ken, je vous le promets, s'il en était autrement je chérirais celui-ci. Je vous en prie, conservez cette statuette en souvenir de moi et de votre mère.

En signant la lettre elle pensa à l'affection qui liait ces deux frères et les avait liés à leur mère. Qu'adviendrait-il de Robin s'il m'arrivait malheur ? se demanda-t-elle une fois encore. Puis elle secoua la tête. A quoi bon devenir morbide ! D'ailleurs, elle avait une autre relation parent-enfant plus urgente à explorer.

Il était temps de rendre visite au Dr Charles Smith. Lorsqu'elle téléphona à son cabinet, le service des abonnés absents répondit. « Il n'y aura personne avant onze heures aujourd'hui. Puis-je prendre un message ? »

Peu avant midi, Mme Carpenter, l'infirmière, lui retourna son appel.

« Je désirerais avoir un entretien avec le docteur aussi rapidement que possible, dit Kerry. C'est important.

— C'est à quel sujet, madame McGrath ? »

Kerry décida de jouer franc jeu : « Dites au docteur que c'est au sujet de Suzanne. »

Elle attendit presque cinq minutes, puis entendit la voix froide, précise, du Dr Smith : « Que désirez-vous, madame McGrath ?

— Je voudrais vous parler de votre déposition au procès de Skip Reardon, docteur, et je vous serais reconnaissante de me recevoir dès que possible. »

Lorsqu'elle eut raccroché, il avait accepté de la recevoir à son cabinet à sept heures trente le lendemain matin. Elle réfléchit que cela l'obligerait à partir de chez elle vers six heures trente. Et à demander à une voisine d'appeler Robin au téléphone pour s'assurer qu'elle ne se rendorme pas après le départ de sa mère.

A part ça, Robin saurait se débrouiller. Elle se rendait toujours à pied à l'école avec deux de ses copines, et Kerry était sûre qu'elle était assez grande pour prendre seule son bol de céréales.

Elle appela ensuite son amie Margaret à son bureau et obtint le numéro de téléphone personnel de Stuart Grant. « J'ai parlé de toi à Stuart et de ton intérêt pour ce chirurgien, il m'a précisé que sa femme serait chez elle toute la matinée », lui dit Margaret.

Susan Grant répondit dès la première sonnerie. Elle répéta exactement ce qu'avait rapporté Margaret. « Je vous le jure, Kerry, c'était terrifiant. Je voulais seulement supprimer les poches sous mes yeux. Mais le Dr Smith était tellement insistant. Il n'a cessé de m'appeler Suzanne, et si je l'avais laissé faire, je suis certaine que je ne serais plus moi-même. »

Juste avant le déjeuner, Kerry demanda à Joe Palumbo de passer à son bureau. « J'ai une petite affaire hors programme pour laquelle j'ai besoin de votre aide, lui dit-elle lorsqu'il s'affala dans un fauteuil en face d'elle. Le procès Reardon. »

Le regard interrogateur de Joe exigeait de sa part

une réponse. Elle lui parla du Dr Charles Smith et des sosies de Suzanne Reardon. Avec hésitation, elle lui confia qu'elle avait également rendu visite à Skip Reardon en prison et que, bien qu'agissant à titre strictement personnel, elle commençait à avoir des doutes sur la façon dont le procès avait été mené.

Palumbo émit un sifflement.

« Joe, je préférerais que cela reste entre nous. Frank Green n'est pas très heureux que je m'intéresse à cette affaire.

— On se demande pourquoi, grommela Palumbo.

— L'autre jour, il se trouve que Green en personne m'a rapporté que le Dr Smith avait été un témoin totalement dépourvu de sentiment. Etrange, pour le père d'une jeune femme assassinée, non ? A la barre, Smith a déclaré que sa femme et lui s'étaient séparés lorsque Suzanne était encore bébé. Quelques années plus tard, il avait autorisé son beau-père, un dénommé Wayne Stevens, à l'adopter, et elle avait grandi à Oakland, en Californie. J'aimerais que vous retrouviez ce Stevens. J'aimerais apprendre de sa bouche quelle sorte de petite fille était Suzanne, et en particulier je voudrais voir une photo d'elle quand elle était adolescente. »

Sur son bureau, elle avait mis de côté plusieurs pages des minutes du procès Reardon. Elle les poussa vers Palumbo. « Voilà la déposition d'une baby-sitter qui se trouvait dans la maison d'en face la nuit du crime, et qui affirme avoir vu une voiture inconnue stationnée devant l'entrée des Reardon vers neuf heures du soir. Elle habite — ou habitait — chez sa fille et son gendre, à Alpine. Essayez de la retrouver, voulez-vous ? »

Les yeux de Palumbo reflétaient un intérêt non dissimulé. « Avec plaisir, Kerry. Vous me faites une faveur. J'adorerais voir notre cher leader sur un siège éjectable pour une fois.

— Ecoutez, Joe, Frank Green est un chic type, protesta Kerry. Je ne cherche pas à lui causer des problèmes. J'ai seulement l'impression que certaines questions sont restées en suspens lors de ce procès, et franchement, ma rencontre avec le Dr Smith et la vue de ces deux sosies m'ont fait froid dans le dos. S'il y a le moindre risque qu'on ait jeté un innocent en prison, c'est mon devoir de chercher à en savoir plus. Mais je ne le ferai que si ma conviction est établie.

— Je comprends parfaitement, dit Palumbo. Et pas de malentendu entre nous, Kerry. Je suis d'accord avec vous que Green est un boss correct. Simplement, je préférerais un bonhomme qui ne cherche pas à se planquer chaque fois qu'un de ses adjoints est mis sur le gril. »

32

Une fois qu'il eut raccroché après avoir parlé avec Kerry McGrath, Charles Smith ressentit à nouveau le léger tremblement qui agitait parfois sa main droite. Il tenta de le maîtriser avec sa main gauche, mais en vain. Il sentait les vibrations dans le bout de ses doigts.

Mme Carpenter avait un drôle d'air en lui annonçant l'appel de Kerry McGrath. Le nom de Suzanne n'avait rien évoqué à Kate Carpenter, qui s'était sûrement demandé quelle était la raison de ce mystérieux coup de téléphone

Il ouvrit le dossier de Robin Kinellen et l'étudia. Il se souvenait que ses parents étaient divorcés, mais il n'avait pas examiné les renseignements personnels que Kerry avait ajoutés aux antécédents médicaux de Robin. Ils indiquaient qu'elle était procureur adjoint du comté de Bergen. Il réfléchit pendant un moment. Il ne se souvenait pas de l'avoir vue au procès.

On frappa à la porte. Mme Carpenter venait lui rappeler qu'une patiente l'attendait dans la salle d'examen.

« Je sais », dit-il sèchement, la renvoyant d'un geste. Il reporta son attention sur le dossier de Robin. Il l'avait revue deux fois depuis son opération, le 11 et le 23. Barbara Tompkins était venue se faire examiner le 11, et Pamela Worth le 23. Une coïncidence malheureuse. Kerry McGrath avait dû les apercevoir toutes les deux, et cela avait peut-être éveillé en elle un vague souvenir de Suzanne.

Il resta longtemps assis à son bureau. Que signifiait réellement l'appel téléphonique de Kerry McGrath ? Pourquoi s'intéressait-elle au procès ? La situation ne pouvait pas avoir évolué. Les faits étaient toujours les mêmes. Skip Reardon était toujours en prison, et il y resterait. Smith savait que sa déposition avait joué un rôle capital dans sa condamnation. Et je n'en changerai pas un mot, songea-t-il froidement. Pas un traître mot.

33

Flanqué de ses deux avocats, Robert Kinellen et Anthony Bartlett, Jimmy Weeks s'impatientait dans la salle d'audience du tribunal de première instance pendant que s'éternisait la sélection d'un jury pour son affaire d'évasion fiscale.

Au bout de trois semaines, six jurés seulement avaient été agréés par l'accusation et la défense. La femme interrogée en ce moment même était du genre qu'il redoutait le plus. Collet monté et imbue d'elle-même, faisant partie de toutes les associations. Présidente du Westdale Women's Club, avait-elle annoncé, un mari P-DG d'une entreprise de travaux publics, deux fils à Yale.

Jimmy l'observa tandis que l'interrogatoire se poursuivait et qu'elle se montrait de plus en plus condescendante. Sûr qu'elle satisfaisait l'accusation, ça ne faisait pas de doute. Et à voir le regard de mépris qu'elle lançait dans sa direction, il était clair qu'elle le prenait pour un moins-que-rien.

Lorsque le juge eut terminé de la questionner, Jimmy Weeks se pencha vers Kinellen et lui dit : « Acceptez-la.

— Vous avez perdu la tête ? s'exclama Bob d'un ton stupéfait.

— Faites-moi confiance, Bobby. »

Jimmy baissa la voix. « Ce sera un vrai cadeau. » Puis il jeta un regard noir vers le banc de la défense où, impassible, Barney Haskell contemplait la scène au côté de son avocat. Si Haskell négociait avec l'accusation et devenait témoin à charge, Kinellen affirmait pouvoir le démolir au cours de l'audition.

C'était à voir. Jimmy Weeks n'en était pas si certain, et il aimait avoir des certitudes. Il s'était mis un juré dans sa poche. Maintenant il en avait probablement deux.

Jusque-là, Bob avait juste mentionné que son ex-femme s'intéressait au procès Reardon, songea Weeks, mais si jamais les choses allaient plus loin, cela pourrait devenir inconfortable pour lui. Surtout si Haskell en entendait parler. Il pourrait lui venir à l'esprit qu'il disposait d'un pion supplémentaire dans ses négociations avec l'accusation.

34

Tard dans l'après-midi, la secrétaire de Geoff Dorso l'appela à l'interphone. « Mlle Taylor est ici, lui annonça-t-elle. Je lui ai laissé entendre que vous ne pourriez sans doute pas la recevoir sans rendez-vous. Elle a dit qu'elle vous retiendrait seulement quelques minutes et que c'était important. »

Si Beth Taylor venait le voir sans avoir préalablement téléphoné, c'était certainement pour une raison sérieuse. « Entendu, dit Geoff. Faites-la entrer. »

Son pouls s'accéléra pendant qu'il attendait. Pourvu qu'elle ne soit pas là pour lui annoncer qu'il était arrivé malheur à la mère de Skip Reardon. Mme Reardon avait eu une crise cardiaque peu après la condamnation de Skip, et une autre il y a cinq ans. Elle s'en était sortie, déclarant qu'elle n'avait pas l'intention de quitter le monde tant que son fils serait en prison pour un crime qu'il n'avait pas commis.

Elle écrivait à Skip tous les jours — des lettres joyeuses, pleines d'entrain et de projets d'avenir. Lors d'une récente visite à la prison, Geoff avait écouté Skip lui lire un extrait de celle qu'il avait reçue le matin même. « A la messe ce matin, j'ai rappelé à Dieu que puisque tout vient à point à qui sait attendre, nous avions attendu suffisamment long-temps. Et tu sais, Skip, un sentiment merveilleux m'a envahie. Comme si j'entendais une voix dire : "Plus pour longtemps." »

Skip avait eu un rire amer. « Vous savez, Geoff, en lisant ces mots, j'ai failli y croire. »

Lorsque sa secrétaire introduisit Beth dans son bureau, Geoff alla au-devant de la jeune femme et l'embrassa affectueusement. Chaque fois qu'il la voyait, la même pensée traversait son esprit : Skip aurait eu une existence ô combien différente s'il avait épousé Beth Taylor et n'avait jamais rencontré Suzanne !

Beth avait le même âge que Skip, presque quarante ans maintenant. Elle était de taille moyenne, agréablement tournée, avec des cheveux bruns courts et ondulés, des yeux marron au regard vif et un visage qui rayonnait d'intelligence et de bonté. Elle était institutrice à l'époque où Skip et elle étaient fiancés, il y avait quinze ans de cela. Depuis, elle avait passé sa maîtrise et était aujourd'hui conseillère d'orientation dans une école des environs.

A voir son expression en ce moment, il était clair qu'elle était profondément troublée. Lui désignant le confortable canapé placé dans l'angle de la pièce, Geoff dit : « Je sais qu'ils ont fait du café il y a une heure. En désirez-vous un ? »

Un sourire affleura sur son visage. « Volontiers. »

Il l'examina tandis qu'ils parlaient de tout et de rien et qu'il remplissait leurs tasses. Elle semblait plus inquiète qu'en proie au chagrin. Il en conclut qu'il n'était rien arrivé à Mme Reardon. Une autre possibilité lui traversa alors l'esprit. Seigneur, Beth a peut-être rencontré un autre homme et elle ne sait comment l'annoncer à Skip. Ce genre de chose pouvait arriver — peut-être même *devait* arriver — mais il savait que l'épreuve serait terrible pour Skip.

Beth en vint alors au sujet de sa visite : « Geoff, j'ai parlé à Skip au téléphone, hier soir. Il semble affreusement déprimé. Je suis vraiment inquiète. Vous savez que l'on parle de plus en plus de limiter les pourvois à répétition que forment les condamnés contre les décisions des tribunaux. Skip est pratiquement resté en vie dans le seul espoir qu'un de ses appels serait un jour jugé recevable. Si jamais il renonce à cet espoir, il ne lui restera qu'à mourir. Il m'a parlé de cette assistante du procureur qui est venue lui rendre visite. Il est convaincu qu'elle ne le croit pas.

— Vous le croyez capable de se suicider ? demanda vivement Geoff. Dans ce cas, il faut faire quelque chose. En tant que prisonnier modèle, il a droit à certains privilèges. Je vais avertir le gardien.

— Non, non ! N'y faites surtout pas allusion ! s'écria Beth. Je ne veux pas dire que Skip attenterait à ses jours maintenant. Il sait qu'il tuerait sa mère par la même occasion. Je veux juste... » Elle leva les mains en un geste d'impuissance. « Geoff, laissa-t-elle échapper, puis-je encore lui donner un espoir quelconque ? Croyez-vous vraiment pouvoir trouver d'autres moyens d'appel ? »

Il y a une semaine, songea Geoff, je lui aurais répondu que j'avais passé ce procès au peigne fin sans trouver la moindre voie de recours. Mais l'appel téléphonique de Kerry McGrath créait une situation nouvelle.

Attentif à ne pas lui donner de faux espoirs, il lui parla des deux femmes que Kerry avait vues dans le cabinet du Dr Smith, et de son intérêt grandissant pour le procès. Voyant le visage de la jeune femme s'éclairer, il espéra ardemment ne pas les entraîner, elle et Skip, dans une impasse.

Les yeux de Beth s'emplirent de larmes. « Kerry McGrath s'intéresse donc toujours au procès ?

— Certainement. Elle est formidable, Beth. » Au moment où il prononçait ces mots, Geoff se représenta Kerry ; sa façon de ramener une mèche de cheveux blonds derrière son oreille quand elle était concentrée, son regard rêveur lorsqu'elle évoquait son père, sa silhouette svelte, son sourire triste, désabusé, chaque fois que le nom de Kinellen venait dans la conversation, la fierté joyeuse avec laquelle elle parlait de sa fille.

Il lui semblait entendre sa voix légèrement rauque, il revoyait son sourire presque timide le soir où il lui avait pris sa clé pour ouvrir la porte. Il était évident qu'après la mort de son père, personne n'avait pris soin de Kerry.

« Geoff, s'il existe des voies de recours, pensez-vous que nous ayons fait une erreur la dernière fois en ne mentionnant pas mon existence ? »

La question de Beth le ramena au présent. Elle faisait allusion à un aspect de cette affaire qui n'avait jamais été évoqué à l'audience. Peu de temps avant la mort de Suzanne Reardon, Skip et Beth avaient recommencé à se voir. Ils s'étaient rencontrés par hasard, et Skip l'avait invitée à déjeuner. Le repas s'était éternisé pendant des heures, il lui avait avoué qu'il était malheureux et regrettait de l'avoir quittée. « J'ai fait une erreur stupide, lui avait-il dit, mais, quel que soit le prix à payer, ça ne va pas durer longtemps. Je suis marié avec Suzanne depuis quatre années maintenant, et durant les trois dernières je me suis demandé comment j'avais pu t'abandonner. »

Le soir de la mort de Suzanne, Beth et Skip avaient prévu de dîner ensemble. Mais elle avait dû annuler leur rendez-vous à la dernière minute, et c'est alors que Skip était rentré chez lui pour trouver Suzanne en train d'arranger les roses.

A l'époque du procès, Geoff était tombé d'accord avec Tim Farrell, l'avocat de Skip, sur le fait que citer Beth à la barre comportait un risque. L'accusation ne manquerait pas de souligner que non seulement Skip voulait éviter les frais d'un divorce, mais qu'il avait en plus une autre raison majeure de tuer sa femme.

En revanche, le témoignage de Beth aurait pu effectivement réduire à néant les déclarations de Smith concernant la jalousie démentielle de Skip à l'égard de Suzanne.

Jusqu'à ce que Kerry lui ait parlé du Dr Smith et des sosies de Suzanne, Geoff était resté convaincu d'avoir pris la bonne décision. Désormais, il en était moins certain. Il regarda franchement Beth. « Je n'ai pas encore parlé de vous à Kerry. Mais je voudrais que vous la rencontriez et qu'elle entende votre histoire. S'il n'existe qu'une chance d'interjeter appel avec succès, il faut mettre tous les atouts dans notre jeu. »

35

Une fois prête à quitter la maison pour son rendez-vous matinal avec le Dr Smith, Kerry réveilla Robin. « Allons, Rob, la pressa-t-elle en l'entendant protester. Tu me reproches toujours de te traiter comme un bébé.

— C'est ce que tu fais, marmonna Robin.

— Très bien. Je te donne une chance de prouver que tu sais te débrouiller seule. Je veux que tu te lèves tout de suite et que tu t'habilles. Sinon, tu vas te rendormir. Mme Weiser te téléphonera à sept heures pour s'assurer que tu es debout. J'ai sorti les céréales et un jus de fruits. N'oublie pas de tirer le verrou quand tu partiras à l'école. »

Robin bâilla et referma les yeux.

« Rob, je t'en prie.

— D'accord. » Avec un soupir, Robin passa ses jambes par-dessus le bord du lit. Ses cheveux lui tombèrent sur la figure pendant qu'elle se frottait les yeux.

Kerry les ramena en arrière. « Je peux compter sur toi ? »

Robin leva la tête avec un sourire ensommeillé. « Oui.

— Bon. » Kerry déposa un baiser sur son front. « N'oublie pas, toujours les règles habituelles. N'ouvre la porte à personne. J'ai branché l'alarme. Tu la désactiveras au moment de partir, et tu la remettras ensuite. Ne monte dans la voiture de personne, sauf si tu es avec Cassie et Courtney et qu'il s'agisse de leurs parents.

— Je sais. Je sais. » Robin poussa un soupir exagéré.

Kerry sourit. « Je sais que je t'ai seriné les mêmes recommandations des milliers de fois. A ce soir. Alison sera là à trois heures. »

Alison était l'étudiante qui restait auprès de Robin après l'école jusqu'au retour de Kerry. Kerry avait hésité à lui demander de venir ce matin pour surveiller le départ de Robin, mais elle avait cédé à sa fille qui s'était récriée qu'elle n'avait plus quatre ans et pouvait aller seule à l'école.

« A ce soir, maman. »

Robin écouta les pas de Kerry descendre l'escalier, puis alla à la fenêtre pour voir la voiture sortir de l'allée.

Il faisait froid dans la pièce. A sept heures, l'heure à laquelle elle se levait d'habitude, la maison était toujours bien chaude. Juste une minute, se dit Robin en se glissant dans son lit. Je vais rester couchée juste une minute de plus.

A sept heures, à la sixième sonnerie du téléphone, elle repoussa brusquement ses draps, se redressa et répondit : « Oh, merci, madame Weiser. Oui, bien sûr que je suis debout. »

En tout cas, je le suis maintenant, pensa-t-elle en sortant à la hâte de son lit.

36

Malgré l'heure matinale, la circulation dans Manhattan était intense. Mais au moins les voitures roulaient-elles à une vitesse raisonnable. Il fallut cependant à Kerry une bonne heure pour atteindre New York depuis le New Jersey, emprunter un bout de Westside Highway, et traverser la ville pour arriver jusqu'au cabinet du Dr Smith dans la Cinquième Avenue. Elle avait trois minutes de retard.

Charles Smith en personne vint lui ouvrir la porte. Il ne restait rien du peu de courtoisie qu'il avait montré lors des deux visites de Robin. Il ne la salua pas, se contentant d'un : « Je peux vous accorder vingt minutes, madame McGrath, pas une seconde de plus. » Il la conduisit à son bureau.

S'il le prend comme ça, décida Kerry, allons-y. A peine assise devant son bureau, elle attaqua : « Docteur Smith, après avoir vu deux femmes sortir de ce cabinet qui ressemblaient étonnamment à votre fille Suzanne, je me suis interrogée sur les circonstances de sa mort, ce qui m'a amenée la semaine dernière à lire les minutes du procès de Skip Reardon. »

Elle nota l'expression haineuse qui se répandit sur le visage du médecin en l'entendant prononcer le nom de Reardon. Ses yeux se plissèrent, sa bouche se pinça, des rides profondes barrèrent son front et deux parenthèses vinrent creuser ses joues.

Elle le fixa droit dans les yeux. « Docteur Smith, sachez que je suis sincèrement navrée que vous ayez perdu votre fille. Vous étiez un père divorcé. Je suis une mère divorcée. Comme vous, je n'ai qu'un enfant, une fille. Sachant l'angoisse qui m'a envahie lorsque j'ai appris l'accident de Robin, je peux imaginer vos sentiments à l'annonce de ce qui était arrivé à Suzanne. »

Smith la regarda calmement, les doigts serrés. Kerry eut l'impression qu'une barrière impénétrable se dressait entre eux. S'il en était ainsi, la suite de leur conversation était prévisible. Il la laisserait parler, ferait une sorte de déclaration sur l'amour et le deuil, et ensuite la raccompagnerait à la porte. Comment briser cette barrière ?

Elle se pencha en avant. « Docteur Smith, c'est à

cause de votre déposition que Skip Reardon est en prison. Vous avez dit qu'il était follement jaloux, que votre fille avait peur de lui. Lui jure n'avoir jamais menacé Suzanne.

— Il ment. » La voix était impersonnelle, froide. « Il était d'une jalousie maladive. Comme vous venez de le rappeler, elle était mon seul enfant. Je la chérissais. J'étais devenu assez riche pour lui offrir tout ce que je n'avais pu lui donner quand elle était petite. Je prenais plaisir de temps en temps à lui acheter un bijou. Pourtant, j'ai eu beau le lui affirmer, Reardon a toujours refusé de croire que ces bijoux étaient des cadeaux de ma part. Il ne cessait d'accuser Suzanne de sortir avec d'autres hommes. »

Serait-ce possible ? se demanda Kerry. « Mais si Suzanne craignait pour sa vie, pourquoi est-elle restée avec Skip Reardon ? » demanda-t-elle.

Les premiers rayons du soleil pénétraient dans la pièce, se reflétant sur les verres des lunettes de Smith, de telle manière que Kerry ne pouvait voir ses yeux. Etaient-ils aussi inexpressifs que sa voix ? se demanda-t-elle. « Parce que, contrairement à sa mère, ma première femme, Suzanne avait le sens de l'engagement, répondit-il après un silence. L'erreur de sa vie fut de tomber amoureuse de Reardon. Une erreur encore plus grave fut de ne pas prendre ses menaces au sérieux. »

Kerry se rendit compte qu'elle n'aboutissait à rien. Il était temps de poser la question qui lui était venue à l'esprit récemment, mais saurait-elle en affronter toutes les implications ? « Docteur Smith, avez-vous jamais tenté une opération chirurgicale sur votre fille ? »

Elle crut qu'il allait s'étrangler de fureur. « Madame McGrath, il se trouve que j'appartiens à l'école des médecins qui jamais, sauf en cas d'extrême urgence, ne soignent un membre de leur famille. Qui plus est, la question est insultante. Suzanne était naturellement une véritable beauté.

— Vous avez donné à deux femmes au moins l'apparence de votre fille. Pourquoi ? »

Le docteur regarda sa montre. « Je répondrai à cette dernière question, et ensuite je vous demanderai de m'excuser et de me laisser, madame McGrath. J'ignore quelles sont vos connaissances en matière de chirurgie esthétique. Il y a cinquante ans, comparé à nos techniques actuelles, nous en étions encore à un stade très primitif. Lorsque vous vous faisiez refaire le nez, vous vous retrouviez pour la vie avec des narines évasées. La chirurgie réparatrice, appliquée à des difformités de naissance comme un bec-de-lièvre, était souvent une intervention brutale. Elle est maintenant très sophistiquée, et les résultats sont des plus satisfaisants. Nous avons beaucoup évolué. La chirurgie plastique n'est plus seulement réservée aux riches et aux célébrités. Elle est accessible à chacun, qu'il ou elle en ait besoin, ou simplement envie. »

Il ôta ses lunettes et se frotta le front comme s'il avait mal au crâne. « Nous voyons des parents accompagner des enfants, garçons ou filles, qui font une telle fixation sur une imperfection physique qu'ils en deviennent incapables de fonctionner normalement. Hier j'ai opéré un garçon d'une quinzaine d'années dont les oreilles étaient tellement décollées qu'on ne voyait plus qu'elles dans son visage. Le jour où les pansements seront ôtés, les gens verront ses autres traits, au demeurant fort plaisants, que cette anomalie avait toujours masqués.

« J'opère des femmes qui se regardent dans la glace et y voient une peau flasque ou des poches sous les yeux, des femmes qui ont été belles dans leur jeunesse. Je leur tire le front, je tends la peau, la remonte derrière les oreilles. Je leur enlève vingt ans mais, mieux encore, je transforme leur complexe d'infériorité en estime de soi. »

Sa voix monta d'un ton. « Je pourrais vous montrer des photos "avant et après" de victimes d'accidents que j'ai secourues. Vous me demandez pourquoi plusieurs de mes patientes ressemblent à ma fille. Je vais vous dire pourquoi. Parce que, au cours de ces dix dernières années, quelques jeunes femmes sans attrait et mal dans leur peau sont venues dans ce cabinet et que j'ai pu leur donner la beauté de Suzanne. »

Kerry sut qu'il allait la prier de partir. Elle s'empressa de poser la question suivante : « Alors pourquoi, il y a quelques années, avez-vous dit à une femme qui venait vous consulter, Susan Grant, que certaines personnes abusent parfois de la beauté et suscitent la jalousie et la violence ? Pensiez-vous à Suzanne ? Skip ne pouvait-il pas avoir de raisons d'être jaloux ? Peut-être achetiez-vous à Suzanne tous les bijoux que Skip n'avait pas les moyens de lui offrir, mais il jure qu'il n'a pas envoyé à Suzanne ces roses qu'elle a reçues le jour de sa mort. »

Smith se leva. « Madame McGrath, j'aurais cru que dans votre profession vous saviez que les meurtriers clament presque toujours leur innocence. Et maintenant, cet entretien est terminé. »

Il ne restait qu'à le suivre hors de la pièce. Tout en marchant derrière lui, Kerry remarqua qu'il tenait sa main droite serrée contre son côté. N'y avait-il pas un tremblement dans sa main ? Si, c'était ça.

A la porte il dit : « Madame McGrath, vous devez comprendre que le moindre rappel du nom de Skip Reardon me donne la nausée. Voulez-vous demander à Mme Carpenter de vous adresser à un autre chirurgien auquel elle communiquera le dossier de Robin ? Je ne veux plus entendre parler de vous ni vous revoir, vous ou votre fille. »

Il était si près d'elle que Kerry eut un mouvement de recul. Il y avait quelque chose de réellement effrayant chez cet homme. Ses yeux, étincelants de colère et de haine, semblaient la transpercer. S'il avait une arme à la main en ce moment, je parie qu'il l'utiliserait, se dit-elle.

37

Après avoir refermé la porte et descendu les premières marches du porche, Robin remarqua la petite voiture noire garée de l'autre côté de la rue. Il y avait rarement des voitures inconnues dans cette rue, surtout à cette heure, mais celle-ci lui fit une drôle d'impression.

Il faisait froid. Robin glissa ses livres sous son bras gauche et remonta la fermeture à glissière de sa veste jusqu'au cou, puis elle accéléra le pas. Elle devait retrouver Cassie et Courtney au coin de la rue et savait qu'elles l'attendaient probablement déjà. Elle avait deux minutes de retard.

La rue était calme. Maintenant que les feuilles étaient presque toutes tombées, les arbres offraient un aspect dépouillé, hostile. Robin regretta d'avoir oublié ses gants.

Lorsqu'elle atteignit le trottoir, elle lança un coup d'œil de l'autre côté de la rue. La fenêtre du conducteur dans la voiture inconnue s'ouvrit lentement, s'arrêtant brusquement de descendre au bout de quelques centimètres. Elle la fixa avec attention, espérant apercevoir un visage familier à l'intérieur, mais le soleil se reflétait dans la vitre et elle ne put rien distinguer. Puis elle vit une main sortir, pointer quelque chose dans sa direction. Soudain prise de panique, Robin se mit à courir. Avec un vrombissement, la voiture traversa brusquement la rue, comme si elle piquait droit sur elle. Au moment où

Robin crut qu'elle allait monter sur le trottoir et lui rentrer dedans, la voiture vira sur les chapeaux de roues et s'éloigna à toute vitesse.

En sanglots, Robin se précipita vers la maison des voisins et sonna frénétiquement à la porte.

38

Son enquête sur un cambriolage à Creskill terminée, Joe Palumbo s'aperçut qu'il n'était que neuf heures trente. Puisqu'il se trouvait à quelques minutes d'Alpine, c'était l'occasion ou jamais d'aller rendre visite à Dolly Bowles, la femme qui avait témoigné au procès de Reardon. Heureusement, il avait son numéro de téléphone sur lui.

Dolly se montra d'abord réticente en entendant Palumbo lui expliquer qu'il enquêtait pour le compte du procureur du comté de Bergen. Mais en l'entendant dire qu'une assistante du procureur, Kerry McGrath, désirait des renseignements sur la voiture que Dolly avait aperçue devant la maison des Reardon la nuit du meurtre, elle lui annonça qu'elle avait suivi le procès où Kerry représentait le ministère public, et qu'elle s'était réjouie de voir condamner l'homme qui avait tué sa chef de service. Elle raconta à Palumbo comment elle et sa mère avaient été ligotées dans leur maison par un intrus.

« Bref, conclut-elle, si Kerry McGrath et vous désirez me poser des questions, je veux bien.

— En fait, lui dit Joe avec hésitation, j'aimerais venir vous parler maintenant. Kerry voudra peut-être s'entretenir avec vous un peu plus tard. »

Il y eut un silence. Palumbo ne pouvait pas savoir que, dans son esprit, Dolly revoyait l'expression de dérision qui était apparue sur le visage du procureur

Green, lorsqu'il l'avait questionnée au cours du procès.

Elle se décida enfin à répondre. « Je crois, dit-elle, prenant son ton le plus digne, que je préférerais discuter de ce qui s'est passé ce soir-là avec Kerry McGrath. Il vaut mieux que nous attendions qu'elle soit libre. »

39

Il était dix heures moins le quart quand Kerry arriva au palais, bien plus tard qu'à l'accoutumée. Préférant prévenir d'éventuelles observations, elle avait téléphoné pour annoncer qu'elle avait une course à faire et serait en retard. Frank Green était toujours à son bureau dès sept heures. Ils en riaient dans le service, mais il était clair qu'il s'attendait que tout le personnel en fasse autant. Kerry savait qu'il aurait une attaque s'il apprenait que sa prétendue course était en vérité un rendez-vous avec le Dr Charles Smith.

Lorsqu'elle composa le code qui donnait accès aux bureaux, le standardiste leva la tête et dit : « Kerry, allez tout de suite voir Green. Il vous attend. »

Oh ! Seigneur, pensa Kerry.

Dès qu'elle pénétra dans le bureau de Frank, elle vit qu'il n'était pas en colère. Elle le connaissait suffisamment pour déceler sa mauvaise humeur. Comme toujours, il alla directement au but : « Kerry, Robin va bien. Elle est chez votre voisine, Mme Weiser. Elle va très bien. »

Kerry sentit sa gorge se contracter. « Qu'y a-t-il, alors ?

— Nous n'en sommes pas sûrs, et ce n'est peut-être rien. Selon Robin, vous avez quitté la maison à six heures et demie. » Un éclair de curiosité traversa les yeux de Green.

« En effet.

— Lorsque Robin a quitté la maison à son tour, elle dit avoir remarqué une voiture inconnue garée de l'autre côté de la rue. Au moment où elle atteignait le trottoir, la fenêtre du côté du conducteur s'est baissée légèrement, et elle a distingué une main qui tenait un objet. Elle ne sait pas de quoi il s'agissait, et elle n'a pas pu voir le visage du conducteur. Puis la voiture a démarré et traversé la chaussée si brusquement que Robin a cru qu'elle allait monter sur le trottoir et la renverser, mais elle a fait demi-tour et s'est éloignée. Robin a couru chez votre voisine. »

Kerry se laissa tomber dans un fauteuil. « Elle y est encore en ce moment ?

— Oui. Vous pouvez lui téléphoner ou rentrer chez vous si cela vous rassure. Je me demande une chose : Robin a-t-elle une imagination débordante, ou se peut-il qu'on essaie de lui faire peur et par là de vous faire peur, à vous ?

— Pourquoi quelqu'un voudrait-il nous effrayer, Robin ou moi ?

— C'est déjà arrivé dans ce bureau. Vous venez de gagner un procès qui a attiré l'attention des médias. Le type que vous avez fait condamner pour meurtre était une véritable ordure, mais il a encore des parents et des amis.

— Oui, mais tous ceux que j'ai rencontrés semblaient être d'honnêtes gens, dit Kerry. Et, pour répondre à votre première question, Robin est une enfant qui a la tête sur les épaules. Elle n'inventerait pas une histoire de ce genre. » Elle hésita. « C'est la première fois que je la laisse sortir seule le matin, et je l'ai bombardée de mises en garde.

— Téléphonez-lui d'ici. »

Robin décrocha le téléphone de Mme Weiser dès

la première sonnerie. « Je savais que tu appellerais, maman. Je vais bien maintenant. Je veux aller à l'école. Mme Weiser a dit qu'elle allait me conduire. Et, maman, pas question que je reste enfermée cet après-midi. C'est Halloween. »

Kerry réfléchit rapidement. Robin était mieux à l'école qu'assise à la maison à ruminer l'incident. « D'accord, mais je viendrai te chercher à trois heures moins le quart. Je ne veux pas que tu rentres à la maison à pied. » Et je t'accompagnerai quand tu iras sonner aux portes, se promit-elle. « Maintenant, passe-moi Mme Weiser, Rob. »

Après avoir raccroché, elle se tourna vers Frank. « Vous ne voyez pas d'inconvénient à ce que je parte plus tôt aujourd'hui ? »

Il sourit. « Bien sûr que non. Kerry, je n'ai pas besoin de vous dire d'interroger attentivement Robin. Nous devons savoir si quelqu'un l'épiait. »

Elle était sur le pas de la porte quand il ajouta : « Mais Robin n'est-elle pas un peu jeune pour aller seule à l'école ? »

Kerry savait qu'il cherchait à deviner ce qui l'avait poussée à quitter la maison à six heures et demie du matin.

« Vous avez raison, elle est trop jeune, convint-elle. Cela ne se reproduira plus. »

Plus tard dans la matinée, Joe Palumbo s'arrêta dans le bureau de Kerry et la mit au courant de son coup de fil à Dolly Bowles. « Elle refuse de me parler, Kerry, mais j'aimerais quand même vous accompagner le jour où vous la verrez. »

— Téléphonons-lui tout de suite. »

Ses sept mots d'introduction : « Bonjour, madame Bowles, je suis Kerry McGrath » lui valurent d'écouter dix minutes de monologue.

Palumbo croisa les jambes et se renversa dans son fauteuil, regardant d'un œil amusé les efforts désespérés de Kerry pour placer un mot ou une question. Puis il se rembrunit lorsque, Kerry étant enfin parvenue à dire qu'elle aimerait amener son enquêteur M. Palumbo, il fut clair que la réponse était non.

Kerry finit par raccrocher. « Dolly Bowles garde un mauvais souvenir de la façon dont on l'a traitée il y a dix ans. C'était l'essentiel de la conversation. Le reste, c'est que sa fille et son gendre ne veulent plus qu'elle parle du meurtre ou de ce qu'elle a vu, et qu'ils rentrent de voyage demain. Si je veux la rencontrer, ce sera vers cinq heures aujourd'hui même. Je lui ai dit que je lui donnerais ma réponse tout à l'heure.

— Pouvez-vous partir d'ici à temps ? demanda Joe.

— J'ai quelques rendez-vous que je vais annuler de toute façon. » Elle parla à Palumbo de Robin et de l'incident survenu dans la matinée.

Joe se leva lentement et ferma avec peine sa veste, tendue à l'extrême sur un ventre généreux. « Je vous retrouve chez vous à cinq heures, proposa-t-il. Pendant que vous serez avec Mme Bowles, laissez-moi emmener Robin manger un hamburger. J'aimerais l'interroger sur ce qui s'est passé ce matin. » Il vit l'expression réticente de Kerry et s'empressa de continuer avant qu'elle ne pût protester : « Kerry, vous êtes intelligente, mais vous ne serez pas objective sur ce sujet. Ne faites pas mon boulot à ma place. »

Elle l'étudia pensivement. Ses vêtements étaient toujours un peu chiffonnés, et l'ordre n'était pas son point fort, mais c'était le meilleur dans sa partie. Kerry l'avait vu questionner de jeunes enfants si habilement qu'ils ne s'apercevaient pas que chacun de leurs mots était pris en compte. Il serait très utile d'avoir l'opinion de Joe dans cette affaire. « Entendu », dit-elle.

40

Dans l'après-midi du mardi, Jason Arnott quitta Alpine au volant de sa voiture pour rejoindre sa vaste maison de campagne, nichée au milieu des collines dans une zone isolée des Catskill, où il abritait ses trésors volés.

Cette maison était comme une drogue pour lui, une extension de la force parfois incontrôlable qui le poussait à voler les objets d'art qu'il voyait dans les maisons de ses amis et relations. Car c'était la beauté, véritablement, qui était le moteur de ses actes. Il aimait la beauté, il aimait l'apparence de la beauté, la sensation de la beauté. Parfois, l'envie de tenir un objet, de le caresser, était si forte qu'elle en devenait presque insurmontable. C'était une caractéristique innée chez lui, à la fois une bénédiction et une malédiction. Cela finirait un jour par tourner mal. Il avait déjà eu quelques sérieuses alertes. Il s'impatientait parfois de voir les visiteurs admirer les tapis, meubles, tableaux ou objets d'art qui ornaient sa maison d'Alpine. Il imaginait leur stupéfaction s'il leur déclarait brutalement : « Cette maison est banale selon mes critères. »

Mais, bien sûr, il ne le dirait jamais, car il n'avait envie de partager sa collection avec personne. Elle lui appartenait. A lui seul. Et il en serait toujours ainsi.

C'est Halloween aujourd'hui, se rappela-t-il avec un haussement d'épaules en s'engageant rapidement sur la route 17. Il était content d'y échapper. Il n'avait aucune envie d'être dérangé par des enfants déguisés sonnant sans arrêt à sa porte. Il était fatigué.

Il s'était installé pour le week-end dans un hôtel à Bethesda, dans le Maryland, et avait mis à profit cette halte pour cambrioler une maison à Chevy Chase dans laquelle il avait été reçu quelques mois auparavant. Lors du dîner, l'hôtesse, Myra Hamilton, avait parlé sans fin du prochain mariage de son fils, qui aurait lieu le 28 octobre à Chicago, annonçant à qui voulait l'entendre que la maison serait vide à cette date.

La maison des Hamilton n'était pas grande, mais d'un goût exquis, bourrée d'objets d'art que les propriétaires avaient rassemblés au fil des ans. Le regard de Jason s'était arrêté sur un sceau de Fabergé en saphir bleu monté sur un œuf d'or. Ce dernier ainsi qu'une ravissante tapisserie d'Aubusson d'un mètre sur un mètre cinquante ornée d'une rosace centrale étaient les deux pièces qui avaient éveillé sa convoitise.

A présent tous les deux se trouvaient dans la malle de sa voiture, en route vers sa maison secrète. Inconsciemment, Jason fronça les sourcils. Il n'éprouvait pas son habituelle sensation de triomphe à la pensée d'avoir atteint son but. Une vague et indéfinissable inquiétude le tourmentait. Mentalement il se remémora toutes les étapes de son entrée dans la maison des Hamilton.

L'alarme était branchée, mais il n'avait eu aucun mal à la désactiver. Visiblement la maison était vide, comme il s'y était attendu. Pendant une minute, il avait été tenté d'explorer rapidement les lieux, cherchant des objets de valeur qui auraient pu échapper à son œil exercé lors de la soirée. Mais il s'en était tenu à son plan initial et n'avait pris que les deux œuvres d'art qu'il avait précédemment repérées.

Il était à peine engagé dans le trafic intense de la route 240 lorsque deux voitures de police, sirènes hurlantes et gyrophares en action, l'avaient dépassé, tournant ensuite à gauche dans la rue qu'il venait de quitter. Aucun doute, ils étaient en route pour la maison des Hamilton. Ce qui signifiait qu'il avait d'une façon ou d'une autre déclenché une alarme inaudible, indépendante du système central.

Les Hamilton avaient-ils un autre système de

sécurité ? se demanda-t-il. Il était si facile de dissimuler des caméras. Il avait masqué son visage avec le bas qu'il portait toujours pour s'introduire dans les maisons qu'il avait choisi d'honorer de son attention. Mais à un moment donné, oubliant toute précaution, il l'avait relevé pour examiner une figurine de bronze. Elle s'était révélée sans grande valeur.

Il y a une chance sur un million qu'une caméra ait pris mon visage en photo, se rassura Jason. Il allait oublier ses appréhensions et laisser la vie suivre son cours, peut-être un peu plus prudemment pendant un certain temps.

Le soleil de l'après-midi avait presque disparu derrière les montagnes lorsqu'il pénétra dans l'allée. Enfin son moral remonta. Le voisin le plus proche se trouvait à plusieurs kilomètres de là. Maddie, la femme de ménage qui venait une fois par semaine, une grande bringue flegmatique, sans imagination ni curiosité, avait dû passer hier. La maison resplendirait.

Jason savait que Maddie ne faisait pas la différence entre un Aubusson et un tapis à dix dollars, mais c'était une de ces rares créatures qui mettent toute leur fierté dans leur travail et aiment la perfection. En dix ans, elle n'avait jamais ébréché une tasse.

Jason sourit en imaginant la réaction de Maddie lorsqu'elle verrait la tapisserie d'Aubusson accrochée dans l'entrée et le sceau de Fabergé dans la chambre principale. *Il n'y a donc pas assez de fourbi à dépoussiérer ?* se demanderait-elle tout en s'affairant à sa tâche.

Il gara sa voiture devant la porte latérale et, avec l'impatience qui s'emparait toujours de lui à ce moment-là, il pénétra dans la maison et tendit la main vers l'interrupteur. Une fois de plus, il sentit ses lèvres et ses mains devenir moites à la vue des splendeurs qui l'entouraient. Quelques minutes plus tard, après avoir rangé son sac de week-end, quelques provisions et mis ses nouveaux trésors en sécurité à l'intérieur, il ferma la porte et tira le verrou. Sa soirée avait commencé.

Son premier souci fut de porter le sceau de Fabergé au premier étage et de le placer sur la coiffeuse ancienne. Il recula pour l'admirer, puis se pencha et le compara avec le cadre miniature qui trônait sur la table de chevet depuis une dizaine d'années.

Ce cadre était le témoin de l'une des rares occasions où il s'était laissé abuser. Ce n'était qu'une honnête copie, certainement pas un authentique Fabergé. Cela paraissait tellement évident aujourd'hui. L'émail bleu semblait terne, comparé à la couleur profonde du cachet. La bordure dorée incrustée de perles n'avait rien de comparable avec le travail de Fabergé. Mais, à l'intérieur de l'ovale, le visage de Suzanne lui souriait.

Il détestait penser à cette nuit-là. Presque onze ans déjà s'étaient écoulés. Il s'était introduit par la fenêtre ouverte du boudoir adjacent à la chambre à coucher. La maison était censée être déserte. Plus tôt dans la journée, Suzanne lui avait parlé d'une invitation à dîner, ajoutant que Skip ne serait pas à la maison. Jason connaissait le code de l'alarme, mais en entrant, il avait constaté que la fenêtre était grande ouverte. Lorsqu'il était arrivé au premier étage, il faisait noir. Dans la chambre, il avait repéré le cadre miniature qu'il avait aperçu auparavant ; il était posé sur la table de nuit. De loin, il lui avait paru authentique. Il était en train de l'examiner quand il avait entendu une voix. Suzanne ! Pris de panique, il avait fourré le cadre dans sa poche et s'était caché dans une penderie.

Jason considérait le cadre à présent. Il s'était parfois demandé quelle étrange raison l'avait retenu d'en ôter la photo de Suzanne, voire de jeter le tout. Le cadre, après tout, n'était qu'une copie.

Mais en le contemplant ce soir, il comprit pour la

première fois pourquoi il avait gardé la photo et le cadre. C'était parce qu'ils lui permettaient d'effacer de sa mémoire le souvenir des traits horribles et déformés de Suzanne quand il s'était enfui.

41

« Enfin, nous sommes arrivés à constituer le jury, et c'est un bon jury », annonça Bob Kinellen à son client, affichant une satisfaction qu'il était loin d'éprouver.

Jimmy Weeks lui lança un regard froid. « Bobby, à part quelques exceptions, ce jury est une catastrophe.

— Faites-moi confiance. »

Anthony Bartlett vint au secours de son gendre. « Bob a raison, Jimmy. Faites-lui confiance. » Bartlett tourna les yeux vers l'autre extrémité du banc de la défense où se tenait Barney Haskell, l'air morose, la tête dans les mains. Il vit que Bob regardait Haskell lui aussi et devina ses pensées.

Haskell est diabétique. Il fera tout pour éviter la prison. Il a en main des dates, des faits et des chiffres que nous aurons un mal de chien à réfuter. Il n'ignore rien de ce qui s'est passé avec Suzanne.

Les débats devaient s'ouvrir le lendemain matin. En quittant le tribunal, Jimmy Weeks alla directement à sa voiture. Le chauffeur lui ouvrit la portière et il se glissa sur le siège arrière sans même grommeler son habituel « à bientôt ».

Kinellen et Bartlett regardèrent la voiture s'éloigner. « Je retourne au bureau, dit Kinellen à son beau-père. J'ai du travail. »

Bartlett hocha la tête. « Je comprends. » Sa voix avait un ton impersonnel. « A demain matin, Bob. »

Tu parles, murmura Kinellen en lui-même tout en se dirigeant vers le parking. Tu prends tes distances afin que je sois le seul à me salir les mains.

Il savait que Bartlett avait mis beaucoup d'argent de côté. Même si Weeks était condamné et si le cabinet faisait faillite, il s'en tirerait. Peut-être passerait-il plus de temps à Palm Beach avec sa femme, Alice Senior.

C'est moi qui prends tous les risques, songea Bob en tendant son ticket au caissier. Je peux me casser la gueule avec cette histoire. Jimmy devait avoir une raison pour vouloir que cette femme, la dénommée Wagner, reste dans le jury. Laquelle ?

42

Kerry était sur le point de quitter son bureau quand Geoff téléphona. « J'ai vu le Dr Smith, ce matin, lui dit-elle rapidement, et je dois rencontrer Dolly Bowles vers cinq heures. Je ne peux pas vous parler maintenant. Il faut que j'aille chercher Robin à l'école.

— Kerry, j'ai hâte de savoir comment s'est passé l'entretien avec le Dr Smith et ce que Dolly Bowles a à vous dire. Pouvons-nous dîner ensemble ?

— Je ne veux pas sortir ce soir, mais si vous voulez partager des pâtes et une salade...

— Vous oubliez que je suis à moitié italien ?

— Vers sept heures et demie ?

— D'accord. »

En retrouvant Robin à l'école, Kerry comprit tout de suite que sa fille était beaucoup plus intéressée par les farces de Halloween que par l'incident de la matinée. En fait, elle semblait ne pas vouloir en parler. Prenant exemple sur elle, Kerry abandonna le sujet, du moins temporairement.

Lorsqu'elles arrivèrent à la maison, elle libéra pour l'après-midi l'étudiante qui gardait habituellement Robin. C'est ainsi que vivent les autres mères, se dit-elle alors qu'avec plusieurs d'entre elles, elle accompagnait une bande de petits plaisantins qui, en ce jour de fête, sonnaient aux portes pour réclamer des bonbons. Robin et elle rentrèrent juste à temps pour accueillir Joe Palumbo.

Il apportait avec lui une serviette bourrée à craquer, qu'il tapota avec un sourire de satisfaction. « Les rapports de l'instruction de l'affaire Reardon, lui dit-il. Vous y trouverez la déposition de Dolly Bowles. On verra si elle correspond à ce qu'elle va vous raconter aujourd'hui. »

Il jeta un coup d'œil à Robin, déguisée en sorcière.

— « Sacré costume, Rob.

— C'était ça ou un costume de squelette », lui dit Robin.

Kerry ne s'aperçut pas qu'elle avait sursauté avant de surprendre le regard d'intelligence de Palumbo.

« Il faut que je m'en aille », dit-elle précipitamment.

Durant les vingt minutes de trajet jusqu'à Alpine, Kerry sentit qu'elle avait les nerfs à vif. Elle était enfin parvenue à tirer quelques mots de Robin sur l'incident de ce matin. Visiblement, Robin essayait maintenant de minimiser l'affaire. Kerry aurait aimé se persuader qu'elle avait exagéré ce qui s'était passé. Elle aurait voulu conclure que quelqu'un s'était arrêté pour vérifier une adresse puis rendu compte qu'il s'était trompé de rue. Mais elle savait que sa fille n'était pas du genre à avoir grossi ou inventé l'incident.

Il était évident que Dolly guettait son arrivée. La

porte s'ouvrit à l'instant où Kerry se garait dans l'allée de l'imposante maison Tudor.

De petite taille, le cheveu rare et grisonnant, Dolly avait un visage étroit au regard brillant de curiosité. Elle parlait déjà lorsque Kerry arriva à sa hauteur. « ... exactement comme sur votre photo dans le *Record*. J'ai tellement regretté d'avoir raté le procès de cet horrible individu qui a tué sa chef de service ».

Elle conduisit Kerry dans le hall d'entrée et désigna un petit salon sur la gauche : « Allons nous installer ici. Le living-room est beaucoup trop grand à mon goût. Je dis à ma fille qu'on y entend résonner l'écho de sa propre voix, mais elle l'aime parce que c'est une pièce formidable pour les cocktails. Dorothy adore recevoir. Quand ils sont là, bien sûr. Maintenant que Lou a pris sa retraite, ils ne restent jamais en place ; ils vont un peu partout, ici et là. Pourquoi ont-ils besoin d'une femme de ménage à demeure, ça me dépasse. Je leur dis : pourquoi ne pas prendre quelqu'un une fois par semaine ? Ça ferait des économies. Bien sûr, je n'aime pas beaucoup rester seule la nuit, et je suppose que c'est en partie pour cette raison. D'autre part... »

Oh, mon Dieu, pensa Kerry, cette femme est bien gentille, mais je n'ai vraiment pas envie d'entendre tout ça. Elle choisit un fauteuil à dos droit, tandis que Mme Bowles s'installait dans le canapé de chintz. « Madame Bowles, je ne veux pas vous déranger trop longtemps et j'ai quelqu'un qui garde ma fille, aussi ne puis-je m'attarder...

— Vous avez une fille ? Quel bonheur ! Quel âge a-t-elle ?

— Dix ans. Madame Bowles, ce que j'aimerais savoir...

— Vous me paraissez bien jeune pour avoir une fille de dix ans.

— Merci. Je peux vous assurer que je me sens assez vieille. » Kerry avait l'impression de s'enliser dans un terrain d'où elle ne parviendrait jamais à sortir. « Madame Bowles, parlons du soir où Suzanne Reardon est morte. »

Quinze minutes plus tard, après avoir tout appris sur Dolly qui faisait du baby-sitting dans une maison en face de chez les Reardon, sur Michael, le petit garçon dont elle avait la garde ce soir-là et qui était un enfant retardé, elle parvint à recueillir une information en or.

« Vous êtes certaine, dites-vous, que la voiture stationnée devant la maison des Reardon n'appartenait pas à l'une des personnes invitées chez les voisins ce soir-là. Pourquoi en êtes-vous si sûre ?

— Parce que j'en ai moi-même parlé à ces gens. Ils recevaient trois couples. Ils m'ont précisé de qui il s'agissait. C'étaient tous des habitants d'Alpine et, après que M. Green m'eut tournée en ridicule à la barre, je les ai appelés au téléphone, chacun d'entre eux. Et vous savez quoi ? Aucun ne possédait une voiture de grand-papa.

— *Une voiture de grand-papa !* s'exclama Kerry d'un ton stupéfait.

— C'est le nom que lui avait donné Michael. Vous savez, il avait un vrai problème avec les couleurs. Si vous désigniez une voiture et lui demandiez de quelle couleur elle était, il ne savait pas. Mais parmi toutes les voitures garées dans les parages, il était capable de repérer celles qui lui étaient familières, ou qui lui rappelaient une voiture familière. Quand il a parlé de la "voiture de grand-papa", il avait sans doute remarqué la Mercedes... Vous comprenez, il appelait son grand-père "grand-papa" et il adorait faire un tour avec lui dans sa voiture, une Mercedes quatre portes. Il faisait nuit, mais le lampadaire au bout de l'allée des Reardon était allumé et il a pu la distinguer très clairement.

— Madame Bowles, vous avez affirmé avoir aperçu la voiture.

— Oui, mais elle n'était pas encore là à sept

heures et demie, lorsque je suis arrivée chez Michael, et au moment où lui-même l'a remarquée, elle s'en allait, si bien que je ne l'ai pas très bien vue. Pourtant j'ai repéré un 3 et un L sur la plaque d'immatriculation. » Dolly Bowles se pencha en avant, et derrière les lunettes rondes ses yeux s'agrandirent. « Madame McGrath, j'ai essayé de raconter tout ça à l'avocat de Skip Reardon. Un certain Farrer — non, Farrell. Il m'a dit qu'une déposition sur la foi d'autrui n'est généralement pas recevable et, bien plus, qu'une déposition sur la foi d'un enfant handicapé mentalement ne ferait qu'affaiblir mon témoignage concernant la voiture. Mais il avait tort. J'aurais très bien pu dire au jury que Michael était tout excité en croyant voir la voiture de son grand-père. Je crois que cela aurait été utile. »

Sa voix perdit son léger tremblement. « Madame McGrath, à huit heures deux minutes ce soir-là, une Mercedes noire a démarré devant la maison des Reardon. C'est la réalité. L'absolue vérité. »

43

Jonathan Hoover buvait sans grand plaisir son apéritif habituel. En général, il appréciait particulièrement cette heure de la journée, avant le dîner, savourant son gin rehaussé de trois gouttes de vermouth et de deux olives, tandis qu'assis dans son fauteuil à oreillettes, au coin du feu, il commentait avec Grace les événements de la journée.

Ce soir, pour ajouter à ses propres soucis, il avait l'impression que quelque chose tourmentait Grace. Si elle souffrait plus qu'à l'habitude, il savait qu'elle n'en dirait rien. Ils ne parlaient jamais de sa santé.

Il avait appris à ne pas poser de questions plus précises que : « Comment te sens-tu, chérie ? »

La réponse était invariable : « Pas mal du tout. »

Les rhumatismes qui assaillaient son corps avec une intensité accrue n'empêchaient pas Grace de faire preuve d'élégance. Depuis peu, elle portait de longues manches évasées recouvrant ses poignets gonflés et le soir, même lorsqu'ils étaient en tête à tête, elle choisissait des robes flottantes qui cachaient les déformations croissantes de ses jambes et de ses pieds.

A la voir ainsi soutenue par des coussins, à moitié étendue sur le divan, on ne pouvait deviner qu'elle avait la colonne vertébrale déviée, et ses yeux d'un gris lumineux ressortaient dans son visage d'albâtre. Seules ses mains, avec leurs doigts noueux et tordus, étaient les signes visibles de sa maladie.

Parce que Grace restait toujours couchée jusqu'au milieu de la matinée et que Jonathan était un lève-tôt, la soirée était le moment où ils pouvaient se retrouver et bavarder. Grace, ce soir-là, lui adressa un sourire contraint. « J'ai l'impression de voir en toi comme dans un miroir, Jon. Quelque chose t'inquiète, et c'est sans doute ce qui t'inquiétait déjà l'autre jour, alors laisse-moi parler en premier. J'ai téléphoné à Kerry. »

Jonathan haussa les sourcils. « Et ? »

— Je crains qu'elle n'ait pas l'intention de laisser tomber l'affaire Reardon.

— Que t'a-t-elle dit exactement ?

— C'est ce qu'elle ne m'a *pas* dit qui importe. Elle est restée évasive. Elle m'a écoutée, puis m'a dit avoir certaines raisons de penser que le témoignage du Dr Smith était faux. Elle a reconnu que rien de précis ne lui permettait de douter de la culpabilité de Reardon, mais qu'elle se sentait moralement obligée d'envisager l'éventualité d'une erreur judiciaire. »

La colère empourpra le visage de Jonathan.

« Grace, il y a un moment où chez Kerry le sens de la justice frise le ridicule. Hier soir, j'ai réussi à convaincre le gouverneur de retarder la présentation au Sénat des candidats au siège de juge. Il a accepté.

— Jonathan !

— Je ne pouvais rien faire d'autre, sinon lui demander de retirer la candidature de Kerry pour le moment. Je n'avais pas le choix. Grace, Prescott Marshall a été un gouverneur exceptionnel. Tu le sais. En travaillant avec lui, j'ai pu amener le Sénat à voter de nombreuses réformes, à améliorer la fiscalité, à attirer de nouvelles entreprises dans l'Etat, à appliquer des mesures sociales qui ne pénalisent pas les pauvres tout en faisant la chasse aux abus. Je souhaite que Marshall se représente dans quatre ans. Je ne suis pas totalement convaincu par Frank Green, mais comme gouverneur il saura garder la place au chaud et ne défera pas ce que Marshall et moi avons accompli. En revanche, si Green échoue et que l'autre parti l'emporte, toute notre action sera réduite à néant. »

Soudain l'exaltation déserta son visage et il parut seulement très las et plus âgé que ses soixante-deux ans.

« Je vais inviter Kerry et Robin à déjeuner dimanche, dit-elle. Cela te permettra de la raisonner à nouveau. Ce Reardon ne mérite certainement pas que l'on sacrifie son avenir pour lui.

— Je téléphonerai à Kerry dès ce soir », dit Jonathan.

44

Geoff sonna à la porte à sept heures et demie tapantes, et une fois de plus fut accueilli par Robin. Elle portait encore son costume et son maquillage de sorcière. Ses sourcils étaient noircis au charbon. Une épaisse poudre blanche lui recouvrait le visage, excepté aux endroits où les cicatrices marquaient encore son menton et ses joues. Une perruque brune et hirsute tombait jusqu'à ses épaules.

Geoff fit un pas en arrière. « Tu m'as fait drôlement peur.

— Formidable, fit Robin d'un air ravi. Merci d'être à l'heure. Je suis attendue à une fête. Elle commence dans une minute, et il y a un prix pour le costume le plus effrayant. Il faut que j'y aille.

— Tu vas gagner haut la main », lui dit Geoff tout en pénétrant dans l'entrée. Puis il renifla. « Ça sent bon.

— Maman fait cuire du pain à l'ail », expliqua Robin, puis elle appela : « Maman ! M. Dorso est arrivé. »

La cuisine se trouvait à l'arrière de la maison. Geoff sourit en voyant la porte s'ouvrir et Kerry apparaître, s'essuyant les mains à un torchon. Elle était vêtue d'un pantalon vert et d'un pull à col cheminée du même ton. La lumière du lustre soulignait les reflets dorés de ses cheveux et le semis de taches de rousseur sur son nez.

On lui donnerait vingt-trois ans, pensa Geoff, mais en la dévisageant il se rendit compte que son sourire chaleureux ne parvenait pas à dissimuler l'inquiétude de son regard.

« Geoff, je suis contente de vous voir. Entrez et mettez-vous à l'aise. Je vais accompagner Robin au bout de la rue à une fête.

— Je pourrais le faire à votre place, suggéra Geoff. J'ai encore mon manteau sur le dos.

« — Pourquoi pas. » Kerry hésita. « Mais promettez-moi de l'accompagner jusqu'à l'intérieur de la maison, alors.

— Maman ! protesta Robin. Je n'ai plus peur. Franchement.

— Moi si. »

De quoi ? se demanda Geoff. Il dit : « Kerry, toutes mes sœurs sont plus jeunes que moi. Jusqu'à ce qu'elles aillent à l'université, j'ai passé mon temps à les accompagner et à aller les chercher, et croyez-moi, je ne les ai jamais quittées avant qu'elles n'aient franchi la porte de l'endroit où elles se rendaient. Prends ton balai, Robin. Je suppose que tu en as un. »

Tandis qu'ils longeaient la rue déserte et paisible, Robin lui parla de la voiture qui l'avait effrayée. « Maman fait semblant d'être décontractée, mais elle flippe. Elle s'inquiète trop pour moi. Je regrette presque de lui en avoir parlé. »

Geoff s'immobilisa brusquement et la regarda. « Robin, écoute-moi. Ce serait bien pire de ne pas prévenir ta mère de ce genre de choses. Promets-moi de ne jamais faire cette erreur.

— D'accord. D'ailleurs, je l'ai déjà promis à maman. » Ses lèvres exagérément peintes s'écartèrent en un sourire malicieux. « Je suis très bonne pour tenir les promesses, sauf quand il s'agit de se lever à l'heure. J'ai horreur de me lever.

— Et moi donc ! »

Cinq minutes plus tard, assis sur un tabouret devant le comptoir de la cuisine pendant que Kerry préparait la salade, Geoff décida d'aborder franchement la question. « Robin m'a raconté ce qui s'est passé ce matin, dit-il. Y a-t-il lieu de s'alarmer ? »

Kerry disposait les feuilles de laitue fraîchement lavées dans le saladier. « Un de nos enquêteurs, Joe Palumbo, a parlé à Robin cet après-midi. Il est préoccupé. Une voiture exécutant imprudemment un demi-tour à quelques mètres de l'endroit où vous marchez ferait peur à n'importe qui, mais Robin a décrit si précisément la fenêtre qui s'ouvrait, la main qui en est sortie en pointant quelque chose vers elle... Joe pense que quelqu'un l'a peut-être prise en photo. »

Geoff perçut le tremblement dans la voix de Kerry.

« Mais pour quelle raison ?

— Je l'ignore. D'après Frank Green, cela pourrait avoir un rapport avec le procès où je viens de requérir. Je ne suis pas de son avis. Je pourrais aussi imaginer qu'un cinglé a vu Robin et fait une fixation sur elle. C'est une autre possibilité. » Elle arracha une feuille de laitue d'un geste rageur. « La question est : qu'est-ce que je peux faire ? Comment la protéger ?

— Difficile de supporter seule cette angoisse, fit pensivement Geoff.

— Vous voulez dire parce que je suis divorcée ? Parce qu'il n'y a pas d'homme à la maison pour prendre soin de Robin ? Vous avez vu son visage. C'est arrivé pendant qu'elle était avec son père. Elle n'avait pas bouclé sa ceinture de sécurité, et c'est le genre de conducteur qui passe son temps à écraser l'accélérateur et à freiner brutalement. Je me fiche que ce soit un truc de macho ou que Bob Kinellen ait le goût du risque ; à ce compte-là, Robin et moi sommes mieux toutes seules. »

Elle détacha la dernière feuille de salade, puis dit d'un ton penaud : « Je suis navrée. Je crois que vous êtes tombé sur le mauvais soir pour venir manger des pâtes, Geoff. Je ne suis pas d'une compagnie très amusante. Mais qu'importe. L'essentiel, ce sont mes entrevues avec le Dr Smith et Dolly Bowles. »

En mangeant la salade et le pain à l'ail, elle lui raconta son entretien avec Smith. « Il déteste littéralement Skip Reardon, dit-elle. D'une haine toute particulière. »

Remarquant l'expression d'étonnement de Geoff,

elle s'expliqua : « La plupart du temps, les parents des victimes honnissent le meurtrier et veulent le voir puni. Ils ressentent une colère si intimement mêlée au chagrin que les deux émotions jaillissent en même temps. Ils vous montreront fréquemment les photos d'enfance de leur fille assassinée, ses photos de classe, puis ils vous raconteront quelle sorte d'enfant elle était et vous expliqueront qu'elle a gagné le concours d'orthographe en sixième. Ensuite ils s'effondreront en sanglots, submergés par la douleur, et l'un d'eux, généralement le père, vous dira qu'il veut rester seul cinq minutes avec le meurtrier, ou qu'il veut lui-même appuyer sur le bouton de la chaise électrique. Mais je n'ai rien vu de tout cela chez Smith. Chez lui, je n'ai vu que de la haine.

— Qu'est-ce que cela signifie à votre avis ?

— Cela signifie soit que Skip Reardon est un meurtrier et un menteur, soit qu'il nous faut découvrir si l'animosité de Smith envers lui existait avant la mort de Suzanne. Dans ce dernier cas, nous devrons également savoir avec précision quels étaient les rapports de Smith avec Suzanne. Ne l'oubliez pas, selon sa propre déposition, il ne l'a pratiquement pas vue entre l'époque où elle était encore au berceau et l'âge de vingt ans. Puis elle a surgi un jour dans son bureau et s'est présentée. Ses photos la montrent comme une femme d'une beauté extraordinaire. »

Elle se leva. « Réfléchissez-y pendant que je prépare les pâtes. Puis je voudrais vous parler de Dolly Bowles et de la "voiture de grand-papa". »

Geoff resta presque insensible à la saveur délicieuse de ses pâtes « alla vongole » pendant que Kerry relatait sa visite à Dolly Bowles. « D'après Dolly, conclut-elle, il semble que vos représentants comme les nôtres aient écarté toute possibilité d'ajouter foi au témoignage du petit Michael.

— Tim Farrell en personne a interrogé Dolly

Bowles, lui rappela Geoff. Je me souviens vaguement d'une allusion à un enfant retardé âgé de cinq ans qui disait avoir vu une voiture, mais je n'y ai pas attaché d'importance.

— C'est une aiguille dans une meule de foin, dit Kerry, mais Joe Palumbo, l'enquêteur qui a interrogé Robin, m'a apporté le dossier de l'instruction cet après-midi. Je désire le parcourir pour voir si je peux y trouver certains noms — le nom des hommes dont Suzanne était proche. On devrait pouvoir vérifier au service des cartes grises si l'un de ces individus possédait une berline Mercedes noire il y a onze ans. Bien sûr, il est possible que la voiture ait été immatriculée au nom de quelqu'un d'autre, voire louée, auquel cas nous n'aboutirions nulle part. »

Elle jeta un regard vers la pendule au-dessus de la cuisinière. « J'ai tout le temps », dit-elle.

Geoff savait qu'elle parlait d'aller chercher Robin. « A quelle heure la fête se termine-t-elle ?

— A neuf heures. Robin ne sort généralement pas le soir, mais Halloween est vraiment la fête des enfants, n'est-ce pas ? A présent, désirez-vous un espresso ou un café normal ? J'ai toujours l'intention d'acheter une machine à cappuccino mais je ne trouve jamais un moment pour le faire.

— Un espresso conviendra parfaitement. J'en profiterai pour vous parler de Skip Reardon et de Beth Taylor. »

Lorsqu'il lui eut exposé la nature des liens qui unissaient Beth et Skip, Kerry dit lentement : « Je vois pourquoi Tim Farrell a craint de citer Beth comme témoin, mais si Skip Reardon était amoureux d'elle à l'époque du meurtre, cela ôte une part de crédibilité à la déposition du Dr Smith.

— En effet. La réaction de Skip en voyant Suzanne arranger des fleurs offertes par un autre homme pourrait se résumer en deux mots : "Bon débarras." »

Le téléphone sonna et Geoff consulta sa montre.

« Il faut aller chercher Robin à neuf heures, n'est-ce pas ? J'y vais pendant que vous répondez.

— Merci. » Kerry décrocha l'appareil. « Allô. »

Elle écouta, puis s'exclama d'un ton joyeux : « Oh, Jonathan, j'allais vous appeler. »

Geoff se leva et, avec un petit salut de la main, se dirigea vers l'entrée et prit son manteau dans le placard.

Sur le chemin du retour, Robin raconta qu'elle s'était bien amusée à la fête, même si elle n'avait pas gagné le prix du meilleur déguisement. « Il y avait la cousine de Cassie, expliqua-t-elle. Elle avait un costume de squelette, sa mère avait cousu des os dessus. Je suppose que ça le rendait particulièrement bizarre. En tout cas, merci d'être venu me chercher, monsieur Dorso.

— On perd une fois, on gagne la fois suivante, Robin. Et pourquoi ne m'appellerais-tu pas Geoff ? »

Au moment où Kerry leur ouvrit la porte, Geoff comprit qu'il était arrivé quelque chose de grave. Elle faisait un effort visible pour garder le sourire tout en écoutant Robin commenter avec enthousiasme sa soirée.

Elle finit par dire : « Bon, Robin, il est neuf heures passées, et tu as promis...

— Je sais. Au lit, et ne traîne pas. » Robin embrassa rapidement Kerry. « Je t'aime, maman. Bonsoir, Geoff. » Elle monta quatre à quatre les escaliers.

Geoff vit la bouche de Kerry se mettre à trembler. Il la prit par le bras, la conduisit à la cuisine et referma la porte. « Que se passe-t-il ? »

Elle s'efforça de garder un ton calme. « Le gouverneur était censé soumettre trois noms demain à l'approbation du Sénat pour les nominations des juges. Le mien en faisait partie. Jonathan a demandé au gouverneur d'ajourner la proposition pour le moment, à cause de moi.

— Le sénateur Hoover vous a fait ça ! Je croyais qu'il était votre grand ami ? » Puis il la regarda. « Attendez un peu. Cela aurait-il un rapport avec l'affaire Reardon et Frank Green ? »

Il n'eut pas besoin de son signe affirmatif pour savoir qu'il avait raison. « Kerry, c'est moche. Je suis vraiment désolé. Mais vous avez dit "ajourner", non "retirer". »

— Jonathan ne retirerait jamais ma nomination. Je le sais. » Kerry parlait maintenant d'une voix plus assurée. « Mais je sais aussi que je ne peux pas lui demander de se mettre dans une situation délicate à cause de moi. J'ai raconté à Jonathan que j'avais vu le Dr Smith et Dolly Bowles.

— Comment a-t-il réagi ?

— Froidement. Il a l'impression qu'en revenant sur ce procès, je remets inutilement en question à la fois la compétence et la crédibilité de Frank Green, et que l'on va me reprocher de dépenser l'argent des contribuables pour une affaire réglée depuis dix ans. Il a souligné que cinq cours d'appel avaient confirmé la culpabilité de Reardon. »

Elle secoua la tête, comme si elle s'efforçait de s'éclaircir les idées. Puis elle se détourna. « Je suis désolée de vous avoir fait perdre votre temps, Geoff, mais je crois que j'ai décidé de me ranger à l'avis de Jonathan. Un meurtrier est en prison, il y a été envoyé par un jury et les tribunaux ont tous entériné sa condamnation. Pourquoi en saurais-je plus qu'eux ? »

Elle le regarda à nouveau. « L'assassin est en prison, et je vais laisser tomber toute cette histoire », dit-elle avec autant de conviction que possible.

Geoff se figea, retenant sa colère et sa frustration. « N'en parlons plus, dans ce cas. Au revoir, Votre Honneur. Merci pour les pâtes. »

Au quartier général du FBI de Quantico, quatre agents regardèrent l'écran de l'ordinateur s'arrêter sur le portrait-robot du cambrioleur qui s'était introduit dans la maison des Hamilton, à Chevy Chase, pendant le week-end.

Il avait relevé son masque afin de mieux examiner une figurine. Au début, l'image prise par la caméra cachée avait paru désespérément floue, mais après quelques retouches électroniques, certains détails du visage étaient devenus visibles. Probablement pas suffisamment pour faire vraiment la différence, pensa Simon Morgan, l'inspecteur principal. On n'aperçoit pas grand-chose, à part son nez et le vague dessin d'une bouche. Néanmoins, c'était tout ce qu'ils avaient, et ça pourrait peut-être rafraîchir la mémoire à quelqu'un.

« Faites reproduire ce portrait en deux cents exemplaires et assurez-vous qu'on les envoie aux familles qui ont été victimes d'un cambriolage similaire à celui des Hamilton. Ce n'est pas grand-chose, mais nous avons maintenant une petite chance de mettre la main sur ce salaud. »

Le visage de Morgan se rembrunit. « Et j'espère seulement que, lorsque nous l'aurons coincé, ses empreintes digitales correspondront à celles que nous avons trouvées le soir où la mère du député Peale est morte parce qu'elle avait annulé son départ en week-end. »

Il était encore tôt le matin, et Wayne Stevens lisait le journal dans le salon de sa confortable maison de style espagnol, à Oakland, en Californie. A la retraite depuis deux ans, après avoir quitté sa petite société d'assurances, il avait l'apparence d'un homme satisfait. Même au repos, son visage gardait une expression affable. Des exercices quotidiens le maintenaient en forme. Ses deux filles habitaient avec mari et enfants à moins d'une demi-heure de chez lui. Il était marié à sa troisième femme, Catherine, depuis huit ans maintenant, et se rendait compte que ses deux premiers mariages avaient laissé beaucoup à désirer.

Voilà pourquoi, lorsque le téléphone sonna, il ne se doutait pas que son interlocuteur allait évoquer des souvenirs désagréables.

La voix avait l'accent de la côte Est. « Monsieur Stevens, je suis Joe Palumbo, enquêteur pour le bureau du procureur du comté de Bergen dans le New Jersey. Suzanne Reardon était votre belle-fille, n'est-ce pas ?

— Suzanne Reardon ? Je ne connais personne de ce nom. Attendez une seconde. Vous ne parlez pas de Susie, par hasard ?

— Est-ce le nom que vous donniez à Suzanne ?

— J'avais une belle-fille que nous appelions Susie, mais son véritable nom était Sue Ellen, pas Suzanne. » Puis il se rendit compte que l'enquêteur avait utilisé le passé « était ». « Lui est-il arrivé quelque chose ? »

A cinq mille kilomètres de là, Joe Palumbo serra le téléphone dans sa main. « Vous ignorez donc que Suzanne, ou Susie ainsi que vous l'appelez, a été assassinée il y a dix ans ? » Il appuya sur le bouton qui enregistrait la conversation.

« Dieu du ciel ! » La voix de Wayne Stevens baissa

jusqu'à devenir un murmure. « Oui, je l'ignorais. Je lui écris à chaque Noël aux bons soins de son père, le Dr Charles Smith, mais je n'ai pas eu de ses nouvelles depuis dix ans.

— Quand l'avez-vous vue pour la dernière fois ?

— Il y a dix-huit ans, peu après la mort de ma seconde femme, Jean, qui était sa mère. Susie était une enfant très nerveuse, insatisfaite, et, pour parler franchement, *difficile*. J'étais veuf lorsque sa mère et moi nous sommes mariés. J'avais deux filles et j'ai adopté Susie. Nous avons élevé les trois ensemble. Puis, après la mort de Jean, Susie a touché les indemnités d'une police d'assurance et nous a annoncé qu'elle partait pour New York. Elle avait dix-neuf ans. Quelques mois plus tard, j'ai reçu une lettre plutôt désagréable de sa part, disant qu'elle avait toujours été malheureuse chez nous et qu'elle ne voulait plus rien avoir à faire avec la famille. Elle disait qu'elle allait vivre chez son vrai père. Bien entendu, j'ai immédiatement téléphoné au Dr Smith, mais il s'est montré extrêmement sec. Il m'a dit qu'il avait fait une grave erreur en m'autorisant à adopter sa fille.

— Suzanne, je veux dire Susie, ne vous a donc plus jamais donné signe de vie ? demanda rapidement Joe.

— Jamais. Il n'y avait rien d'autre à faire que de laisser les choses aller. J'ai espéré qu'avec le temps, elle reviendrait vers nous. Que lui est-il arrivé ?

— Il y a dix ans, son mari a été condamné pour l'avoir tuée dans un accès de jalousie. »

Des images traversèrent la tête de Wayne. Susie grognon quand elle était enfant, puis trop grosse et renfermée à l'âge de l'adolescence, jouant au tennis et au golf pour passer le temps, sans prendre aucun plaisir à ses exploits sportifs. Susie écoutant la sonnerie du téléphone annoncer des appels qui ne lui étaient jamais adressés, lançant un regard noir à ses demi-sœurs lorsque leurs petits amis venaient les chercher, claquant les portes, montant d'un pas furieux dans sa chambre. « Jaloux parce qu'elle avait une aventure avec un autre homme ? demanda-t-il lentement.

— Oui. » L'étonnement dans la voix de son interlocuteur n'échappa pas à Joe Palumbo et il réalisa que l'instinct de Kerry ne l'avait pas trompée quand elle lui avait demandé de fouiller dans le passé de Suzanne. « Monsieur Stevens, pourriez-vous, je vous prie, me décrire l'apparence physique de votre belle-fille ?

— Susie était... » Stevens hésita. « Elle n'était pas particulièrement jolie, dit-il posément.

— Avez-vous des photos d'elle que vous pourriez me faire parvenir ? demanda Joe. Des photos prises peu avant son départ pour la côte Est.

— Bien sûr. Mais si sa mort remonte à dix ans, pourquoi vous y intéressez-vous aujourd'hui ?

— Parce qu'une assistante du procureur pense que tout n'est pas clair dans cette histoire. »

Ainsi, l'intuition de Kerry était juste ! pensa Joe en raccrochant le téléphone après avoir obtenu la promesse de Stevens de lui adresser les photos de Susie par le courrier du soir.

47

Kerry était à peine arrivée à son bureau le mercredi matin quand sa secrétaire la prévint que Frank Green désirait la voir.

Il ne perdit pas de temps en préliminaires : « Que se passe-t-il, Kerry ? J'ai appris que le gouverneur avait ajourné la présentation au Sénat des nominations des juges. Il paraît qu'il y avait un problème vous concernant. De quoi s'agit-il ? Puis-je faire quelque chose ? »

Oui, certes, vous pouvez faire quelque chose, Frank, pensa Kerry. Vous pouvez dire au gouverneur que vous voyez d'un œil favorable toute enquête pouvant révéler une grave erreur judiciaire, même si ça vous retombe sur le nez. Vous pourriez faire preuve de cran, Frank.

Elle se contenta de dire : « Oh, je suis sûre que tout va s'arranger.

— Vous n'êtes pas en froid avec le sénateur Hoover, j'espère ?

— C'est l'un de mes meilleurs amis. »

Alors qu'elle s'apprêtait à partir, Frank ajouta : « Kerry, c'est affreux de se ronger les sangs à attendre ces nominations, hein ? Moi-même, j'attends la mienne. Et je fais des cauchemars, espérant que rien ne va tout faire capoter. »

Elle hocha la tête et le quitta.

De retour dans son bureau, elle s'efforça désespérément de garder l'esprit concentré sur les affaires en cours. Le grand jury venait de condamner un type inculpé dans le hold-up d'une station-service. Le chef d'accusation était : tentative de meurtre et vol à main armée. L'employé n'avait pas été tué mais se trouvait encore en réanimation. S'il ne s'en sortait pas, le chef d'accusation deviendrait : homicide volontaire.

Hier, la cour d'appel avait invalidé le verdict du tribunal qui avait jugé une femme coupable d'homicide. Un autre procès retentissant, mais l'arrêt de la cour, fondé sur l'incompétence de la défense, n'avait eu heureusement aucune conséquence négative pour le procureur.

C'est Robin qui tiendrait la Bible quand Kerry prêterait serment. Jonathan et Grace avaient dit qu'ils voulaient acheter ses robes de juge, deux ordinaires et une de cérémonie. Margaret ne cessait de lui rappeler qu'étant sa meilleure amie, elle se réservait l'honneur

d'apporter ladite robe et de l'aider à l'enfiler. « Moi,
Kerry McGrath, je jure solennellement que... »

Les larmes lui piquèrent les yeux en entendant à nouveau la voix impatiente de Jonathan : *Kerry, cinq cours d'appel ont confirmé la culpabilité de Reardon. Qu'est-ce que tu cherches ?* Il avait raison. Plus tard dans la matinée, elle allait lui téléphoner et lui annoncer qu'elle laissait tomber toute cette histoire.

Quelqu'un frappait à coups répétés à sa porte. D'une main impatiente, elle s'essuya les yeux et cria : « Entrez. »

C'était Joe Palumbo. « Chapeau, Kerry, vous êtes drôlement futée !

— Je n'en suis pas si sûre. Pourquoi ?

— Vous vous demandiez si le Dr Smith avait jamais exercé ses talents sur sa fille.

— Il l'a pratiquement nié, Joe. Je vous l'ai dit.

— Je sais, et vous m'avez aussi demandé de mettre mon nez dans le passé de Suzanne. Eh bien, écoutez ça. »

Avec un sourire triomphant, Joe posa un magnétophone sur le bureau. « C'est l'essentiel de mon entretien téléphonique avec M. Wayne Stevens, le beau-père de Suzanne Reardon. » Il mit en marche l'appareil.

À mesure qu'elle écoutait, Kerry sentit une nouvelle vague d'émotions contradictoires l'envahir. *Smith est un menteur,* pensa-t-elle en se rappelant son air outragé à la seule supposition qu'il ait pu pratiquer une intervention chirurgicale sur sa fille. *C'est un menteur et un excellent comédien.*

Lorsque l'enregistrement prit fin, Palumbo sourit. « Et alors, Kerry ?

— Je ne sais pas, dit-elle lentement.

— Vous ne savez pas ? Smith ment !

— Nous ne pouvons rien affirmer. Attendons ces photos que doit nous envoyer Stevens avant de nous emballer. Des quantités d'adolescentes s'épanouissent brusquement après une bonne coupe de cheveux et quelques séances dans un institut de beauté. »

Palumbo la regarda d'un air interdit. « C'est ça. Et les poules ont des dents. »

48

Le découragement de Skip n'avait pas échappé à Deidre Reardon lorsqu'elle lui avait téléphoné dimanche et mardi, et c'est pour cette raison qu'elle avait décidé d'aller lui rendre visite mercredi, malgré la longueur du trajet en car, train et autobus pour se rendre à la prison de Trenton.

De petite taille, les yeux bleu vif et un teint de Scandinave, Deidre Reardon paraissait aujourd'hui son âge, bientôt soixante-dix ans. Sa silhouette tassée dégageait une certaine fragilité, et son pas avait perdu beaucoup de son allant. Son état de santé l'avait obligée à renoncer à son poste de vendeuse chez A & S, et depuis, elle complétait les revenus de son assurance-vieillesse en accomplissant quelques travaux à la paroisse.

L'argent économisé durant les années où Skip réussissait si bien et se montrait généreux envers elle avait fondu, dépensé en grande partie pour couvrir les frais occasionnés par les demandes de révision du procès.

Elle arriva à la prison au milieu de l'après-midi. Comme on était en semaine, ils pourraient communiquer uniquement par interphone, de part et d'autre d'une vitre de séparation. Dès l'instant où Skip apparut et où elle vit l'expression de son visage, Deidre sut que la chose qu'elle redoutait le plus était arrivée. Il avait abandonné tout espoir.

En général, lorsqu'elle le voyait découragé, elle

s'efforçait de le dérider en lui racontant des histoires sur ses voisins ou la paroisse, le genre de bavardage de nature à distraire quelqu'un qui s'attendrait à revenir bientôt à la maison et désirerait être mis au courant des événements.

Aujourd'hui, elle savait que ce genre de conversation à bâtons rompus était inutile. « Skip, que se passe-t-il ? demanda-t-elle.

— Maman, Geoff a téléphoné hier soir. Cette femme, l'adjointe du procureur qui est venue me voir l'autre jour. Elle n'a pas l'intention de donner suite. Mon cas ne l'intéresse pas. J'ai demandé à Geoff d'être franc et de ne pas me raconter d'histoires.

— Comment s'appelle-t-elle, Skip ? » Deidre s'efforça de garder un ton naturel. Elle connaissait assez son fils pour éviter de débiter des banalités.

« McGrath. Kerry McGrath. Apparemment, elle est sur le point d'être nommée juge. Avec ma chance, ils vont la nommer à la cour d'appel et si jamais Geoff trouve une autre voie de recours, elle sera là pour la rejeter.

— Il faut un certain temps pour un juge avant d'être nommé à la cour d'appel, non ? demanda Deidre.

— Et alors ? Ce n'est pas le temps qui nous manque, maman. » Puis Skip lui avoua qu'il avait refusé de prendre Beth au téléphone aujourd'hui. « Maman, Beth doit faire sa vie. Elle n'y arrivera jamais si elle passe ses jours et ses nuits à se soucier de moi.

— Skip, Beth t'aime.

— Qu'elle aime quelqu'un d'autre ! C'est bien ce que j'ai fait, non ?

— Oh, Skip ! » Deidre Reardon ressentit soudain cette difficulté à respirer qui précédait une douleur aiguë envahissant son bras et sa poitrine. Le médecin l'avait prévenue qu'il lui faudrait subir un second pontage si l'angioplastie qu'on allait lui faire la semaine prochaine ne donnait rien. Elle n'en avait pas encore parlé à Skip. Elle ne lui en parlerait pas.

Deidre faillit pleurer en voyant le désespoir dans les yeux de son fils. Il avait toujours été un si brave garçon. Jeune, il ne lui avait jamais posé l'ombre d'un problème. Même bébé, il ne pleurnichait jamais lorsqu'il était fatigué. Elle aimait raconter la façon dont un soir il avait quitté à quatre pattes la salle de séjour pour se rendre dans la chambre, avait tiré sa couverture à travers les barreaux du berceau, et s'était enveloppé dedans et endormi par terre sous le berceau.

Machinalement, elle tendit la main et toucha la vitre. Elle aurait voulu l'entourer de ses bras, ce beau et bon garçon qui était son fils. Elle aurait voulu lui dire de ne pas se tourmenter, que tout allait s'arranger, elle aurait aimé le consoler comme elle le faisait autrefois quand il avait du chagrin. Aujourd'hui, elle savait ce qu'il lui restait à faire.

« Skip, je ne veux pas t'entendre parler ainsi. Tu ne peux pas décider que Beth ne va plus t'aimer, parce qu'elle t'aime. Et je vais aller trouver cette Kerry McGrath. Il doit y avoir une raison qui l'a poussée à venir te voir. Les procureurs ne viennent pas par hasard faire une visite aux condamnés. Je veux savoir pourquoi elle s'est intéressée à toi, et pourquoi elle te tourne le dos maintenant. Mais j'ai besoin que tu m'aides. Ne t'avise pas de me lâcher en route. »

L'heure de la visite prit fin beaucoup trop vite. Deidre parvint à retenir ses larmes jusqu'à ce que le gardien ait emmené Skip. Puis elle essuya rageusement ses yeux. Sa bouche serrée en un pli décidé, elle se leva, attendit que passe la douleur qui lui contractait la poitrine et sortit d'un pas rapide.

49

On se croirait en novembre, songea Barbara Tompkins en parcourant les dix blocs qui séparaient son bureau, 68ᵉ Rue, à la hauteur de Madison Avenue, de son appartement situé 61ᵉ Rue, au coin de la Troisième Avenue. Elle aurait dû se vêtir plus chaudement. Mais peu importait, elle se sentait tellement heureuse.

Chaque jour, elle se réjouissait du miracle opéré par le Dr Smith. Comment croire que moins de deux ans auparavant, elle se croyait coincée à vie dans un bureau de relations publiques à Albany, chargée d'obtenir des entrefilets dans les magazines vantant les produits de petites sociétés de cosmétiques ?

Nancy Pierce avait été l'une des rares clientes avec qui elle s'était liée. Nancy se disait le modèle même de la jeune fille toute simple bourrée de complexes car elle passait ses journées à côtoyer de ravissants mannequins. Un jour, elle avait pris un congé prolongé et était revenue transformée. Avec franchise, voire un peu de fierté, elle avait raconté à la terre entière qu'elle avait eu recours à la chirurgie esthétique ?

« Ecoutez, avait-elle dit. Ma sœur a un visage de madone mais elle est constamment en guerre contre son poids. Elle prétend qu'au fond d'elle-même réside une sylphide qui veut voir le jour. Je me suis toujours dit qu'à l'intérieur de moi il y avait une jolie fille qui voulait sortir de sa coquille. Ma sœur est allée consulter les Weight Watchers. Je suis allée consulter le Dr Smith. »

A la voir aussi assurée et bien dans sa peau, Barbara s'était promis : « Si jamais je gagne de l'argent, j'irai voir ce médecin moi aussi. » Et puis la chère vieille tante Betty avait été rappelée à Dieu à l'âge de quatre-vingt-sept ans, léguant trente-cinq mille dollars à Barbara avec pour consigne de jeter son bonnet par-dessus les moulins et de prendre du bon temps.

Barbara se rappelait sa première visite chez le Dr Smith. Il était entré dans la pièce où elle attendait, perchée sur le bord de la table d'examen. Il avait un air froid, presque terrifiant. « Que voulez-vous ? avait-il demandé d'un ton cassant.

— Je veux savoir si vous pouvez me rendre jolie », lui avait répondu Barbara, un peu hésitante. Puis, rassemblant tout son courage, elle avait corrigé : « Très jolie. »

Sans prononcer un seul mot, il s'était posté devant elle, avait braqué une lampe sur son visage, pris son menton dans sa main, tâté les contours de ses traits, ses pommettes, son front, l'examinant ainsi pendant plusieurs longues minutes.

Puis il s'était reculé d'un pas. « Pourquoi ? »

Elle lui avait parlé de la jolie fille qui voulait sortir de sa coquille. Bien sûr, elle n'aurait pas dû attacher une telle importance à la beauté, s'était-elle presque excusée, avant de s'écrier : « Mais pour moi, c'est très important ! »

Il avait eu un sourire inattendu, un petit sourire sans joie, mais néanmoins réel. « Si vous n'y attachiez pas d'importance, je ne m'intéresserais pas à votre cas », lui avait-il dit.

Le processus avait été incroyablement complexe. Des petites opérations avaient renforcé son menton, diminué ses oreilles, ôté les cernes sombres sous ses yeux et allégé ses lourdes paupières afin d'agrandir son regard. La chirurgie plastique avait remodelé ses lèvres, lui donnant une bouche pulpeuse et provocante, ôté les marques d'acné sur ses joues, affiné son nez et rehaussé ses sourcils. Il s'était même appliqué à sculpter son corps.

Puis, suivant l'avis du Dr Smith, elle avait fait teindre en noir ses cheveux jaunâtres, mettant ainsi en valeur son teint clair obtenu grâce à un peeling.

Une esthéticienne lui avait enseigné les subtilités du maquillage.

Et, pour finir, le docteur lui avait conseillé d'investir le reste de son héritage dans une garde-robe sophistiquée et l'avait envoyée avec une conseillère personnelle faire le tour des couturiers de la Septième Avenue.

Charles Smith l'avait vivement incitée à revenir à New York, lui indiquant dans quel quartier chercher un appartement, et il avait même tenu à visiter celui qu'elle avait trouvé. Il avait également insisté pour la revoir à son cabinet tous les trois mois, afin d'effectuer un bilan.

Pendant l'année qui avait suivi son installation à Manhattan et ses débuts chez Price et Vellone, Barbara avait eu l'impression de vivre dans un tourbillon. Un tourbillon merveilleusement excitant. Il lui semblait vivre un rêve.

Mais aujourd'hui, alors qu'elle parcourait le dernier bloc avant d'atteindre son immeuble, elle jeta un regard inquiet par-dessus son épaule. La veille au soir, elle avait dîné avec des clients au Mark Hotel. Au moment de quitter le restaurant, elle avait aperçu le Dr Smith assis seul à une petite table à l'écart.

La semaine précédente, elle l'avait entrevu dans l'Oak Room du Plaza.

Elle n'y avait pas attaché d'importance sur le moment, mais le mois précédent, en sortant du Four Seasons, il lui avait semblé que quelqu'un la surveillait depuis une voiture pendant qu'elle hélait un taxi.

Un soupir de soulagement lui échappa lorsque le portier la salua et lui ouvrit la porte. Puis, une fois encore, elle regarda derrière elle.

Une Mercedes noire était arrêtée dans les encombrements de la circulation, directement en face de son immeuble. L'identité du conducteur ne faisait aucun doute, même si son visage était en partie détourné, comme s'il regardait de l'autre côté de la rue.

Le Dr Smith.

« Ça va, mademoiselle Tompkins ? demanda le portier. Vous n'avez pas l'air dans votre assiette.

— Ça va. Merci. Je vais très bien. » Barbara pénétra d'un pas rapide dans l'entrée. En attendant l'ascenseur, elle pensa : *Il* me suit. Mais qu'y faire ?

50

Bien que Kerry eût préparé l'un des repas préférés de Robin — poulet grillé, pommes de terre en robe des champs, petits pois, salade verte et gâteau au chocolat —, elles mangèrent presque en silence.

Depuis le moment où Kerry était rentrée à la maison et où Alison, l'étudiante qui gardait Robin, avait chuchoté : « Je crois que Robin est inquiète », Kerry s'était retenue de l'interroger.

Pendant qu'elle préparait le dîner, Robin s'était assise devant le comptoir pour faire ses devoirs. Kerry avait attendu une occasion propice pour lui parler, un signe, mais Robin semblait exceptionnellement concentrée sur son travail.

Kerry lui avait même demandé : « Tu es sûre d'avoir terminé, Rob ? » avant de mettre le couvert.

Peu à peu, Robin s'était détendue. « As-tu bien déjeuné à midi ? fit Kerry d'un ton dégagé, rompant enfin le silence. Tu sembles affamée,

— Sûre, maman. J'ai presque tout mangé.

— Je vois. »

Elle est comme moi, pensa Kerry. Quand quelque chose la tourmente, elle le garde pour elle. C'est une petite personne si secrète.

Robin dit soudain : « J'aime bien Geoff. Il est super. »

Geoff. Kerry baissa les yeux et s'appliqua à découper le poulet. Elle voulait oublier le ton ironique et cassant de son *Bonsoir, Votre Honneur*, quand il l'avait quittée l'autre soir.

« Oui, fit-elle, espérant donner l'impression que Geoff ne comptait pas dans leur vie.

— Quand doit-il revenir ? » demanda Robin.

A présent, c'était au tour de Kerry de se montrer évasive. « Oh, je n'en sais rien. Il avait seulement besoin de me voir à cause d'une affaire dont il s'occupe. »

Robin prit l'air ennuyé. « Je crois que je n'aurais pas dû en parler à papa.

— De quoi ?

— Eh bien, papa disait que le jour où tu serais juge, tu rencontrerais probablement un tas d'autres juges et que tu finirais par en épouser un. Je n'avais pas l'intention de lui parler de toi, mais j'ai dit qu'un avocat que j'aimais bien était venu à la maison l'autre soir pour travailler, et papa a demandé qui c'était.

— Et tu lui as dit que c'était Geoff Dorso. Il n'y a pas de mal à ça.

— Je ne sais pas. Papa a eu l'air fâché contre moi. Nous avions passé une journée formidable et tout à coup il est devenu silencieux et m'a dit de finir mes crevettes. Que c'était l'heure de rentrer à la maison.

— Rob, papa se fiche complètement des gens que je rencontre, et Geoff Dorso n'a certainement rien à voir avec lui ni avec aucun de ses clients. Papa a sur les bras un procès très difficile en ce moment. Peut-être l'as-tu distrait de ses préoccupations pendant un moment, et puis, vers la fin du dîner, il s'est remis à y penser.

— Tu crois vraiment ? demanda Robin, les yeux brillants.

— Je le crois vraiment, la rassura Kerry. Tu m'as

souvent vue dans la lune lorsque j'étais en plein procès. »

Robin se mit à rire. « Oh ça, oui ! »

A neuf heures, Kerry entra dans la chambre de Robin, qui lisait dans son lit. « Extinction des feux, dit-elle fermement en se penchant vers elle pour la border.

— D'accord », dit Robin à contrecœur. Comme elle se blottissait sous les couvertures, elle dit : « Maman, je réfléchissais. Ce n'est pas parce que Geoff est venu ici pour travailler que nous ne pouvons pas l'inviter à nouveau, n'est-ce pas ? Il t'aime bien, tu sais. Ça se voit.

— Oh, Rob, c'est un de ces hommes qui aiment bien tout le monde, mais il ne s'intéresse sûrement pas à moi en particulier.

— Cassie et Courtney l'ont vu quand il est venu me chercher à l'école. Elles le trouvent drôlement bien. »

Moi aussi, pensa Kerry en éteignant la lumière.

Elle descendit au rez-de-chaussée, avec l'intention de vérifier son relevé de compte. Mais une fois assise à son bureau, elle contempla le dossier Reardon que Joe Palumbo lui avait apporté la veille. Puis elle secoua la tête. Laisse tomber, se dit-elle. Ne te mêle pas de cette histoire.

Mais y jeter un simple regard ne l'engagerait à rien. Elle prit le dossier, l'emporta avec elle jusqu'à son fauteuil favori, le posa sur le tabouret à ses pieds, l'ouvrit et saisit la première liasse de feuilles.

D'après le rapport, l'appel téléphonique avait eu lieu à minuit vingt. Skip Reardon avait composé le numéro de la police d'Alpine et crié dans le téléphone : « Ma femme est morte ! Ma femme est morte ! » Les policiers l'avaient trouvé à genoux près d'elle, en pleurs. Il leur avait dit que, la porte à peine franchie, il avait tout de suite vu qu'elle était morte, et qu'il ne l'avait pas touchée. Le vase où elle avait disposé les roses rouges était renversé. Les roses étaient répandues sur son corps.

Le lendemain matin, alors que sa mère se trouvait avec lui, Skip Reardon avait déclaré notamment qu'une broche de diamants avait disparu. Il se souvenait tout particulièrement de ce bijou car c'était l'un de ceux qu'il ne lui avait pas offerts et dont il était sûr qu'il lui avait été donné par un autre homme. Il avait également affirmé qu'il manquait un cadre miniature contenant le portrait de Suzanne qui se trouvait dans la chambre le matin même.

A onze heures, Kerry en arriva à la déposition de Dolly Bowles. C'était pratiquement l'histoire qu'elle lui avait racontée.

Les yeux de Kerry se plissèrent en découvrant qu'un certain Jason Arnott avait été interrogé au cours de l'enquête. Skip Reardon y avait fait allusion. Dans sa déclaration, Arnott se définissait comme un expert en antiquités dont l'une des activités consistait à conseiller des clientes qu'il accompagnait aux ventes de Sotheby's et Christie's, les guidant dans leurs enchères.

Il recevait beaucoup et disait que Suzanne assistait souvent à ses cocktails et à ses dîners, parfois accompagnée par Skip, mais le plus souvent seule.

La note de l'enquêteur montrait qu'il avait interrogé quelques amis communs de Suzanne et d'Arnott, et que rien ne laissait supposer une idylle entre eux. Une de leurs relations avait même reconnu que Suzanne se moquait parfois d'Arnott, l'appelant « Jason le châtré ».

Rien de nouveau ici non plus, décida Kerry quand elle eut parcouru la moitié du dossier. L'enquête avait été correctement menée. A travers la fenêtre ouverte, l'employé venu relever le compteur électrique avait entendu Skip s'emporter contre

Suzanne au petit déjeuner. « Bon Dieu, ce type écumait », avait-il dit.

Navrée, Geoff, pensa Kerry au moment de refermer le dossier. Ses yeux lui piquaient. Elle lirait la suite le lendemain, et rendrait le dossier. Puis elle jeta un regard au dernier rapport. C'était l'entretien avec un caddie du Palisades Country Club dont Suzanne et Skip étaient membres. Un nom attira son regard et elle saisit la liasse suivante, son envie de dormir subitement envolée.

Le nom du caddie était Michael Vitti, et c'était une mine d'informations concernant Suzanne Reardon. « On voulait tous lui servir de caddie. Elle était sympa. Elle plaisantait avec nous, donnait de gros pourboires. Elle jouait surtout avec des hommes. Elle jouait bien, vraiment *bien*. Les femmes étaient furieuses contre elle parce qu'elle plaisait à leurs maris. »

On avait demandé à Vitti s'il croyait que Suzanne avait une aventure avec un de ces hommes. « Oh, j'en sais rien, avait-il dit. Je ne l'ai jamais vue vraiment seule avec personne. Ils faisaient des parties à quatre et revenaient tous ensemble au grill-room, vous voyez ce que je veux dire ? »

Mais, poussé dans ses retranchements, il avait dit qu'il y avait peut-être quelque chose entre Suzanne et Jimmy Weeks.

C'était le nom de Jimmy Weeks qui avait attiré l'attention de Kerry. Selon les notes de l'enquêteur, la remarque de Vitti n'avait pas été prise au sérieux car, malgré sa réputation d'homme à femmes, Weeks avait nié catégoriquement avoir jamais rencontré Suzanne en dehors du club. Il entretenait à cette époque-là une liaison sérieuse avec une autre femme et, par ailleurs, il avait un alibi en béton pour la nuit du meurtre.

Puis Kerry lut la fin de la déclaration du caddie. Il avait admis que M. Weeks traitait toutes les femmes à peu près de la même façon, et qu'il leur donnait des petits noms comme « mon ange », « mon chou » ou « ma beauté ».

On lui avait demandé si Weeks se servait d'un nom spécial pour appeler Suzanne.

La réponse : « Eh bien, une ou deux fois, je l'ai entendu l'appeler Sweetheart, "mon petit cœur". »

Kerry laissa tomber le rapport sur ses genoux. Jimmy Weeks, le client de Bob... Etait-ce pour ça que Bob s'était rembruni en apprenant la venue de Geoff Dorso chez elle ?

Il était de notoriété publique que Geoff Dorso défendait Skip Reardon et avait tenté en vain pendant dix ans d'obtenir la révision de son procès.

Bob, en tant qu'avocat de Jimmy Weeks, craignait-il les répercussions d'un nouveau procès sur la réputation de son client ?

Une ou deux fois je l'ai entendu l'appeler Sweetheart. Ces mots poursuivaient Kerry.

Profondément troublée, elle referma le dossier et alla se coucher. Le caddie n'avait pas été cité comme témoin au procès. Pas plus que Jimmy Weeks. La défense avait-elle jamais interrogé le caddie ? Sinon, elle aurait dû le faire. Avaient-ils demandé à Jason Arnott si Suzanne lui avait paru intéressée par d'autres hommes lors de ses réceptions ?

Je vais attendre l'arrivée des photos envoyées par le beau-père de Suzanne, se dit Kerry. Elles ne m'apprendront probablement rien, du moins rien qui vienne démentir mon hypothèse. A savoir que Suzanne s'était peut-être offert les services d'un institut de beauté en arrivant à New York. Elle avait de l'argent provenant de la police d'assurance de sa mère et le Dr Smith avait nié catégoriquement avoir jamais pratiqué la moindre intervention sur sa fille.

Qui vivra verra, conclut-elle. De toute façon, elle ne pouvait rien faire d'autre pour l'instant.

51

Le jeudi matin, Kate Carpenter poussa la porte du cabinet à neuf heures moins le quart. Il n'y avait aucune intervention de prévue, et la première patiente n'était pas attendue avant dix heures. Le Dr Smith n'était pas encore arrivé.

Derrière son bureau, la secrétaire semblait soucieuse. « Kate, Barbara Tompkins voudrait vous parler au téléphone, et elle a expressément demandé de ne pas mettre le Dr Smith au courant de son appel. Elle dit que c'est très important.

— Il ne s'agit pas d'un problème dû à son opération, j'espère ? s'inquiéta Kate. Elle a eu lieu il y a plus d'un an.

— Elle n'a rien précisé. Je lui ai dit que vous alliez arriver d'une minute à l'autre. Elle attend votre coup de fil chez elle. »

Sans prendre le temps d'enlever son manteau, Kate se rendit dans le minuscule bureau généralement occupé par le comptable, referma la porte derrière elle et composa le numéro de Barbara Tompkins.

Avec une consternation croissante, elle écouta Barbara lui rapporter sa conviction que le Dr Smith la suivait systématiquement. « Je ne sais que faire, dit-elle. Je lui suis tellement reconnaissante. Vous le savez, madame Carpenter. Mais je commence à avoir peur.

— Il ne vous a jamais abordée ?

— Non.

— Alors laissez-moi réfléchir et prendre conseil auprès de deux ou trois de mes connaissances. Je vous en prie, n'en parlez à personne. Le Dr Smith a une réputation excellente. Ce serait affreux de la voir ruinée.

— Je ne pourrai jamais assez remercier le Dr Smith pour ce qu'il a fait pour moi, dit doucement Barbara. Mais s'il vous plaît, rappelez-moi vite. »

52

A onze heures, Grace Hoover téléphona à Kerry et l'invita à déjeuner avec Robin dimanche. « Nous ne vous avons pas beaucoup vues toutes les deux, ces temps derniers, dit-elle. J'espère que vous pourrez venir. Celia se surpassera, promis. »

Celia était une cuisinière hors pair. Lorsqu'elle savait que Robin venait dîner, elle préparait à son intention des biscuits au chocolat que Robin emportait chez elle.

« Nous viendrons avec joie », accepta Kerry avec chaleur. Dimanche est le jour familial par excellence, songea-t-elle en raccrochant. Le dimanche après-midi, elle s'efforçait généralement de faire quelque chose de spécial avec Robin, d'aller au musée ou au cinéma, ou à un spectacle à Broadway.

Si seulement papa était encore en vie. Maman et lui vivraient près d'ici, du moins une partie du temps. Et si seulement Bob Kinellen avait été l'homme que j'imaginais.

Elle se secoua, refusant de se laisser entraîner sur cette pente mélancolique. Robin et moi avons vraiment de la chance d'avoir Jonathan et Grace, se rappela-t-elle. Nous pourrons toujours compter sur eux.

Janet, sa secrétaire, entra et ferma la porte. « Kerry, aviez-vous un rendez-vous avec une certaine Mme Deidre Reardon dont vous auriez oublié de me prévenir ?

— Deidre Reardon ? Non, je n'ai pas rendez-vous avec elle.

— Elle est dans la salle d'attente et dit qu'elle y restera jusqu'à ce que vous la receviez. Dois-je appeler la sécurité ? »

Mon Dieu, songea Kerry. La mère de Skip Reardon ! Que peut-elle vouloir ? « Non. Dites-lui d'entrer, Janet. »

Deidre alla droit au but : « Ce n'est pas dans mes habitudes de forcer la porte des gens, madame McGrath, mais ce que j'ai à vous dire est extrêmement important. Vous êtes allée voir mon fils à la prison. Vous aviez certainement un motif. Pour une raison quelconque, vous vous êtes demandé s'il n'était pas en prison à la suite d'une erreur judiciaire. Je sais que c'est le cas. Je connais mon fils, et je sais qu'il est innocent. Mais pourquoi, après avoir vu Skip, refusez-vous de l'aider ? En particulier après ce que l'on a découvert concernant le Dr Smith ?

— Ce n'est pas que je refuse de l'aider, madame Reardon. C'est que je ne *peux* pas l'aider. Il n'y a aucun élément nouveau. Il est certes étrange que le Dr Smith ait donné à d'autres femmes le visage de sa fille, mais ce n'est pas illégal, et c'est peut-être simplement sa façon d'affronter un deuil cruel. »

L'expression de Deidre Reardon passa de l'inquiétude à la colère. « Madame McGrath, le Dr Smith ne connaît pas le sens du mot deuil. Je l'ai peu vu pendant les quatre années où Suzanne et Skip ont été mariés. Je n'en éprouvais pas l'envie. Il y avait quelque chose de totalement malsain dans son attitude envers sa fille. Je me souviens d'un jour, par exemple, où Suzanne avait une petite tache sur la joue. Le Dr Smith s'est penché vers elle et l'a ôtée. On aurait cru qu'il époussetait une statue, à la manière dont il a examiné son visage pour s'assurer d'avoir tout enlevé. Il éprouvait de la fierté à son égard. Ça, oui ! Mais de l'affection ? *Aucune.* »

Geoff lui avait raconté que Smith avait paru dépourvu de toute émotion à la barre, se rappela Kerry. Mais ça ne prouvait rien.

« Madame Reardon, je comprends ce que vous ressentez...

— Non, je regrette, vous ne comprenez pas, la coupa Deidre. Mon fils est incapable de violence. Il aurait été aussi incapable de passer cette corde autour du cou de Suzanne que vous ou moi. Songez au genre d'individu qui peut commettre un tel acte. Quelle sorte de monstre est-ce pour se montrer capable de tuer si odieusement un autre être humain ? Et maintenant, pensez à Skip. »

Des larmes gonflèrent les yeux de la vieille dame tandis qu'elle s'écriait : « N'avez-vous pas vu ce qu'il est vraiment, n'avez-vous pas vu qu'il est foncièrement bon ? Etes-vous aveugle et sourde, madame McGrath ? Mon fils ressemble-t-il à un meurtrier ?

— Madame Reardon, je me suis intéressée à cette affaire uniquement parce que l'obsession du Dr Smith pour le visage de sa fille m'intriguait, non parce que je croyais votre fils innocent. C'était à la cour d'en juger, et elle l'a fait. Son jugement est allé de nombreuses fois en appel. Je ne peux rien faire.

— Madame McGrath, on m'a dit que vous aviez une petite fille, n'est-ce pas ?

— Oui, en effet.

— Alors, essayez de l'imaginer en cage pendant dix ans, et risquant d'y rester vingt de plus pour un crime qu'elle n'a pas commis. Croyez-vous que votre fille serait capable d'assassiner quelqu'un un jour ?

— Non, bien sûr que non.

— Mon fils non plus. Je vous en supplie, madame McGrath, vous êtes en mesure d'aider Skip. Ne l'abandonnez pas. J'ignore pourquoi le Dr Smith a menti au sujet de Skip, mais je commence peut-être à comprendre. Il était jaloux parce que Skip avait épousé Suzanne, avec tout ce que cela implique. Réfléchissez-y.

— Madame Reardon, en tant que mère je comprends votre chagrin », dit doucement Kerry, enveloppant du regard le visage tiré et anxieux qui lui faisait face.

Deidre Reardon se leva. « Je vois que vous ne tenez aucun compte de ce que je vous dis, madame McGrath. Geoff a dit que vous étiez sur le point d'être nommée juge. Dieu vienne en aide aux malheureux qui se tiendront devant vous, demandant que justice soit faite. »

Brusquement, Kerry vit le teint de son interlocutrice virer au gris.

« Madame Reardon, qu'avez-vous ? » s'écria-t-elle.

Les mains tremblantes, la femme ouvrit son sac, en sortit un petit flacon et versa une pilule dans sa paume. Elle la glissa sous sa langue, pivota sur elle-même et quitta la pièce sans ajouter un mot.

Longuement, Kerry resta assise à fixer la porte. Puis elle prit une feuille de papier sur laquelle elle inscrivit :

1. Le Dr Smith ment-il lorsqu'il affirme n'avoir pratiqué aucune intervention sur Suzanne ?
2. Le petit Michael a-t-il réellement aperçu une Mercedes noire devant la maison des Reardon pendant que Dolly Bowles le gardait ce soir-là ? Qu'en est-il des numéros d'immatriculation qu'elle affirme avoir relevés en partie ?
3. Jimmy Weeks avait-il une liaison avec Suzanne, et, si oui, Bob est-il au courant, et craint-il de voir cette histoire refaire surface ?

Elle examina la liste tandis que le visage digne et désespéré de Deidre Reardon la poursuivait d'un air accusateur.

53

Geoff Dorso sortait du tribunal de Newark. De justesse, il avait obtenu un arrangement avec le procureur pour son client, un gosse de dix-huit ans qui avait fait une virée avec des copains dans la voiture de son père et avait percuté un camion dont le conducteur avait eu un bras et une jambe cassés.

Mais il n'y avait pas de problème d'alcool, et le garçon était un brave gosse qui regrettait sincèrement son acte. En vertu de la remise de peine, il avait eu une suspension de deux ans de son permis de conduire et l'obligation de consacrer cent heures de travail à un service social. Geoff était satisfait — l'envoyer en prison plutôt qu'au collège eût été une grave erreur.

Exceptionnellement, il n'avait pas de rendez-vous dans l'après-midi du jeudi et pouvait s'offrir le luxe d'un moment de liberté. Il décida d'en profiter pour aller faire un tour au procès de Jimmy Weeks. Il voulait assister aux débats préliminaires. Et aussi, s'avoua-t-il, il était désireux de voir Bob Kinellen en action.

Il prit place au fond de la salle d'audience. Les médias étaient venus en force, remarqua-t-il. Jimmy Weeks était si souvent passé à travers les mailles de la justice qu'ils en étaient venus à l'appeler « Jimmy Teflon », un clin d'œil à un gangster de la Mafia connu sous le nom de « Don le Teflon », aujourd'hui en prison à perpétuité.

Kinellen venait d'entamer son exposé introductif. Il est sacrément fort, reconnut Geoff. Il sait comment manier le jury, quand paraître indigné puis offusqué, comment tourner les accusations en ridicule. Un modèle d'élégance et de présentation, aussi. Geoff essaya d'imaginer Kerry mariée à ce type. Etrangement, il n'y parvenait pas. Ou peut-être ne le voulait-il pas, s'avoua-t-il. En tout cas, elle ne paraissait plus tenir à Kinellen. Cette pensée le réconforta.

Et alors, pourquoi devrais-je m'en préoccuper ? se demanda-t-il, comme le juge annonçait une suspension de séance.

Dans le couloir, il fut abordé par Nick Klein, un journaliste du *Star Ledger*. Après les salutations d'usage, Geoff fit remarquer : « Vous êtes venus en masse, semble-t-il.

— On s'attend à du grabuge, lui dit Nick. J'ai une source au bureau du procureur général. Barney Haskell essaie de négocier avec la partie adverse. Ce qu'ils lui offrent ne lui suffit pas. Il laisse entendre qu'il peut impliquer Jimmy dans un meurtre qu'un autre est en train de payer en tôle.

— J'aimerais bien avoir un témoin comme ça pour un de mes clients », dit pensivement Geoff.

54

A quatre heures, Joe Palumbo reçut en express une grosse enveloppe expédiée par Wayne Stevens depuis Oakland, en Californie. Il l'ouvrit sans attendre et en sortit hâtivement deux paquets de photos liés par des élastiques. Un billet était agrafé à l'un d'eux.

Il disait :

Cher Monsieur Palumbo,

Ce n'est qu'en commençant à rassembler ces photos à votre intention que j'ai pleinement réalisé que Susie était morte. Je suis effondré. Susie n'a pas été une enfant facile. Je crois que ces photos sont suffisamment éloquentes. Mes filles ont toujours été très jolies. Pas Susie. A mesure qu'elles grandissaient, cette différence a éveillé un sentiment aigu de jalousie et d'amertume chez elle.

La mère de Susie, ma seconde femme, supportait mal de voir ses belles-filles profiter de leur jeunesse alors que sa propre fille était si désespérément seule et peu sûre d'elle-même. Je crains que cette situation n'ait été source de frictions dans notre foyer. J'ai toujours nourri l'espoir de voir un jour Susie, adulte et heureuse, frapper à notre porte et se réconcilier avec nous. Elle possédait des dons réels qu'elle ne savait pas apprécier.

Quoi qu'il en soit, j'espère que ces photos vous seront utiles.

Avec mes meilleurs sentiments,

Wayne Stevens.

Vingt minutes plus tard, Joe pénétrait dans le bureau de Kerry. Il déposa les photos sur son bureau. « Juste au cas où vous penseriez que Susie, pardon, je veux dire Suzanne, s'est métamorphosée en Vénus grâce à une nouvelle coupe de cheveux », fit-il.

A cinq heures, Kerry téléphona au cabinet du Dr Smith. Il était déjà parti. Elle s'y attendait. « Mme Carpenter est-elle là ? » demanda-t-elle.

Lorsque Kate Carpenter prit la communication, Kerry dit : « Madame Carpenter, depuis combien de temps travaillez-vous avec le Dr Smith ?

— Quatre ans, madame McGrath. Pourquoi cette question ?

— Eh bien, d'après ce que vous m'avez dit, il me semblait que vous le connaissiez depuis plus longtemps.

— Non.

— A la vérité, je voulais savoir si vous étiez là à l'époque où le Dr Smith a opéré sa fille, Suzanne, ou l'a fait opérer par un confrère. Je peux vous dire à quoi elle ressemblait. J'ai vu deux patientes chez vous, et j'ai demandé leurs noms. Barbara Tompkins et Pamela Worth sont toutes les deux des sosies de la fille du Dr Smith, du moins de ce qu'elle était devenue à la suite d'une importante intervention chirurgicale. »

Elle entendit l'infirmière retenir une exclamation. « J'ignorais que le Dr Smith avait une fille.

— Elle est morte il y a presque onze ans, assassinée, d'après ce qu'a conclu le jury, par son mari. Ce dernier est toujours en prison et continue de clamer son innocence. Le Dr Smith a été le principal témoin à charge au cours du procès.

— Madame McGrath, dit l'infirmière, je regrette réellement d'être déloyale envers le docteur, mais je crois qu'il est très important que vous vous entreteniez rapidement avec Barbara Tompkins. Je vais vous donner son numéro de téléphone. » Puis Mme Carpenter raconta à Kerry l'appel terrifié de la jeune femme.

« Le Dr Smith suit Barbara Tompkins dans la rue ! s'étonna Kerry, imaginant immédiatement les implications d'un tel comportement.

— En tout cas, elle l'a vu l'épier à plusieurs reprises, dit Kate Carpenter, sur la défensive. J'ai ses deux numéros, chez elle et à son bureau. »

Kerry les nota. « Madame Carpenter, il faut que je parle au Dr Smith, et je doute fort qu'il accepte de me recevoir. Est-ce qu'il sera à son cabinet demain ?

— Oui, mais il a un emploi du temps très chargé. Il n'aura pas fini avant quatre heures.

— Je serai là, mais ne le prévenez pas de ma venue. » Une question lui vint à l'esprit : « Le Dr Smith a-t-il une voiture ?

— Bien sûr. Il habite Washington Mews. Et il a un garage, ce qui lui permet d'utiliser sa voiture en ville.

— Quelle sorte de voiture ?

— La même depuis toujours. Une Mercedes quatre portes.

Kerry serra plus fort le téléphone. « De quelle couleur ?

— Noire.

— Vous dites qu'il a la même depuis toujours. Cela signifie-t-il qu'il choisit *toujours* une Mercedes noire ?

— Je veux dire qu'il a la même voiture depuis au moins douze ans. Je le sais car je l'ai entendu en parler à l'un de ses patients qui est directeur commercial chez Mercedes.

— Merci, madame Carpenter. » Au moment où Kerry raccrochait, Joe Palumbo réapparut. « Dites donc, Kerry, la mère de Skip Reardon est-elle venue vous voir ?

— Oui.

— Notre cher leader l'a reconnue dans les couloirs. Il se rendait à une réunion chez le gouverneur. Il veut savoir ce qu'elle fichait ici. »

55

En rentrant chez lui le jeudi soir, Geoff se mit à la fenêtre de son appartement et contempla New York qui se découpait à l'horizon. Toute la journée, il s'était efforcé de chasser de son esprit le souvenir du sarcastique « Bonsoir, Votre Honneur » qu'il avait adressé à Kerry. Seul à présent, à la tombée du soir, il devait y faire face.

Quel culot de ma part ! se reprocha-t-il. Par honnêteté, Kerry a voulu lire les minutes du procès. Par honnêteté, elle s'est entretenue avec le Dr Smith et Dolly Bowles. Elle a fait le trajet jusqu'à Trenton pour rencontrer Skip. Pourquoi devrait-elle perdre son siège de juge, surtout si elle ne croit pas en son âme et conscience que Skip est innocent ?

Je n'avais pas le droit de lui parler comme ça, et je lui dois des excuses, pensa-t-il, toutefois je ne la blâmerai pas si elle me raccroche au nez. Regarde la vérité en face, se dit-il à lui-même. Tu étais convaincu que plus elle examinerait l'affaire du « meurtre aux roses rouges », plus elle croirait en l'innocence de Skip. Mais pourquoi devrait-elle en être convaincue ? Elle a certes le droit de partager l'avis du jury et de la cour d'appel, et c'était un coup bas de ta part d'insinuer qu'elle ne pensait qu'à elle.

Il enfouit ses mains dans ses poches. On était le 2 novembre. Dans trois semaines ce serait Thanksgiving. Un autre Thanksgiving en prison pour Skip. Et à cette date Mme Reardon subirait une deuxième angioplastie. Dix ans à espérer un miracle avaient sapé ses forces.

Une chose, néanmoins, était sortie de tout ça. Kerry ne croyait peut-être pas en l'innocence de Skip, mais elle avait ouvert deux pistes que Geoff allait suivre. Le récit de Dolly Bowles à propos de la « voiture de grand-papa », une Mercedes quatre portes noire, et l'étrange besoin du Dr Smith de recréer le visage de sa fille sur d'autres femmes. Ces deux éléments du moins offraient de nouvelles perspectives dans une histoire devenue très familière.

La sonnerie du téléphone interrompit ses pensées. Il fut tenté de ne pas décrocher, mais le souvenir de sa mère lui disant en riant : « Comment peux-tu ne pas répondre au téléphone, Geoff ? Comment sais-tu si ce n'est pas la fortune qui t'attend au bout du fil ? » le poussa à saisir le récepteur.

C'était Deidre Reardon. Elle l'appelait pour lui raconter sa visite à Skip, et ensuite son entretien avec Kerry McGrath.

« Deidre, vous n'avez pas pu dire ça à Kerry ! » Il ne fit aucun effort pour lui cacher sa contrariété.

« Si. Et je ne le regrette pas. Geoff, la seule chose

161

qui maintient Skip en vie, c'est l'espoir. Cette femme à elle toute seule le lui a ôté.

— Deidre, grâce à Kerry j'ai de nouveaux éléments sur lesquels me baser. Ils peuvent se révéler capitaux.

— Elle est allée voir mon fils, elle l'a regardé en face, l'a interrogé et elle a décidé que c'était un meurtrier, dit Mme Reardon. Je suis désolée, Geoff. Je crois que je vieillis, je suis lasse et amère. Je ne regrette pas un mot de ce que j'ai dit à Kerry McGrath. » Elle raccrocha sans dire au revoir.

Geoff prit une profonde inspiration et composa le numéro de Kerry.

Quand Kerry rentra chez elle, Robin la regarda d'un œil scrutateur. « Tu as l'air crevé, maman.

— Je suis crevée, ma chérie.

— Dure journée ?

— Tu peux le dire.

— Des ennuis avec M. Green ?

— Ça ne va pas tarder. Mais n'en parlons pas. Mieux vaut ne pas y penser pour l'instant. Comment s'est passée ta journée à toi ?

— Bien. Je crois qu'Andrew a le béguin pour moi.

— Vraiment ! » Kerry savait qu'Andrew était le bel indifférent de la classe. « Comment sais-tu ça ?

— Il a dit à Tommy que, même avec mon visage amoché, j'étais plus chouette que la plupart des autres nanas. »

Kerry sourit. « C'est ce qui s'appelle un compliment.

— C'est ce que j'ai pensé. Qu'est-ce qu'on a pour dîner ?

— Je suis passée au supermarché. Que dirais-tu d'un cheeseburger ?

— Parfait.

— Non, ce n'est pas parfait, mais je fais de mon

mieux. Que veux-tu, tu ne pourras sans doute jamais vanter les talents culinaires de ta mère. »

Le téléphone sonna et Robin s'en empara. C'était pour elle. Elle agita l'appareil dans la direction de Kerry. « Raccroche dans une minute, tu veux bien ? Je monte prendre la communication au premier étage. C'est Cassie. »

Lorsqu'elle entendit le joyeux « J'y suis » de Robin, Kerry raccrocha, apporta le courrier dans la cuisine, le posa sur le comptoir et commença à le trier. Une enveloppe blanche avec son nom et son adresse en caractères d'imprimerie retint son attention. Elle l'ouvrit, sortit une photo, la regarda et se figea.

C'était un Polaroïd en couleurs de Robin en train de descendre l'allée de la maison. Ses bras étaient chargés de livres. Elle était vêtue du pantalon bleu qu'elle portait mardi dernier, le jour où elle avait eu tellement peur en voyant cette voiture se diriger vers elle.

Kerry sentit ses lèvres se dessécher. Elle se courba un peu en avant comme si elle avait reçu un coup à l'estomac, la poitrine haletante. Qui ? Qui avait pris Robin en photo, lancé la voiture dans sa direction ? Qui m'a envoyé cette photo ? se demanda-t-elle, hébétée, incapable de fixer ses pensées.

Elle entendit Robin descendre bruyamment l'escalier. Rapidement, elle enfouit la photo dans sa poche. « Maman, Cassie m'a rappelé que je dois regarder le programme Discovery à la télévision. Ils donnent une émission sur le sujet qu'on étudie en science. Ça ne compte pas comme une distraction, hein ?

— Non, bien sûr que non. Vas-y. »

Le téléphone sonna à nouveau au moment où Kerry se laissait tomber sur une chaise. C'était Geoff Dorso. Elle ne lui laissa pas le temps de s'excuser. « Geoff, je viens d'ouvrir le courrier. » Elle lui parla de la photo. « Robin avait raison, dit-elle en baissant la voix. Quelqu'un l'épiait depuis cette voiture. Mon Dieu, s'il l'avait forcée à monter ! Elle aurait disparu, exactement comme ont disparu ces gosses dans le nord de l'Etat de New York il y a deux ans. Oh, mon Dieu. »

Geoff sentit la peur et le désespoir percer dans sa voix. « Kerry, ne dites pas un mot de plus. Il ne faut pas que Robin voie cette photo ni qu'elle s'aperçoive de votre inquiétude. Je viens tout de suite. Je serai chez vous dans une demi-heure. »

56

Toute la journée, le Dr Smith avait senti quelque chose de bizarre dans l'attitude de Kate Carpenter à son égard. A plusieurs reprises, il avait surpris son regard fixé sur lui avec une expression interrogative. Pourquoi ?

Ce soir, confortablement installé dans sa bibliothèque, sirotant son cocktail habituel après sa journée de travail, il réfléchissait aux raisons possibles de l'étrange comportement de son infirmière. Il était sûr que Kate Carpenter avait remarqué le léger tremblement de sa main pendant qu'il pratiquait une rhinoplastie l'autre jour, mais ça n'expliquait pas les regards qu'elle lui lançait. Ce qu'elle avait à l'esprit en ce moment était quelque chose de plus troublant, il n'avait aucun doute là-dessus.

Il n'aurait jamais dû suivre Barbara Tompkins la veille au soir. Lorsqu'il s'était retrouvé coincé dans les encombrements devant son immeuble, il avait détourné la tête au maximum, mais il était malgré tout probable qu'elle l'ait vu.

Cela dit, à Manhattan vous passez votre temps à

rencontrer des gens de connaissance. Qu'il se soit trouvé là n'était pas si insolite, à la réflexion.

Mais un coup d'œil en passant ne lui suffisait pas. Il voulait revoir Barbara. La voir vraiment. Lui parler. Son rendez-vous pour un bilan général n'était pas prévu avant deux mois. Il fallait qu'il la voie avant. Il ne pouvait pas attendre aussi longtemps pour regarder ses yeux, si lumineux sans les lourdes paupières qui en cachaient autrefois la beauté, lui sourire depuis la table d'examen.

Elle n'était pas Suzanne. Personne ne le serait jamais. Mais, comme Suzanne, plus Barbara s'accoutumait à sa beauté, plus son caractère s'affirmait. Il revoyait la jeune fille terne et ordinaire qui s'était présentée pour la première fois dans son cabinet ; un an après l'opération, Suzanne avait parfait sa transformation physique en changeant totalement de personnalité.

Smith eut un sourire rêveur. Il se remémorait la sensualité de son corps, le léger déhanchement qui faisait se retourner tous les hommes sur son passage. Puis elle s'était mise à pencher un peu la tête, donnant à son interlocuteur, quel qu'il soit, l'impression d'être le seul à compter sur terre.

Elle avait changé la tonalité de sa voix, jusqu'à la rendre plus rauque, plus profonde. En riant, elle effleurait d'un doigt la main de l'homme — c'était toujours un homme — avec lequel elle bavardait.

Lorsqu'il avait fait des observations sur sa métamorphose, elle avait dit : « J'ai eu deux très bons professeurs : mes demi-sœurs. Nous avons inversé le conte de fées. Elles étaient les belles jeunes filles et j'étais l'affreuse Cendrillon. Mais c'est toi qui as été ma bonne fée. »

Mais vers la fin, ses fantasmes de Pygmalion avaient tourné au cauchemar. Le respect et l'affection qu'elle paraissait éprouver pour lui s'étaient peu à peu dissipés. Elle ne semblait plus disposée à écouter ses conseils. Elle avait même fini par dépas-

ser le stade du flirt. Combien de fois l'avait-il prévenue qu'elle jouait avec le feu, que Skip Reardon
serait capable de la tuer s'il découvrait la façon dont
elle se comportait ?

Quel mari d'une femme aussi désirable n'aurait
pas eu des envies de meurtre ?

Avec un tressaillement, il contempla sombrement
son verre vide. Dorénavant, il n'aurait plus jamais
l'occasion d'atteindre la perfection à laquelle il était
parvenu avec Suzanne. Il lui faudrait renoncer à la
chirurgie avant que ne survienne une catastrophe. Il
était trop tard. Il souffrait d'un début de maladie de
Parkinson.

Si Barbara n'était pas Suzanne, elle était, parmi
toutes ses patientes, la preuve la plus éclatante de
son génie. Il décrocha le téléphone.

Etait-ce de la nervosité qu'il distinguait dans sa
voix lorsqu'elle répondit « Allô ? »

« Barbara, ma chère, tout va bien, j'espère ? Ici le
Dr Smith. »

Il l'entendit retenir une exclamation, mais elle dit
très vite : « Oh oui, bien sûr. Comment allez-vous,
docteur ?

— Bien, mais j'ai pensé que vous pourriez peut-
être me faire une faveur. Je dois aller au Lenox Hill
Hospital rendre visite à l'un de mes vieux amis qui
est en train de mourir, et je sais que je serai un peu
déprimé en sortant. Auriez-vous la gentillesse de
venir dîner avec moi ? Je pourrais passer vous
prendre vers sept heures et demie ?

— Je, je ne sais pas...

— Je vous en prie, Barbara. » Il s'efforça de
prendre un ton badin. « Vous avez dit maintes fois
que vous me deviez votre nouvelle vie. Ne voulez-
vous pas m'accorder deux heures de cette vie ?

— Bien sûr que si.

— Epatant. Sept heures et demie donc.

— Entendu, docteur. »

En raccrochant, Charles Smith haussa les sourcils. Avait-il décelé une note de résignation dans la voix de Barbara ? On aurait presque dit qu'il l'avait *forcée* à accepter son invitation.

Dans ce cas, c'était une nouvelle facette de sa ressemblance avec Suzanne.

57

Il y avait quelque chose qui clochait. Jason Arnott ne pouvait chasser cette sensation de son esprit. Il avait passé la journée à New York avec Vera Shelby Todd, la suivant sans enthousiasme dans sa recherche interminable de tapis persans.

Ce matin, Vera lui avait demandé au téléphone s'il pouvait lui consacrer la journée. Héritière des Shelby, de Rhode Island, elle habitait l'une des superbes propriétés de Tuxedo Park et était habituée à ce que rien ne lui résiste. Veuve d'un premier mari, elle avait épousé Stuart Todd, mais décidé de garder la maison de Tuxedo Park. Prélevant sans remords dans le compte en banque inépuisable de Todd, Vera se fiait souvent à l'œil infaillible de Jason pour découvrir des pièces rares ou réaliser de bonnes affaires.

Ce n'était pas dans le New Jersey que Jason avait fait la connaissance de Vera, mais à une fête de charité donnée par les Shelby à Newport. Lorsque Vera avait appris qu'il habitait si près de sa propriété de Tuxedo Park, elle s'était mise à l'inviter à ses réceptions et à se rendre avec empressement aux siennes.

Jason riait encore au souvenir du récit détaillé que Vera lui avait fait de l'enquête policière menée à propos du cambriolage de Newport qu'il avait lui-même organisé quelques années auparavant.

« Ma cousine Judith était dans tous ses états, lui

avait-elle raconté. Elle ne comprenait pas comment quelqu'un pouvait prendre le Picasso et le Gainsborough et négliger le Van Eyck. Elle a fait venir un expert, et ce dernier lui a dit que son voleur était un connaisseur : le Van Eyck est un faux. Judith était hors d'elle, mais pour nous tous qui l'avions tellement entendue se vanter de son infaillible connaissance des grands maîtres, c'est devenu un sujet de plaisanterie en famille. »

Aujourd'hui, après avoir examiné à l'envers et à l'endroit des tapis ridiculement onéreux, depuis les turcomans jusqu'aux sassanides, avec cette Vera qui n'en trouvait aucun exactement à son goût, Jason avait hâte de rentrer chez lui et d'être débarrassé d'elle.

Mais auparavant, toujours à l'initiative de Vera, ils étaient allés déjeuner au Four Seasons, et cet agréable interlude avait sensiblement remonté le moral de Jason. Jusqu'au moment où, terminant son espresso, Vera s'était exclamée : « Oh, je ne vous ai pas raconté la dernière ? Vous vous souvenez que la maison de ma cousine Judith, à Rhode Island, a été cambriolée il y a cinq ans ? »

Jason avait pincé les lèvres. « Bien sûr, je m'en souviens ! Une histoire épouvantable. »

Vera hocha la tête. « En effet. Mais hier Judith a reçu une photographie envoyée par le FBI. Un cambriolage a eu lieu récemment à Chevy Chase, et une caméra cachée a pris le voleur en photo. Le FBI pense que ce pourrait être la même personne qui s'est introduite dans la maison de Judith et dans des dizaines d'autres. »

Jason avait senti un tressaillement nerveux parcourir tout son corps. Il n'avait rencontré Judith Shelby qu'à de rares occasions, et plus une seule fois depuis presque cinq ans. Manifestement, elle ne l'avait pas reconnu. Pas encore.

« La photo est-elle nette ? » questionna-t-il négligemment.

Vera éclata de rire. « Non, pas du tout. D'après Judith, en tout cas, elle est prise de profil, l'éclairage est mauvais et le type avait un bas de nylon remonté sur le front mais qui lui couvrait encore la tête. Elle dit qu'on aperçoit très vaguement le nez et la bouche. Elle l'a jetée au panier. »

Jason retint un soupir instinctif de soulagement, tout en sachant qu'il n'y avait pas lieu de se réjouir. Si la photo avait été adressée aux Shelby, il y avait toutes les chances pour qu'elle ait été également envoyée aux dizaines d'autres personnes dont les maisons avaient été visitées.

« Mais je crois que Judith a fini par ranger aux oubliettes l'histoire du Van Eyck, poursuivit Vera. Selon l'information qui accompagne la photographie, cet homme est considéré comme dangereux. On le soupçonne du meurtre de la mère du représentant Peale. Elle l'a visiblement surpris pendant qu'il volait sa maison. Judith avait failli rentrer chez elle plus tôt que prévu le soir où elle a été cambriolée. Imaginez ce qui aurait pu arriver si elle l'avait trouvé à l'œuvre. »

Jason serra nerveusement les lèvres. Ils avaient fait le rapprochement avec la mort de Peale !

En sortant enfin du Four Seasons, ils partagèrent un taxi qui les ramena au garage de la 57ᵉ Rue Ouest où ils avaient tous les deux laissé leur voiture. Après un au revoir démonstratif et la promesse exubérante de Vera : « Continuons de chercher, le tapis de mes rêves existe sûrement quelque part », Jason put enfin rentrer chez lui à Alpine.

La photo prise par la caméra cachée était floue. Jusqu'à quel point ? s'interrogea-t-il, pris dans le flot régulier des voitures qui remontaient Henry Hudson Parkway. Tomberait-elle sous les yeux de quelqu'un qui pourrait faire le lien avec Jason Arnott ?

Devait-il prendre le large, disparaître ? Il franchit

George Washington Bridge, s'engagea sur Palisades Parkway. Personne ne connaissait sa maison dans les Catskill. Il l'avait achetée sous un nom d'emprunt. Sous des identités différentes, il avait placé des sommes d'argent importantes dans des titres négociables. Il possédait même un faux passeport. Peut-être valait-il mieux quitter le pays sans attendre ?

D'un autre côté, si la photo était aussi peu nette que le disait Judith Shelby, même si certains y trouvaient une vague ressemblance avec lui, le tenir pour responsable d'un vol leur paraîtrait complètement absurde.

Au moment où il quitta la route pour entrer dans Alpine, sa décision était prise. A l'exception de cette photo, il était à peu près certain de n'avoir laissé ni traces ni empreintes. Il s'était montré particulièrement prudent, et il en était récompensé. Il n'allait pas renoncer aux agréments de son existence juste au cas où. Il n'était pas d'un caractère timoré. Sinon, il n'aurait jamais mené ce genre de vie.

Non, pas question de se laisser gagner par la panique. Il allait simplement rester tranquille. Il cesserait ses « activités » pendant un certain temps. Il n'avait pas besoin d'argent, et cette histoire était un avertissement.

Il arriva chez lui à quatre heures moins le quart et parcourut son courrier. Une enveloppe attira son regard ; il l'ouvrit, en sortit le contenu, l'étudia et éclata de rire.

Personne ne ferait jamais le moindre lien entre lui et cette forme vaguement comique, avec son bas remonté sur le front, son visage flou et granuleux, pris de profil, le nez sur la copie d'une statuette de Rodin.

« Vive la camelote ! » s'exclama Jason. Il s'installa dans le bureau pour faire un somme. Les torrents de paroles de Vera l'avaient exténué. Il se réveilla à temps pour le bulletin de dix-huit heures.

Le présentateur ouvrit le journal en annonçant que Barney Haskell, coaccusé dans le procès de Jimmy Weeks, était peut-être sur le point de passer un accord avec l'accusation.

Rien à côté de l'accord que moi, je pourrais passer, songea Jason. Cette pensée le réconforta. Mais, bien sûr, cela n'arriverait jamais.

58

Robin arrêta son émission scientifique à l'instant même où retentissait le carillon de la porte d'entrée. Ravie d'entendre la voix de Geoff Dorso, elle se précipita pour le saluer. Sa mère et lui avaient un visage grave. Ils s'étaient peut-être disputés, se dit-elle, et ils s'apprêtaient à se réconcilier.

Pendant le repas, Robin remarqua que Kerry restait inhabituellement silencieuse, tandis que Geoff racontait quantité d'histoires drôles sur ses sœurs.

Il est si gentil, se dit Robin. Il lui rappelait James Stewart dans ce film qu'elle regardait toujours avec sa mère le jour de Noël, *La vie est belle*. Il avait le même sourire timide et plein de bonté, la même voix hésitante, et ces cheveux qui semblaient rebelles au peigne.

Mais Robin remarqua que sa mère écoutait d'un air distrait ce que disait Geoff. Il était clair qu'il s'était passé quelque chose entre eux et qu'ils avaient besoin de parler — sans qu'elle soit dans la pièce. Elle décida donc de se sacrifier et d'aller faire son devoir de sciences dans sa chambre.

Après avoir aidé à débarrasser la table, elle annonça ses intentions et surprit un éclair de soulagement dans le regard de sa mère. Elle veut être seule avec Geoff, se réjouit Robin. C'est peut-être bon signe.

Geoff tendit l'oreille au bas de l'escalier. Lorsqu'il entendit se refermer la porte de la chambre, il regagna la cuisine. « Montrez-moi cette photo. »

Kerry enfonça sa main dans sa poche et en retira la photo qu'elle lui tendit.

Geoff l'étudia attentivement. « Robin ne s'est pas trompée dans ses descriptions, dit-il. La voiture devait être garée exactement devant chez vous. Quelqu'un l'a prise de face au moment où elle sortait de la maison.

— Dans ce cas, elle avait raison en disant que la voiture se dirigeait vers elle, dit Kerry. Et si elle lui avait foncé droit dessus ? Mais Geoff, pourquoi ?

— Je l'ignore, Kerry. Mais ce que je sais, c'est qu'il faut prendre ça au sérieux. Qu'avez-vous l'intention de faire ?

— Montrer cette photo à Frank Green dès demain matin. Vérifier qu'il n'y a pas d'obsédés sexuels récemment repérés dans le quartier. Conduire moi-même Robin à l'école en me rendant à mon travail. Ne pas la laisser rentrer à pied à la maison avec ses copines et demander à Alison de venir la chercher. Prévenir l'école, afin qu'ils surveillent si elle est suivie par quelqu'un.

— Avez-vous l'intention d'en parler à Robin ?

— Je ne suis pas sûre. Pas pour l'instant en tout cas.

— Avez-vous déjà prévenu Bob Kinellen ?

— Mon Dieu, j'ai complètement oublié. Bien sûr que Bob doit être mis au courant.

— J'aimerais l'être, s'il s'agissait de mon enfant, lui dit Geoff. Ecoutez, vous devriez lui passer un coup de fil pendant que je nous sers un second café. »

Bob n'était pas chez lui. Alice se montra froidement polie avec Kerry. « Il est encore au bureau, dit-elle. Il y vit pratiquement jour et nuit ces derniers temps. Puis-je lui transmettre un message ? »

Seulement que sa fille aînée est en danger, faillit dire Kerry, et qu'elle n'a pas un couple de domestiques à domicile pour la protéger quand sa mère est au travail. « Je vais appeler Bob à son bureau. Bonsoir, Alice. »

Bob Kinellen saisit le récepteur à la première sonnerie. Il pâlit en entendant Kerry lui raconter ce qui était arrivé à Robin. Il n'avait aucun doute sur l'auteur de l'envoi. C'était signé Jimmy Weeks. Il reconnaissait sa tactique. D'abord la guerre des nerfs, puis faire monter la pression. La semaine prochaine, il y aurait une autre photo, prise au téléobjectif. Jamais une menace. Jamais de lettres. Juste une photo. Un « Comprenez le message ou vous verrez ce que vous verrez. »

Bob n'eut pas à se forcer pour paraître inquiet et convenir avec Kerry qu'il valait mieux conduire Robin à l'école en voiture pendant un certain temps.

Lorsqu'il raccrocha, il frappa du poing sur son bureau. Jimmy perdait les pédales. Ils savaient l'un comme l'autre que tout était cuit si Haskell négociait avec le procureur.

Weeks s'est dit que Kerry me téléphonerait à propos de la photo, pensa-t-il. C'est sa façon de me prévenir qu'elle a intérêt à ne pas se mêler de l'affaire Reardon. Et c'est sa façon de me laisser entendre qu'il est temps de trouver un moyen de le soustraire à ces poursuites pour fraude fiscale. Ce que Weeks ignore, se dit-il, c'est que Kerry ne se laisse pas impressionner comme ça. En réalité, si elle perçoit cette photo comme un chantage, ça risque de l'inciter à riposter plus qu'autre chose.

Mais Kerry ne sait pas qu'à partir du moment où Jimmy Weeks vous a dans son collimateur, les choses risquent de mal tourner pour vous.

Soudain lui revint à l'esprit ce jour, vieux de onze ans déjà, où Kerry, enceinte de trois mois, l'avait regardé d'un air à la fois stupéfait et furieux. « Tu quittes le bureau du procureur pour aller dans ce cabinet d'avocats ? Tu es tombé sur la tête ? Tous leurs clients ont un pied en prison. Et l'autre devrait y être aussi », avait-elle dit.

Ils avaient eu une dispute enflammée qui s'était terminée par cet avertissement méprisant de la part de Kerry : « Souviens-toi de ceci, Bob. C'est un vieux dicton : "Dors avec les chiens et tu te réveilleras avec les puces." »

59

Charles Smith emmena Barbara Tompkins au Cirque, un des restaurants les plus chics et les plus chers de New York. « Certaines femmes préfèrent les petits coins calmes un peu démodés, mais je devine que vous aimez les endroits à la mode où l'on peut voir et être vu », dit-il à son invitée.

Il était passé la chercher à son appartement, et le fait qu'elle fût prête à partir immédiatement ne lui avait pas échappé. Son manteau était posé sur une chaise dans la petite entrée, son sac sur la table à côté. Elle ne lui avait pas offert de prendre un verre.

Elle ne veut pas se trouver seule avec moi, avait-il pensé.

Mais au restaurant, avec l'affluence et le maître d'hôtel qui s'affairait autour d'eux, Barbara se détendit. « C'est le jour et la nuit avec Albany, dit-elle. J'ai encore l'impression d'être une enfant qui reçoit tous les jours un cadeau d'anniversaire. »

Ces mots le laissèrent interloqué pendant un moment. Ils étaient si semblables à ceux de

Suzanne, lorsqu'elle se comparait à une petite fille devant un arbre de Noël couvert de cadeaux toujours renouvelés. Mais Suzanne n'était pas toujours restée cette enfant ravie. Elle était devenue une adulte ingrate. Je lui demandais si peu, pourtant. Un artiste ne devrait-il pas avoir le droit de savourer l'œuvre qu'il a créée ? Pourquoi cette œuvre serait-elle livrée à la concupiscence de l'humanité tout entière sans que son créateur puisse y jeter un seul regard ?

Une satisfaction intense l'emplit en constatant que, parmi tant de femmes belles et élégantes, Barbara attirait tous les regards. Il le lui fit remarquer.

Elle secoua doucement la tête, comme pour repousser le compliment.

« C'est la vérité », insista Smith. Son regard s'assombrit. « Ne le prenez pas pour un dû, Suzanne. Ce serait insultant pour moi. »

Ce fut seulement plus tard, lorsque prit fin leur dîner silencieux et qu'il l'eut déposée chez elle, qu'il se demanda s'il l'avait vraiment appelée Suzanne et, si oui, combien de fois cela lui avait échappé.

Il soupira et se renfonça dans son siège, fermant les yeux. Tandis que le taxi filait vers le bas de la ville, Charles Smith se rappela comme il lui était facile de passer en voiture devant la maison de Suzanne et de la regarder tout son content. Lorsqu'elle n'était pas à son club de golf, elle s'installait invariablement devant la télévision, sans se soucier de tirer les rideaux de la baie vitrée de son salon.

Il la voyait blottie dans son fauteuil favori, ou parfois, à son grand dam, serrée contre Skip Reardon sur le canapé, épaule contre épaule, les jambes étendues sur la table basse, dans une intimité naturelle qu'il ne pouvait pas partager.

Barbara n'était pas mariée. D'après ce qu'il pouvait savoir, il n'y avait personne dans sa vie. Ce soir, il lui avait demandé de l'appeler Charles. Il pensa au bracelet que Suzanne portait le jour de sa mort. L'offrirait-il à Barbara ? L'en aimerait-elle davantage pour autant ?

Il avait donné plusieurs bijoux à Suzanne. Des bijoux de prix. Mais ensuite elle s'était mise à en accepter d'autres, de la part d'autres hommes, et à lui demander de mentir pour elle.

Smith sentit se dissiper le plaisir que lui avait procuré la présence de Barbara. Un moment plus tard, il entendit la voix impatiente du chauffeur de taxi : « Hé, monsieur, vous dormez ? Vous êtes arrivé. »

60

Geoff ne s'attarda pas longtemps après que Kerry eut téléphoné à Kinellen. « Bob est d'accord avec moi, lui dit-elle en avalant la dernière goutte de son café.

— Pas d'autres suggestions ?

— Non, bien sûr que non. Son habituel "Tu as la situation bien en main, Kerry, tout ce que tu décideras sera parfait". »

Elle reposa sa tasse. « Je suis injuste. Bob semblait sincèrement inquiet, et je ne sais ce qu'il pourrait suggérer d'autre. »

Ils étaient assis dans la cuisine. Elle avait éteint le plafonnier, comptant qu'ils emporteraient leur café dans le séjour. L'unique éclairage venait de la lumière tamisée d'une applique.

Geoff étudia le visage grave qui lui faisait face de l'autre côté de la table, notant l'ombre de tristesse dans les yeux noisette de Kerry, le pli têtu de sa bouche généreuse, le menton volontaire finement dessiné, et l'aspect malgré tout vulnérable de toute son attitude. Il aurait voulu l'entourer de ses bras, lui dire de s'appuyer sur lui.

Mais il savait qu'elle ne le désirait pas. Kerry McGrath n'espérait ni ne voulait s'appuyer sur personne. Il tenta à nouveau de s'excuser du mépris qu'il avait affiché envers elle l'autre soir, en la soupçonnant d'égocentrisme, et de l'intrusion de Deidre Reardon dans son bureau. « C'était arrogant de ma part, dit-il. Si jamais vous doutiez en votre âme et conscience de la culpabilité de Skip, je sais que vous auriez été la première à vouloir l'aider. Vous ne manquez pas de cran, Kerry McGrath. »

Vraiment ? se demanda Kerry. Ce n'était pas le moment de rapporter à Geoff l'information concernant Jimmy Weeks qu'elle avait trouvée dans le dossier de l'instruction. Elle voulait d'abord revoir le Dr Smith. Il avait violemment nié avoir jamais pratiqué la moindre intervention chirurgicale sur Suzanne, mais il n'avait jamais dit ne pas l'avoir adressée à quelqu'un d'autre. D'un point de vue strictement théorique, ce n'était pas un mensonge.

Lorsque Geoff se prépara à partir, quelques minutes plus tard, ils restèrent un moment dans l'entrée. « J'aime être avec vous, lui dit-il, et ça n'a rien à voir avec l'affaire Reardon. Si nous dînions dehors, samedi soir, avec Robin ?

— Je suis sûre qu'elle sera ravie. »

Sur le seuil, il se pencha et effleura sa joue de ses lèvres. « Je sais qu'il n'est pas nécessaire de vous dire de fermer la porte à double tour et de brancher l'alarme, mais j'aimerais que vous ne passiez pas la nuit à vous torturer l'esprit à cause de cette photo. »

Après son départ, Kerry monta voir Robin. Elle était concentrée sur son exposé de sciences et n'entendit pas sa mère entrer. Immobile dans l'embrasure de la porte, Kerry contempla son enfant. Robin lui tournait le dos, ses longs cheveux répandus sur ses épaules, la tête penchée, les jambes calées autour des barreaux de la chaise.

Elle est l'innocente victime de celui qui a pris la photo, se dit Kerry. Robin est comme moi. Indépendante. Elle va détester qu'on l'accompagne à l'école, elle va détester de ne pas pouvoir se rendre seule chez Cassie.

Il lui sembla entendre à nouveau la voix suppliante de Deidre Reardon lui demandant si elle aimerait voir son enfant en cage pendant dix ans pour un crime qu'il n'avait pas commis.

Vendredi 3 novembre

61

Les négociations avec le procureur prenaient une mauvaise tournure pour Barney Haskell. A sept heures du matin le vendredi, il rencontra Mark Young dans son élégant cabinet de Summit, à une demi-heure seulement du palais de justice de Newark, mais dans un monde tout différent.

Avocat principal de Barney, Young avait à peu près le même âge que lui, cinquante-cinq ans, mais là cessait la ressemblance, pensa amèrement Barney. Young était d'une élégance discrète, même à cette heure matinale, dans son costume trois-pièces à fines rayures qui lui allait comme une seconde peau. Pourtant Barney savait que, la veste ôtée, il ne resterait pas grand-chose de ces imposantes épaules. Récemment le *Star Ledger* avait brossé un portrait du célèbre avocat, sans oublier de mentionner qu'il portait des complets à mille dollars.

Barney s'habillait à la boutique du coin. Le salaire payé par Jimmy Weeks ne lui permettait pas de prétendre à mieux. Aujourd'hui il risquait des années de prison s'il continuait à soutenir Jimmy. Jusqu'à présent les fédéraux s'étaient montrés intraitables. Ils parlaient seulement de réduction de peine, non de l'abandon des chefs d'accusation. Ils espéraient pouvoir condamner Weeks sans l'aide de Barney.

Peut-être. Mais peut-être pas, réfléchit Barney. Peut-être bluffaient-ils ? Il avait déjà vu les avocats de Jimmy à l'œuvre. Kinellen et Bartlett étaient drôlement forts et ils s'étaient toujours débrouillés pour le tirer sans réels dégâts des précédentes investigations.

Cette fois-ci, cependant, à en juger d'après l'exposé introductif de l'avocat général, les fédéraux avaient des preuves concrètes. Mais ils pouvaient craindre que Jimmy sorte un autre lapin de son chapeau.

Barney frotta sa main sur sa joue rebondie. Il savait qu'il avait l'air innocent d'un employé de banque un peu niais, une apparence qui l'avait toujours servi. Les gens ne le remarquaient pas ni ne se souvenaient de lui. Même l'entourage de Weeks lui accordait peu d'attention. Ils le prenaient tous pour un larbin. Personne ne se rendait compte que c'était lui qui blanchissait l'argent des dessous-de-table et gérait des comptes bancaires dans le monde entier.

« Vous pourrez bénéficier de la protection réservée aux témoins à charge, disait Young. Mais seulement après avoir purgé un minimum de cinq ans.

— Trop long, grommela Barney.

— Ecoutez, vous avez laissé entendre que vous pouviez coller sur le dos de Jimmy une affaire de meurtre, dit Young tout en examinant un ongle cassé. Barney, j'ai tiré tout ce que je pouvais de cette histoire. Maintenant, ou vous vous mettez à table, ou vous la bouclez. Les fédéraux aimeraient particulièrement voir Jimmy impliqué dans une affaire semblable. De cette façon, ils n'entendraient plus jamais parler de lui. S'il en prend pour perpète, son organisation risque de s'effondrer. C'est tout ce qu'ils demandent.

— Je peux l'impliquer dans une affaire de meurtre, c'est vrai. Il leur restera à trouver les preuves. Ne dit-on pas que le procureur des Etats-Unis qui requiert dans ce procès songe à se présenter au poste de gouverneur contre Frank Green ?

— Il faut d'abord que chacun des deux soit nommé par son parti, fit Young en fouillant dans son bureau à la recherche d'une lime à ongles. Barney, cessez de tourner autour du pot. Vous feriez mieux de me déballer une fois pour toutes ce que vous insinuez. Sinon, je ne pourrai pas vous aider à faire un choix judicieux. »

Des rides plissèrent momentanément le visage poupin de Barney. Puis son front se détendit. « Très bien. Je vais vous dire la vérité. Vous vous souvenez du "meurtre aux roses rouges", cette affaire concernant une nana que l'on a retrouvée morte sous un tas de roses rouges ? C'était il y a dix ans, mais ce procès fit la renommée de Frank Green. »

Young hocha la tête. « Je me souviens. Il a obtenu la condamnation du mari. A vrai dire, il n'a eu aucun mal, mais le procès a causé beaucoup de bruit et fait faire un bond aux tirages de la presse. » Il ferma à demi les yeux. « Et qu'avez-vous à dire à ce propos ? Vous n'allez pas me raconter que Weeks était impliqué dans cette histoire, quand même ?

— Vous vous rappelez que le mari a déclaré ne pas avoir offert ces roses à sa femme, qu'elles lui avaient sûrement été adressées par un autre homme ? » Devant le hochement de tête de Young, Haskell continua : « C'était Jimmy Weeks qui avait envoyé ces roses à Suzanne Reardon. Je suis bien placé pour le savoir. C'est moi qui les ai apportées chez elle à six heures moins vingt le soir de sa mort. Elles étaient accompagnées d'une carte, écrite de la main de Weeks. Je vais vous montrer ce qui y était inscrit. Donnez-moi une feuille de papier. »

Young poussa vers lui le bloc des messages téléphoniques. Barney prit son stylo. Une minute plus tard, il rendit le bloc. « Jimmy appelait Suzanne "Sweetheart", expliqua-t-il. Il avait rendez-vous avec elle ce soir-là. Voilà ce qu'il avait écrit sur la carte. »

Young examina la feuille que Barney lui tendait. Elle contenait six notes de musique en clé de *do*, avec cinq mots au-dessous : « Je suis fou de toi. » C'était signé « J ».

Young fredonna les notes, puis regarda Barney. « Ce sont les premières paroles de cette vieille chanson "Let Me Call You Sweetheart", dit-il.

— Exactement. Suivies de la première phrase de la chanson.

— Où est passée la carte ?

— C'est tout le problème. Personne n'en a mentionné l'existence quand on a découvert la victime. Et les roses étaient répandues sur son corps. Je me suis contenté de les livrer, puis j'ai repris la route. Je me rendais en Pennsylvanie, pour le compte de Jimmy. Mais par la suite j'ai entendu les autres parler. Jimmy était amoureux fou de cette femme, et ça le rendait dingue qu'elle soit toujours en train de flirter avec la terre entière. Lorsqu'il lui a envoyé ces fleurs, il l'avait déjà sommée d'obtenir le divorce — et de se tenir à l'écart des autres hommes.

— Quelle avait été sa réaction ?

— Oh, elle aimait le rendre jaloux. On aurait dit qu'elle y prenait un malin plaisir. L'un de nos types a essayé de lui faire comprendre que Jimmy pouvait devenir dangereux, mais elle s'est contentée de rire. Mon avis est que cette nuit-là elle a dû aller trop loin. Répandre ces roses sur son corps, c'est exactement le genre de truc que Jimmy aurait pu faire.

— Et la carte avait disparu ? »

Barney haussa les épaules. « On n'en a pas entendu parler au procès. J'avais pour consigne de la boucler à ce sujet. Je sais pour ma part que Suzanne a fait poireauter Jimmy ce soir-là ou qu'elle lui a posé un lapin. Deux de nos gars m'ont dit qu'il s'était mis en rogne et avait menacé d'aller la tuer.

Vous connaissez le caractère coléreux de Jimmy. Et il y a autre chose. Jimmy lui avait offert des bijoux de grande valeur. Je le sais parce que c'est moi qui les ai payés et j'ai gardé une copie des reçus. Il a beaucoup été question de bijoux au procès, que le mari a toujours nié lui avoir donnés. Mais tous ceux qu'ils ont trouvés dans la maison, le père a juré qu'il les avait lui-même offerts à sa fille. »

Young ôta du carnet la feuille utilisée par Barney, la plia et la mit dans sa poche de poitrine. « Barney, je crois que vous allez pouvoir couler des jours heureux dans l'Ohio. Vous vous rendez compte que grâce à vous le procureur des Etats-Unis a non seulement une chance de faire condamner Jimmy pour meurtre, mais aussi d'anéantir Frank Green pour avoir envoyé en prison un innocent ? »

Ils se sourirent d'un air entendu. « Dites-leur que je n'ai pas envie de vivre dans l'Ohio », dit en riant Barney.

Ils quittèrent le bureau ensemble et longèrent le couloir qui menait aux ascenseurs. Au moment même où les portes de la cabine s'ouvraient, Barney sentit qu'il se passait quelque chose d'anormal. Il n'y avait pas de lumière à l'intérieur. Mû par un instinct primitif, il pivota sur lui-même pour s'enfuir.

Trop tard. Il mourut sur le coup, quelques secondes avant que Mark Young ne sente la première balle déchiqueter le revers de son costume à mille dollars.

Kerry se rendait à son bureau lorsqu'elle apprit la nouvelle du double meurtre, sur CBS, dans sa voiture. Les corps avaient été découverts par la secrétaire personnelle de Mark Young. Le compte rendu précisait que Young et son client, Barney Haskell, devaient se retrouver dans le parking à sept heures du matin, et que Young, en ouvrant la porte du rez-de-chaussée, avait sans doute débranché le système de sécurité du bâtiment. Le garde n'était pas de service avant huit heures.

Le verrou de sûreté de la porte extérieure était ouvert lorsque la secrétaire était arrivée, à huit heures moins le quart, mais elle avait pensé que Young avait simplement oublié de le refermer derrière lui, comme cela lui était déjà arrivé. Puis elle avait pris l'ascenseur et fait la découverte.

L'annonce se terminait par une déclaration de Mike Murkowski, le procureur du comté d'Essex. D'après lui, il semblait que les deux hommes aient été victimes d'un vol. Les voleurs avaient pu les suivre dans l'immeuble et les tuer quand ils avaient tenté de leur résister. Barney Haskell avait été abattu d'une balle dans la nuque et d'une autre dans le cou.

Le journaliste de CBS demanda si la rumeur selon laquelle Barney Haskell était en négociation avec l'accusation dans le procès de Jimmy Weeks, et sur le point d'impliquer Weeks dans un meurtre, pouvait avoir motivé ce double assassinat. Réponse du procureur : « Pas de commentaire. »

Ça ressemble à un coup de la Mafia, pensa Kerry en fermant la radio. Et Bob est l'avocat de Jimmy Weeks. Quelle histoire !

Comme elle s'y attendait, il y avait un message de Frank Green sur son bureau. Très bref : « Venez me voir. » Elle ôta rapidement son manteau et traversa le hall principal pour se rendre chez lui.

Il attaqua tout de suite : « Pourquoi la mère de Reardon est-elle venue ici en insistant pour que vous la receviez ? »

Kerry choisit soigneusement ses mots. « Elle est venue parce que je suis allée voir Skip Reardon à la

183

prison, et qu'il a eu l'impression par ailleurs exacte que je n'avais rien trouvé de particulier permettant de former un nouveau pourvoi. »

Les plis disparurent autour de la bouche de Green, mais il était clair qu'il était contrarié. « J'aurais pu vous le dire. Kerry, si j'avais pensé, il y a dix ans, qu'il existait l'ombre d'une preuve permettant d'innocenter Skip Reardon, je l'aurais découverte. Il n'y en avait pas. Savez-vous quel foin feraient les médias s'ils pensaient que mon bureau enquête sur cette affaire aujourd'hui ? Ils n'auraient de cesse de présenter Skip Reardon comme une victime. Ça fait augmenter les tirages et c'est le genre de rumeur défavorable qu'ils adorent publier sur les candidats. »

Il fronça les sourcils et martela le bureau de son doigt pour marquer son insistance. « J'aurais voulu que vous soyez ici lorsque nous enquêtions sur ce meurtre. Je regrette que vous n'ayez pas vu cette belle jeune femme, étranglée si sauvagement que ses yeux lui sortaient presque de la tête. Skip Reardon criait si fort après elle dans la matinée que l'employé venu relever le compteur électrique s'était demandé en les entendant s'il ne devait pas prévenir la police avant qu'il n'arrive un malheur. C'est ce qu'il a dit à la barre. Je pense que vous ferez un bon juge, Kerry, si vous l'êtes un jour, mais un bon juge exerce un bon jugement. Et en ce moment, le vôtre me paraît tordu. »

Si vous l'êtes un jour.

Etait-ce un avertissement ? se demanda-t-elle. « Frank, je suis désolée de vous avoir causé un tel souci. Si vous n'y voyez pas d'inconvénient, passons à un autre sujet. » Elle prit la photo de Robin dans la poche de sa veste et la lui tendit. « C'est arrivé dans une enveloppe blanche au courrier d'hier. Robin porte les vêtements qu'elle avait mardi matin quand elle a vu cette voiture inconnue garée de

184

l'autre côté de la rue et cru que quelqu'un lui voulait du mal. Elle avait raison. »

La colère disparut du visage de Green. « Voyons comment la protéger. »

Il approuva le projet de Kerry de prévenir l'école et d'accompagner Robin dans ses trajets. « Je vais m'assurer qu'il n'y a pas de délinquants sexuels récemment remis en liberté ou qui traînent dans la région. Et, comme je vous l'ai déjà dit, ce salaud que vous avez fait condamner la semaine dernière a peut-être des amis qui veulent vous le faire payer. Nous allons demander à la police d'Hohokus d'avoir un œil sur votre maison. Avez-vous un extincteur ?

— Juste un tuyau d'arrosage.

— Achetez deux extincteurs en cas de besoin.

— Vous voulez dire en cas de bombe ?

— Ça arrive. Je ne veux pas vous effrayer, mais il faut prendre des précautions. »

Elle était sur le point de partir quand il fit allusion au meurtre commis à Summit.

« Jimmy Weeks a été rapide, mais votre ex va avoir du mal à le sortir de là, même *sans* le retournement d'Haskell.

— Frank, vous parlez comme s'il s'agissait sans doute possible d'un contrat.

— Tout le monde le sait, Kerry. L'étonnant est que Jimmy ait attendu aussi longtemps pour avoir la peau de Barney Haskell. Dieu merci, vous vous êtes débarrassée à temps du porte-parole de Weeks. »

63

Bob Kinellen ignorait la nouvelle concernant Barney Haskell et Mark Young avant d'arriver au tribunal à neuf heures moins dix et de voir les journalistes se ruer vers lui. Dès qu'il apprit ce qui s'était passé, il n'en fut pas étonné.

Comment Haskell avait-il pu être assez stupide pour penser que Jimmy le laisserait témoigner contre lui ?

Il parvint à paraître normalement bouleversé, et à prendre un ton convaincant, en réponse à une question, pour affirmer que la mort d'Haskell ne changerait en aucun cas la stratégie de défense de M. Weeks. « James Forrest Weeks est innocent de toutes les accusations portées contre lui, dit-il. Quelles qu'aient été les tentatives de négociations entre Haskell et le procureur des Etats-Unis, nous aurions dénoncé à la cour leur aspect partisan et malhonnête. Je déplore profondément la mort de M. Haskell et celle de mon confrère et ami Mark Young. »

Il réussit à s'échapper dans un ascenseur et à éviter les autres reporters massés au premier étage. Jimmy se trouvait déjà dans la salle d'audience. « Vous êtes au courant pour Haskell ?

— Oui, je viens de l'apprendre, Jimmy.

— Personne n'est en sûreté dans cette ville.

— En effet.

— Ça remet les compteurs à zéro, n'est-ce pas, Bobby ?

— Si on peut dire.

— Mais je n'aime pas repartir de zéro.

— Je le sais, Jimmy.

— C'est bien que vous le sachiez. »

Bob parla avec précaution. « Jimmy, quelqu'un a adressé à mon ex-femme une photo de notre petite fille, Robin. Elle a été prise alors qu'elle partait à l'école mardi dernier par le conducteur d'une voiture qui a viré brusquement au moment où il arrivait sur elle. Robin a cru que la voiture allait grimper sur le trottoir et lui rentrer dedans.

— Les conducteurs sont de vrais guignols dans le New Jersey, Bobby.

186

— Jimmy, il vaudrait mieux qu'il n'arrive rien à ma fille.

— Je ne vois pas de quoi vous parlez, Bobby. A propos, quand votre ex-femme doit-elle être nommée juge et quitter le bureau du procureur ? Elle ne devrait pas mettre son nez dans les affaires des autres. »

Bob n'eut pas besoin de plus d'explications. Un des types de Jimmy avait pris Robin en photo. Quant à lui, Bob, il ne lui restait plus qu'à persuader Kerry de cesser son enquête sur l'affaire Reardon. Et à faire en sorte que Jimmy soit acquitté dans ce procès.

« Bonjour, Jimmy. Salut, Bob. »

Bob leva les yeux et vit son beau-père, Anthony Bartlett, se glisser sur le banc à côté de Jimmy.

« Navrant pour Haskell et Young, murmura Bartlett.

— Tragique », dit Jimmy.

Au même moment, l'officier de police fit signe au procureur, à Bob et à Bartlett de se rendre chez le juge. L'air sombre, le juge Benton leva les yeux de son bureau. « Je présume que vous êtes tous au courant de la tragédie concernant M. Haskell et M. Young. » Les avocats hochèrent la tête en silence.

« La situation devient délicate, mais je crois qu'étant donné les deux mois déjà investis dans ce procès, nous devons continuer. Heureusement, les jurés sont isolés et n'auront pas connaissance de cette nouvelle, ni des soupçons qui pèsent sur M. Weeks. Je leur expliquerai simplement que l'absence de M. Haskell et de M. Young signifie que le cas de M. Haskell a été disjoint. Je leur dirai que cela ne doit pas susciter d'interrogations de leur part ni influencer leur opinion dans le procès de M. Weeks.

— Bon. Allons-y. »

Les jurés entrèrent à la file et prirent place. Bob surprit leur regard étonné à la vue des sièges vides de Haskell et de Young. Tandis que le juge les priait de ne pas se perdre en conjectures, Bob comprit que c'était exactement ce qu'ils faisaient. Ils pensent qu'il a plaidé coupable, pensa Bob. Ça ne va pas nous aider.

Il pesait le tort pouvant en résulter pour Weeks quand ses yeux se posèrent sur le juré numéro 10, Lillian Wagner. Il savait que cette femme, très en vue dans la société, si fière de son mari et de ses fils, consciente de sa position et de son statut sociaux, posait un problème. Il y avait sûrement une raison pour que Jimmy l'ait poussé à l'accepter.

Ce que Bob ignorait en revanche, c'était qu'un « associé » de Jimmy Weeks avait tranquillement approché Alfred Wight, le juré numéro 2, quelques instants avant que le jury soit isolé. Weeks avait appris que ledit Wight avait une femme en train de mourir d'une maladie incurable et qu'il s'était pratiquement ruiné en soins de santé. Désespéré, il avait accepté cent mille dollars contre la promesse de voter non coupable.

64

Kerry regarda avec consternation les dossiers empilés sur la table placée à côté de son bureau. Elle allait devoir s'y attaquer ; il était temps de se consacrer aux nouveaux procès. En plus, il y avait certaines négociations de remises de peine dont elle devait discuter avec Frank ou Carmen, la première assistante. Le travail ne manquait pas et méritait qu'elle y consacre toute son attention.

Au lieu de quoi, elle demanda à sa secrétaire de joindre le Dr Craig Riker, le psychiatre dont elle utilisait parfois le témoignage dans les procès criminels. Riker était un médecin expérimenté, direct, et elle partageait sa philosophie. Il croyait que, même si la vie vous assène des coups durs, il faut panser ses blessures et poursuivre son chemin. Plus important, il se faisait un plaisir de démythifier le jargon abscons des psychanalystes que la défense appelait à la barre.

Elle l'aurait embrassé le jour où, interrogé sur l'éventuelle folie d'un accusé, il avait répondu : « Je le crois cinglé mais pas fou. Il savait exactement ce qu'il faisait quand il est entré chez sa tante et l'a tuée. Il avait lu le testament. »

« Le Dr Riker est en consultation, rapporta la secrétaire de Kerry. Il vous rappellera à onze heures moins dix. »

Et comme promis, à onze heures moins dix, Janet lui fit savoir que le Dr Riker était en ligne. « Qu'y a-t-il, Kerry ? »

Elle lui parla du Dr Smith qui donnait à d'autres femmes le visage de sa fille. « Il a nié catégoriquement avoir pratiqué la moindre intervention sur Suzanne, expliqua-t-elle, ce qui est peut-être vrai. Il peut l'avoir adressée à un confrère. Mais le fait de rendre d'autres femmes semblables à Suzanne est-il le signe d'un chagrin inconsolable ?

— C'est une manifestation maladive de chagrin, répondit Craig Riker. Vous dites qu'il ne l'avait pas revue depuis l'époque où elle était bébé ?

— En effet.

— Et un jour elle est apparue dans son cabinet ?

— Oui.

— Quel genre d'homme est Smith ?

— Assez effrayant.

— Il vit seul ?

— Je n'en serais pas surprise.

— Kerry, j'ai besoin d'en connaître davantage et en tout cas de savoir s'il a opéré sa fille, demandé à un confrère de le faire, ou si elle avait subi une intervention avant de venir le trouver.

— Je n'avais pas pensé à cette dernière éventualité.

— Mais si, et j'insiste sur le *si*, s'il a retrouvé Suzanne après toutes ces années, vu une jeune femme banale ou même laide, s'il l'a opérée, créant une véritable beauté dont il n'a plus pu se détacher, je pense qu'il s'agit peut-être là d'un cas d'érotomanie.

— C'est-à-dire ?

— Cela couvre un champ assez vaste. Mais si un médecin qui vit en solitaire retrouve sa fille après tant d'années, en fait une femme superbe, et éprouve ensuite le sentiment d'avoir créé un chef-d'œuvre, nous pouvons supposer qu'il appartient à cette catégorie. C'est un trouble paranoïaque que l'on retrouve chez les suiveurs, par exemple. »

Deidre Reardon lui avait dit que le Dr Smith traitait Suzanne comme un objet, se rappela Kerry. Elle raconta au Dr Riker la façon dont Smith avait ôté une tache sur la joue de Suzanne et l'avait ensuite chapitrée sur ses devoirs envers sa beauté. Elle lui rapporta également la conversation de Kate Carpenter avec Barbara Tompkins et la crainte qu'éprouvait Barbara d'être suivie par Charles Smith.

Il y eut un silence. « Kerry, j'ai un patient qui m'attend. Tenez-moi au courant, voulez-vous ? C'est une affaire que j'aimerais bien suivre. »

65

Kerry avait eu l'intention de quitter son bureau de bonne heure afin d'être au cabinet du Dr Smith juste à la fin de sa dernière consultation. Mais elle avait changé d'avis, préférant attendre d'avoir des éléments plus précis sur les rapports du médecin avec sa fille. Elle voulait aussi rentrer chez elle pour être avec Robin.

Mme Reardon avait qualifié de « malsaine » l'attitude de Smith envers Suzanne, se rappela-t-elle.

Et Frank Green avait remarqué que Smith n'avait pas manifesté la moindre émotion à la barre.

Skip Reardon avait dit que son beau-père venait rarement chez eux, que lorsque Suzanne le voyait, ils se rencontraient généralement seuls.

Je dois trouver quelqu'un qui connaissait ces gens et qui n'a aucun intérêt personnel dans l'affaire, pensa Kerry. J'aimerais aussi m'entretenir à nouveau avec Mme Reardon, plus calmement. Mais que lui dire ? Qu'un truand qui passe actuellement en jugement appelait Suzanne « Sweetheart » lorsqu'il jouait au golf avec elle ? Qu'un caddie du club supposait qu'il y avait peut-être quelque chose entre eux ?

Ces révélations pouvaient avoir pour seul effet de refermer encore plus définitivement les portes de la prison sur Skip Reardon, raisonna-t-elle. A la place de l'accusation, je pourrais arguer que, même si Skip voulait divorcer pour revenir avec Beth, sa rage aurait décuplé en apprenant que Suzanne sortait avec un multimillionnaire et lui faisait payer, à lui, Skip, des tailleurs Saint-Laurent à trois mille dollars.

A cinq heures, elle était sur le point de partir lorsque Bob l'appela. Il semblait tendu au téléphone. « Kerry, j'aimerais te voir quelques minutes. Seras-tu à la maison dans une heure ?

— Oui.

— Alors à tout à l'heure », dit-il, et il raccrocha.

Pour quelle raison Bob désirait-il la voir chez elle ? Etait-il inquiet à cause de la photo de Robin qu'elle avait reçue ? Ou avait-il eu une journée particulièrement difficile au tribunal ? C'était possible, se dit-elle. Frank Green avait laissé entendre que, même sans le témoignage d'Haskell, le ministère public était à même de faire condamner Jimmy Weeks. Elle attrapa son manteau et prit son sac en bandoulière, se souvenant avec mélancolie de sa hâte de rentrer chez elle et de passer la soirée avec Bob, pendant la première année de leur mariage.

Robin l'accueillit d'un air accusateur. « Maman, pourquoi Alison est-elle venue me chercher à l'école en voiture ? Elle n'a pas voulu me donner de raison, et j'ai eu l'impression d'être une nouille. »

Kerry lança un regard à la jeune fille. « Je n'ai plus besoin de vous, Alison. Merci. »

Lorsqu'elles furent seules, elle contempla le visage indigné de Robin. « Cette voiture qui t'a fait peur, l'autre jour... », commença-t-elle.

Quand elle eut terminé, Robin resta assise sans bouger. « Tout ça n'est pas très rassurant, hein maman ?

— Pas très.

— Voilà pourquoi tu avais la mine de travers et l'air crevé l'autre soir ?

— Je ne m'étais pas rendu compte que j'avais l'air aussi mal en point, mais en effet, j'étais morte de peur.

— Et c'est pour ça que Geoff est arrivé au pas de course ?

— Oui, c'est pour ça.

— J'aurais préféré que tu m'en parles hier soir.

— Je ne savais pas comment te le dire, Rob. J'étais trop nerveuse moi-même.

— Bon, et qu'est-ce qu'on va faire maintenant ?

— Prendre le maximum de précautions, même si elles sont assommantes, jusqu'à ce que nous apprenions qui était dans la rue mardi dernier et pourquoi.

— Crois-tu qu'il me rentrera dedans la prochaine fois, si jamais il revient ? »

Kerry se retint pour ne pas crier. « Non, je ne le

crois pas. » Elle s'approcha de Robin assise sur le divan et passa son bras autour d'elle.

Robin inclina sa tête sur l'épaule de sa mère. « Bref, si la voiture se dirige vers moi à nouveau, je plonge.

— C'est pourquoi nous ne devons pas lui en donner l'occasion, Rob.

— Est-ce que papa est au courant ?

— Je lui ai téléphoné hier soir. Il va venir dans un moment. »

Robin se redressa. « Parce qu'il est inquiet pour moi ? »

Elle est heureuse, pensa Kerry, comme si Bob lui avait fait une faveur. « Bien sûr qu'il est inquiet pour toi.

— Super. Maman, est-ce que je peux le raconter à Cassie ?

— Non, pas maintenant. Tu dois le promettre, Robin. Jusqu'à ce que nous sachions qui s'amuse à te faire peur.

— Et que nous lui ayons donné une bonne leçon, lança Robin.

— Exactement. Une fois tout ça rentré dans l'ordre, tu pourras en parler.

— D'accord. Et quel est le programme pour ce soir ?

— Relâche. Nous ferons livrer une pizza. En chemin, je me suis arrêtée pour louer deux cassettes vidéo. »

Le regard malicieux si cher à Kerry éclaira le visage de Robin. « Classés chefs-d'œuvre du cinéma, j'espère. »

Elle s'efforce de me rassurer, se dit Kerry. Elle ne montrera pas qu'elle a peur.

A six heures moins dix, Bob arriva. Kerry regarda Robin se précipiter dans ses bras avec un cri joyeux. « Quelle impression ça te fait de me savoir en danger ? demanda-t-elle.

— Je vais vous laisser tranquilles tous les deux pendant que je monte me changer », dit Kerry.

Bob relâcha Robin. « Dépêche-toi, Kerry, dit-il précipitamment. Je ne peux pas rester plus de cinq ou dix minutes. »

Kerry vit la déception apparaître aussitôt sur les traits de Robin et eut envie d'étrangler Bob. Tu pourrais lui montrer un peu de tendresse, pour changer, pensa-t-elle avec colère. S'efforçant de garder un ton naturel, elle répondit : « Je redescends dans une minute. »

Elle se déshabilla rapidement, passa un pantalon et un sweater, mais attendit délibérément dix minutes avant de quitter sa chambre. Puis, comme elle s'apprêtait à redescendre, il y eut un coup frappé à sa porte et Robin appela : « Maman.

— Entre, dit Kerry. Je suis prête. » Puis elle vit l'expression peinte sur le visage de sa fille. « Que se passe-t-il ?

— Rien. Papa m'a demandé de monter pendant qu'il te parle.

— Je vois. »

Bob se tenait au milieu du petit salon, visiblement mal à l'aise, impatient de s'en aller.

Il n'avait même pas pris la peine d'ôter son manteau. Et qu'avait-il fait pour tellement peiner Robin ? Sans doute passé son temps à lui répéter qu'il était pressé.

Il pivota sur lui-même en entendant ses pas. « Kerry, je dois retourner au bureau. J'ai un boulot fou pour la séance de demain. Mais j'ai quelque chose de très important à te dire. »

Il sortit une petite feuille de papier de sa poche. « Tu as appris ce qui était arrivé à Barney Haskell et à Mark Young ?

— Evidemment.

— Kerry, Jimmy Weeks arrive toujours à obtenir des informations. J'ignore comment, mais c'est comme ça. Par exemple, il sait que tu as été voir Reardon à la prison samedi dernier.

— Vraiment ? » Kerry regarda fixement son ex-mari. « Qu'est-ce que ça peut lui faire ?

— Kerry, ne joue pas à l'imbécile avec moi. Je suis inquiet. Jimmy est aux abois. Je viens de te dire qu'il a une façon particulière de trouver ce qu'il veut trouver. Regarde ça. »

Kinellen lui tendit ce qui semblait être la copie d'un billet écrit sur une feuille de carnet. Y étaient portées six notes de musique en clé de *do*, soulignées de ces mots : « Je suis fou de toi. » C'était signé « J ».

« Qu'est-ce que ça veut dire au juste ? » demanda Kerry, tout en fredonnant les notes qu'elle lisait. Puis, avant même que Bob ait eu le temps de répondre, elle comprit, et son sang se figea dans ses veines. C'étaient les premières notes de la chanson « Let Me Call You Sweetheart ».

« Où as-tu trouvé ça et qu'est-ce que ça signifie ? demanda-t-elle sèchement.

— Ils ont trouvé l'original dans la poche de poitrine de Mark Young en fouillant ses vêtements à la morgue. C'était l'écriture d'Haskell, sur une feuille de papier arrachée au carnet de téléphone de Young. La secrétaire se souvient d'avoir placé un carnet neuf hier soir ; donc, Haskell a dû l'écrire entre sept heures et sept heures et demie ce matin.

— Quelques minutes avant de mourir ?

— Exactement. Kerry, je suis certain que tout ça a un rapport avec le fait qu'Haskell avait décidé de plaider coupable et de négocier avec l'accusation contre une remise de peine.

— Tu veux dire que l'affaire d'homicide dans laquelle il s'apprêtait prétendument à impliquer Jimmy Weeks était le "meurtre aux roses rouges" ? » Kerry n'en croyait pas ses oreilles. « Jimmy avait une liaison avec Suzanne Reardon, n'est-ce pas ? Bob, es-tu venu me dire que l'individu qui a pris

Robin en photo et a failli lui rentrer dedans travaille pour Jimmy Weeks, et que c'est sa manière de m'effrayer ?

— Kerry, je ne te dis rien si ce n'est de laisser tomber cette affaire. Pour l'amour de Robin, *laisse tomber.*

— Weeks sait-il que tu es ici ?

— Il sait que, pour l'amour de Robin, j'allais te prévenir.

— Attends un peu. » Kerry regarda son ex-mari avec stupéfaction. « Laisse-moi bien comprendre. Tu es venu me prévenir parce que ton client, la crapule et le meurtrier que tu défends, t'a prié de me transmettre une menace, déguisée ou non. Mon Dieu, Bob, tu es donc tombé si bas ?

— Kerry, je veux seulement sauver la vie de mon enfant.

— Ton enfant ? Elle est donc soudain tellement importante pour toi ? Sais-tu combien de fois tu lui as brisé le cœur en manquant à ta promesse de venir la voir ? C'est monstrueux. Maintenant, va-t'en. »

Comme il s'apprêtait à lui obéir, elle lui arracha la feuille de papier des mains. « Je garde ça.

— Rends-le-moi. » Kinellen lui saisit la main, la forçant à ouvrir les doigts, et lui arracha le papier.

« Papa, lâche maman ! »

Ils se retournèrent d'un même mouvement et virent Robin sur le seuil de la porte, la pâleur de son visage faisait ressortir à nouveau les cicatrices rouges.

Le Dr Smith avait quitté son cabinet à quatre heures vingt, une minute après la fin de sa dernière consultation — une visite de contrôle après une liposuccion.

Kate Carpenter le vit partir avec soulagement. Le simple fait de travailler à ses côtés lui était pénible depuis un certain temps. Aujourd'hui, elle avait à nouveau remarqué le tremblement de sa main pendant qu'il ôtait les points de suture de Mme Pryce, sur laquelle il avait pratiqué un lifting des paupières. Pourtant, ce n'était pas uniquement l'aspect physique qui inquiétait l'infirmière, elle était certaine que sur le plan mental aussi le docteur allait mal.

Mais le plus démoralisant pour Kate était de ne pas savoir vers qui se tourner. Charles Smith était — ou du moins avait été — un chirurgien brillant. Elle ne voulait pas le voir discrédité, ou radié de la profession. En des circonstances différentes, elle aurait parlé à sa femme ou à son meilleur ami. Mais dans le cas du Dr Smith, c'était impossible — sa femme l'avait quitté depuis des lustres, et il semblait n'avoir aucun ami.

La sœur de Kate, Jane, était assistante sociale. Jane comprendrait sans doute la situation et lui dirait comment procurer au Dr Smith l'aide dont il avait visiblement besoin. Mais Jane était en vacances dans l'Arizona, et Kate ne savait comment la joindre.

A quatre heures et demie, Barbara Tompkins téléphona. « Madame Carpenter, je n'en peux plus. Hier soir, le Dr Smith m'a téléphoné et a pratiquement exigé que je dîne avec lui. Et durant la soirée il n'a cessé de m'appeler Suzanne. Il veut que je l'appelle Charles. Il a demandé si j'avais quelqu'un dans ma vie. Je regrette, je sais que je lui dois beaucoup, mais il me fait peur, et ça finit par m'obséder. Même à mon travail, je regarde derrière moi, m'attendant à le voir tapi dans un coin. C'est insupportable. Ça ne peut plus continuer. »

Kate Carpenter ne pouvait plus tergiverser. Elle ne voyait qu'une personne à qui faire confiance : la mère de Robin Kinellen, Kerry McGrath.

Kate savait qu'elle était adjointe du procureur du New Jersey, mais c'était aussi une mère reconnaissante au Dr Smith d'avoir soigné sa fille en urgence. Elle se rendait compte également que Kerry McGrath en connaissait davantage sur le passé du Dr Smith qu'elle-même ou quiconque dans le cabinet. Pourquoi Kerry s'était-elle intéressée au docteur ? Kate l'ignorait, mais apparemment pas pour lui nuire. Kerry lui avait confié que Smith était non seulement divorcé mais aussi le père d'une jeune femme qui avait été assassinée.

Se sentant une âme de traître, Kate Carpenter communiqua à Barbara Tompkins le numéro de téléphone de l'adjointe du procureur du comté de Bergen, Kerry McGrath.

Longtemps après le départ de Bob, Kerry et Robin restèrent pressées l'une contre l'autre sur le divan, sans parler, les jambes étendues sur la table basse.

Puis, choisissant attentivement ses mots, Kerry se décida à parler : « Quoi que j'aie pu dire, ou quoi que puisse signifier la scène à laquelle tu viens d'assister, ton papa t'aime beaucoup, Robin. C'est pour toi qu'il s'inquiète. Je n'apprécie pas les histoires dans lesquelles il se fourre, mais je respecte ses sentiments pour toi, même si je me mets en rage et que je le jette dehors.

— Tu t'es mise en colère en l'entendant dire qu'il s'inquiétait pour moi.

— Oh, allons, ce n'étaient que des mots. Il me met hors de moi parfois. En tout cas, quand tu seras grande, tu n'iras pas te mettre dans des situations impossibles, et ensuite prétendre : "C'est peut-être répréhensible mais je ne pouvais pas faire autrement."

— C'est ce que fait papa ?

— Je crois, oui.

— Sait-il qui m'a prise en photo ?

— Il *croit* le savoir. Cela a un rapport avec une affaire dont s'occupe Geoff Dorso, pour laquelle il voudrait que je l'aide. Geoff essaie de sortir un homme de prison parce qu'il est convaincu de son innocence.

— Est-ce que tu vas l'aider ?

— A la vérité, je craignais de donner un coup de pied dans une fourmilière pour rien et j'avais décidé de ne pas m'en mêler. Maintenant je me dis que j'ai peut-être eu tort, qu'il existe deux bonnes raisons de penser que le client de Geoff a pu, effectivement, être injustement condamné. Mais d'un autre côté, je n'ai pas l'intention de te faire courir le moindre risque pour le prouver. Je te le promets. »

Robin regarda fixement devant elle pendant une longue minute puis se tourna vers sa mère. « Maman, ça n'a pas de sens. C'est complètement injuste. Tu critiques papa et ensuite tu fais exactement comme lui en n'aidant pas Geoff alors que tu crois son client innocent.

— Robin !

— Je suis sérieuse. Réfléchis. Maintenant on pourrait peut-être commander la pizza, non ? Je meurs de faim. »

Médusée, Kerry regarda sa fille se lever et s'emparer du sac contenant les films vidéo qu'elles avaient projeté de regarder. Robin examina les titres, en choisit un et l'introduisit dans le magnétoscope. Avant de le mettre en marche, elle dit : « Maman, je crois que le type dans la voiture l'autre jour essayait juste de me faire peur. Ça m'est égal si tu me conduis à l'école et si Alison vient me chercher. Ça ne fait pas de différence, hein ? »

Kerry contempla sa fille, puis secoua la tête. « La différence, c'est que je suis fière de toi et honteuse de moi. » Elle serra Robin dans ses bras, puis la relâcha et alla dans la cuisine.

Quelques minutes plus tard, comme elle sortait les assiettes, le téléphone sonna et une voix hésitante dit : « Madame McGrath, je suis Barbara Tompkins. Je m'excuse de vous déranger, mais l'infirmière du Dr Charles Smith, Mme Carpenter, m'a conseillé de vous appeler. »

Tout en écoutant, Kerry prit un stylo et nota sur le carnet du téléphone : *Barbara est allée consulter le Dr Smith... Il lui a montré une photo... demandé si elle voulait ressembler à cette femme... l'a opérée... conseillée... aidée à choisir un appartement... ses tenues vestimentaires... S'est récemment mis à l'appeler « Suzanne » et à la suivre.*

A la fin, Barbara dit : « Madame McGrath, je suis tellement reconnaissante envers le Dr Smith. Il a transformé mon existence. Je ne veux pas prévenir la police. Je ne lui veux aucun mal. Mais je ne peux pas laisser les choses continuer ainsi.

— Avez-vous jamais eu l'impression d'être en danger physique avec lui ? » demanda Kerry.

Il y eut une brève hésitation à l'autre bout du fil, puis Barbara répondit lentement : « Non, pas vraiment. Je veux dire qu'il n'a jamais tenté de s'imposer par la force. Il s'est montré en réalité très attentif, me traitant comme si j'étais fragile, une porcelaine de Chine. Pourtant, par moments, il m'a semblé qu'il y avait en lui une violence terrible, refoulée, et qu'elle pouvait facilement se déchaîner, peut-être sur moi. Par exemple, lorsqu'il est venu me chercher pour m'emmener dîner, hier soir, j'ai bien vu qu'il était mécontent de me voir prête à partir. Et pendant un instant j'ai cru qu'il allait se mettre en colère. Mais je ne voulais pas me trouver seule avec lui. Et à présent, j'ai l'impression que, si je refusais de le voir, il entrerait dans une fureur noire. Mais, comme je vous l'ai dit, il s'est montré très bon envers moi. Et je sais qu'une sommation pourrait ruiner sa réputation.

— Barbara, j'ai l'intention de me rendre chez le Dr Smith lundi. Il ne le sait pas. D'après ce que vous me dites, et surtout parce qu'il vous appelle Suzanne, je crois qu'il souffre d'une sorte de dépression. J'espère que nous pourrons le convaincre de se faire soigner. Mais je ne peux pas vous donner pour conseil de vous abstenir d'avertir la police de New York si vous avez peur. A dire vrai, je crois que vous devriez le faire.

— Pas encore. J'ai un voyage d'affaires prévu pour le mois prochain, mais je peux modifier mon emploi du temps et partir la semaine prochaine. J'aimerais vous parler à nouveau à mon retour, puis je déciderai quoi faire. »

Après avoir raccroché, Kerry se laissa tomber sur une chaise de la cuisine, ses notes devant elle. La situation devenait de plus en plus compliquée. Le Dr Smith suivait Barbara Tompkins ! En avait-il fait autant avec sa propre fille ? Si oui, c'était vraisemblablement *sa* Mercedes que Dolly Bowles et le petit Michael avaient vue garée devant la maison des Reardon le soir du meurtre.

Elle se rappela les éléments de la plaque d'immatriculation que Dolly disait avoir repérés. Joe Palumbo avait-il eu l'occasion de les comparer à ceux de la voiture de Smith ?

Mais si le Dr Smith s'était intéressé à Suzanne

comme Barbara craignait de le voir s'intéresser à elle, si c'était lui le responsable de sa mort, alors pourquoi Jimmy Weeks craignait-il tellement d'être impliqué dans le meurtre de Suzanne Reardon ?

Avant d'aller voir Charles Smith, de savoir quelles questions lui poser, il faut que j'en sache davantage sur ses relations avec Suzanne, se dit Kerry. Il se pourrait que cet expert en antiquités, Jason Arnott, ait des choses à dire. Selon les indications qu'elle avait trouvées dans le dossier, il n'était qu'un ami, mais il se rendait souvent à New York avec Suzanne, l'accompagnant à des ventes aux enchères et dans d'autres lieux. Peut-être le Dr Smith les avait-il rencontrés parfois ?

Elle téléphona chez Arnott, laissa un message le priant de la rappeler. Puis elle hésita avant de composer un autre numéro.

Il s'agissait de Geoff : elle voulait lui demander d'organiser une autre entrevue à la prison avec Skip Reardon.

Mais cette fois, elle voulait que sa mère et son amie, Beth Taylor, soient également présentes.

68

Jason Arnott avait prévu de rester tranquillement chez lui vendredi soir et de se préparer un dîner léger. Ce projet en tête, il avait envoyé sa femme de ménage faire les courses. Elle était revenue avec sa commande : filets de sole, cresson, haricots mange-tout, et une baguette de pain français croustillante. Mais lorsque Amanda Coble téléphona, à cinq heures, pour l'inviter à dîner au Ridgewood Country Club en compagnie de Richard, il n'avait pu s'empêcher d'accepter.

Les Coble représentaient le genre de gens qu'il appréciait — très riches mais sans prétention, amusants, extrêmement élégants. Richard était banquier international et Amanda décoratrice. Jason gérait avec succès son propre portefeuille et se réjouit à la pensée de discuter avec Richard de marchés à terme et de valeurs étrangères. Il savait que Richard respectait son jugement et qu'Amanda appréciait ses connaissances en antiquités.

Ils lui apporteraient une diversion bienvenue après la journée harassante qu'il avait passée hier à New York avec Vera Todd. Et de plus, il avait rencontré beaucoup de gens intéressants par l'intermédiaire des Coble. A la vérité, c'était grâce à eux qu'il avait réussi l'un de ses cambriolages les plus fructueux à Palm Springs il y a trois ans.

Il arrêta sa voiture devant la porte du club au moment où les Coble confiaient la leur au voiturier. Il franchit le vestibule d'entrée à leur suite, puis attendit pendant qu'ils saluaient un couple très distingué qui s'apprêtait à partir. Il reconnut l'homme immédiatement. Le sénateur Jonathan Hoover. Il avait assisté à deux dîners politiques où Hoover avait fait une apparition, cependant ils ne s'étaient jamais trouvés face à face.

La femme se déplaçait dans un fauteuil roulant, mais elle avait malgré tout une allure royale, dans son tailleur du soir bleu nuit dont la jupe effleurait ses bottines lacées. Jason avait entendu dire que Mme Hoover était impotente, mais c'était la première fois qu'il la rencontrait. Repérant immédiatement les plus infimes détails, il nota la position de ses mains, jointes, dissimulant en partie les articulations gonflées de ses doigts.

Elle avait dû être ravissante dans sa jeunesse, avant d'être atteinte par la maladie, pensa-t-il en contemplant ses traits encore magnifiques dominés par des yeux gris.

Amanda Coble leva la tête et l'aperçut. « Jason,

vous étiez là ! » Elle lui fit signe d'approcher et le présenta. « Nous parlions de ces horribles meurtres, à Summit, ce matin. Le sénateur Hoover tout comme Richard connaissaient cet avocat, Mark Young.

— Il est clair que c'est un coup de la Mafia, dit Richard Coble d'un ton irrité.

— Je suis d'accord avec vous, fit Jonathan Hoover. Et le gouverneur aussi. Nous savons tous qu'il a porté des coups sévères à la grande criminalité pendant ces huit dernières années, et désormais nous avons besoin de Frank Green pour poursuivre le travail. Je peux vous dire ceci : si Weeks avait été jugé devant une cour d'assises, vous pouvez parier que l'avocat général aurait obtenu le témoignage d'Haskell, et que ces meurtres n'auraient pas eu lieu. Et aujourd'hui Royce, l'homme qui a saboté toute l'opération, veut être gouverneur. Certainement pas si je peux l'en empêcher.

— Jonathan, murmura Grace Hoover d'un ton réprobateur. On ne parle que d'élections cette année, n'est-ce pas, Amanda ? » Comme ils souriaient tous, elle ajouta : « Nous n'allons pas vous retenir plus longtemps.

— Ma femme m'a toujours tenu la bride haute depuis que nous nous sommes connus, en première année d'université, expliqua Jonathan à Jason. Enchanté de vous avoir revu, monsieur Arnott.

— Monsieur Arnott, ne nous serions-nous pas également déjà rencontrés ? » demanda soudain Grace Hoover.

Jason sentit son instinct l'alerter. « Je ne crois pas », répondit-il lentement. Je m'en souviendrais, pensa-t-il. Pour quelle raison suppose-t-elle que nous nous sommes rencontrés ?

« J'ignore pourquoi, mais j'ai l'impression de vous connaître. Tant pis, je me trompe sans doute. Bonsoir. »

Bien que le dîner fût exquis et la compagnie des

Coble aussi intéressante qu'à l'habitude, Jason passa la soirée à regretter de ne pas être resté tranquillement chez lui à manger ses filets de sole.

Lorsqu'il poussa la porte de sa maison à dix heures et demie, sa journée fut définitivement gâchée par l'unique message qu'il trouva sur son répondeur. Il provenait de Kerry McGrath, qui se présentait comme l'adjointe du procureur du comté de Bergen, lui donnait son numéro de téléphone et lui demandait de la rappeler à son domicile jusqu'à onze heures ce soir ou à la première heure le lendemain matin. Elle expliquait qu'elle voulait lui parler officieusement de feu son amie et voisine, morte assassinée, Suzanne Reardon.

69

Le vendredi soir, Geoff Dorso alla dîner chez ses parents à Essex Fells. Un vrai dîner de fête. Sa sœur Marian, son mari Don et leurs jumeaux de deux ans étaient venus de Boston passer le week-end. Sa mère avait immédiatement tenu à rassembler ses quatre autres enfants, leurs épouses et rejetons pour accueillir les visiteurs. Vendredi était le seul soir où tout le monde pouvait se libérer.

« Tu annuleras tes autres projets, n'est-ce pas, Geoff ? » lui avait demandé sa mère au téléphone dans l'après-midi, d'un ton mi-suppliant, mi-impératif.

Geoff n'en avait aucun mais, voulant se réserver une porte de sortie, il avait évité de répondre directement. « Je ne sais pas encore, maman. Je devrais remettre un rendez-vous, mais... »

Il regretta immédiatement de s'être engagé sur cette voie. Le ton de sa mère trahit le plus vif intérêt.

« Oh, tu as un rendez-vous, Geoff ! As-tu fait la connaissance de quelqu'un de bien ? Ne l'annule pas. Viens avec elle. J'adorerais la rencontrer ! »

Geoff grommela en son for intérieur. « Je plaisantais, maman, dit-il. Je n'ai aucun rendez-vous. Je serai chez toi vers six heures.

— Très bien, mon chéri. » Manifestement, le plaisir de sa mère en l'entendant accepter était tempéré par le regret de ne pas faire la connaissance d'une éventuelle future belle-fille.

En raccrochant, Geoff s'avoua que, si l'invitation avait été pour le lendemain, il aurait peut-être proposé à Kerry et à Robin de venir dîner chez ses parents. Kerry aurait sans doute fui à toutes jambes.

Il se sentit soudain troublé en constatant qu'à plusieurs reprises durant la journée il s'était imaginé que Kerry plairait beaucoup à sa mère.

A six heures du soir, il passa le portail de l'élégante et spacieuse demeure Tudor que ses parents avaient achetée vingt-sept ans auparavant pour le dixième de sa valeur actuelle. C'était une maison de famille idéale lorsque nous étions jeunes, songea-t-il, et elle l'était toujours, avec l'arrivée de tous les petits-enfants. Il se gara devant l'ancienne remise où s'était installée sa plus jeune sœur, célibataire. Ils l'avaient tous à tour de rôle habitée pendant leurs études universitaires. Lui-même l'avait occupée à l'époque où il était étudiant en droit à Columbia, puis pendant les deux années suivantes.

Nous avons eu beaucoup de chance, reconnut-il en respirant à pleins poumons l'air frisquet de novembre, savourant à l'avance la chaleur accueillante de la maison tout éclairée. Ses pensées se tournèrent vers Kerry. Je n'aurais pas aimé être enfant unique, pensa-t-il. Et je remercie Dieu que papa ne soit pas mort pendant que j'étais à l'université et que maman ne soit pas partie s'installer à trois mille kilomètres de là. Tout ça n'a sûrement pas été facile pour Kerry.

J'aurais dû lui téléphoner aujourd'hui, pensa-t-il. Pourquoi ne l'ai-je pas fait ? Je sais qu'elle veut se débrouiller seule, mais d'un autre côté, elle n'a personne avec qui partager véritablement ses soucis. Elle ne peut pas protéger Robin comme notre famille pourrait le faire si l'un de ses enfants était menacé.

Il remonta l'allée et pénétra dans l'atmosphère bruyante et joyeuse de la maison qui régnait toujours quand tout le clan Dorso était réuni.

Après des embrassades avec la branche de Boston et un salut désinvolte à ceux qu'il voyait régulièrement, Geoff alla retrouver son père dans le petit salon.

Tapissée de livres de droit et d'éditions originales, c'était la seule pièce dont l'entrée était interdite à la jeune génération. Edward Dorso servit un scotch à son fils et à lui-même. Agé de soixante-dix ans, avocat à la retraite spécialisé dans le droit des affaires, il avait compté parmi ses clients plusieurs des cinq cents plus grandes compagnies internationales.

Edward avait connu et apprécié Mark Young et il était impatient de connaître les informations sur ce meurtre que Geoff pouvait avoir glanées au tribunal.

« Je ne peux pas t'en dire beaucoup plus, papa, dit Geoff. Un ou plusieurs truands abattent Young lors d'un soi-disant cambriolage qui tourne mal au moment précis où la seconde victime, Haskell, est sur le point de plaider coupable et de témoigner contre Jimmy Weeks. Difficile d'y voir une simple coïncidence.

— J'en conviens. A propos, j'ai déjeuné aujourd'hui à Trenton avec Summer French. J'ai appris quelque chose qui pourrait t'intéresser. Il y a un membre d'une commission de l'aménagement du territoire à Philadelphie qui aurait fourni à Weeks des informations confidentielles il y a dix ans, concernant la construction d'une nouvelle autoroute entre Philadelphie et Lancaster. Weeks a acquis des terrains bien placés et il a fait un bénéfice considérable en les revendant aux promoteurs le jour où les plans de l'autoroute ont été rendus publics.

— Ce n'est pas la première fois qu'un type refile des tuyaux, fit observer Geoff. C'est un fait courant et presque impossible à éviter. Et généralement difficile à prouver, ajouterai-je.

— J'ai mentionné cette affaire pour une raison précise. Je présume que Weeks a acheté certains de ces terrains pour une bouchée de pain parce que le détenteur des options avait un besoin urgent d'argent.

— Quelqu'un que je connais ?

— Ton client chéri, Skip Reardon. »

Geoff haussa les épaules. « On tourne en rond, papa, tu le sais très bien. C'est une des causes parmi d'autres de la ruine de Skip. Je me souviens de Tim Farrell disant à l'époque que Skip liquidait tout pour sa défense. Sur le papier, la situation financière de Skip semblait florissante, mais il avait quantité d'options sur des terrains, un emprunt considérable sur une maison extravagante, et une femme qui semblait croire qu'elle était mariée à Crésus. Si on n'avait pas envoyé Skip en prison, il serait riche aujourd'hui, parce que c'était un excellent homme d'affaires. Mais je crois me souvenir qu'il a vendu toutes ses options au prix du marché.

— Ce n'est pas le prix du marché si l'acheteur détient une information privilégiée, le reprit sèchement son père. D'après ce qu'on m'a dit, Haskell, qui était déjà le comptable de Weeks à cette époque, connaissait lui aussi cette transaction. En tout cas, ça fait partie de ces informations qui peuvent se révéler utiles un jour ou l'autre. »

Geoff n'eut pas le temps de répondre. Un chœur s'éleva de l'autre côté de la porte : « Grand-père, oncle Geoff, le dîner est servi.

— Le devoir nous appelle, mon fils..., dit Edward Dorso en se levant et en s'étirant.

— Vas-y, papa, je te suis. Je voudrais écouter mes messages. » Lorsqu'il entendit la voix voilée de Kerry sur le répondeur, il pressa le récepteur à son oreille.

Kerry disait-elle vraiment qu'elle voulait s'entretenir à nouveau avec Skip à la prison ? Qu'elle voulait y voir sa mère et Beth Taylor ? « Alléluia ! » fit-il tout haut.

Agrippant la main de son neveu Justin qui était venu le chercher, Geoff se hâta vers la salle à manger, où il savait que sa mère attendait impatiemment que chacun fût assis avant le bénédicité.

Lorsque son père eut terminé la prière, sa mère ajouta : « Et nous remercions Dieu d'avoir Marian, Don et les jumeaux parmi nous.

— Maman, à t'entendre, on dirait que nous vivons au pôle Nord, protesta Marian avec un clin d'œil vers Geoff. Boston est à trois heures et demie d'ici.

— Si ta mère l'avait pu, elle aurait fait construire un immeuble familial, dit son père avec un sourire amusé. Et vous habiteriez tous ici, sous sa protection.

— Moquez-vous de moi autant que vous voulez, dit Mme Dorso, mais j'aime voir toute ma famille réunie. C'est merveilleux d'avoir trois de mes filles mariées et heureuses, et Vicky avec un fiancé aussi charmant que Kevin. »

Geoff surprit son regard béat en direction du jeune couple.

« Maintenant, si notre seul fils pouvait trouver la perle rare... » Elle se tut et toutes les têtes se tournèrent avec un sourire compatissant vers Geoff.

Geoff fit une grimace, puis leur rendit leur sourire, se rappelant que lorsque sa mère n'enfourchait pas ce cheval, elle était une femme passionnante qui avait enseigné la littérature médiévale au Drew

College pendant vingt ans. Pour tout dire, elle l'avait appelé Geoffrey à cause de son immense admiration pour Chaucer.

Entre les plats, Geoff s'échappa discrètement pour aller téléphoner à Kerry. Elle sembla heureuse de l'entendre.

« Kerry, pouvez-vous venir voir Skip demain ? Je sais que sa mère et Beth laisseront tout tomber pour vous rencontrer.

— Je le voudrais, Geoff, mais je ne suis pas certaine de le pouvoir. J'aurais trop peur de laisser Robin, même chez Cassie. Les enfants passent leur temps dans la rue, et le coin est exposé. »

Geoff ignorait qu'il avait une solution avant de s'entendre proposer : « J'ai une idée. Je passerai vous prendre toutes les deux et nous laisserons Robin chez mes parents pendant notre absence. Ma sœur et son mari passent le week-end ici avec leurs enfants. Les autres petits-enfants viendront aussi. Robin aura toute la compagnie désirée et, si ce n'est pas suffisant, mon beau-frère est commandant de la police du Massachusetts. Croyez-moi, elle sera en sécurité. »

Samedi 4 novembre

70

Jason Arnott allongé sans dormir pendant la plus grande partie de la nuit, plongé dans une grande perplexité. Comment fallait-il répondre à l'appel téléphonique de l'adjointe du procureur, Kerry McGrath, même, comme elle le soulignait avec tact, à titre confidentiel ?

Vers sept heures du matin, il avait choisi une stratégie. Il la rappellerait et, d'un ton courtois mais distant, l'informerait qu'il la rencontrerait volontiers, à condition que leur entrevue ne dure pas trop longtemps. Il prendrait pour prétexte le fait qu'il était sur le point de partir en voyage d'affaires.

Dans les Catskill, se promit Jason. Je vais me terrer à la maison. Personne ne m'y trouvera. Entretemps, toute cette histoire se sera tassée. Mais je ne dois pas avoir l'air de m'inquiéter.

Sa décision prise, il finit par sombrer dans un profond sommeil, le genre de sommeil qu'il appréciait, après une mission rondement menée, en se retrouvant en sécurité chez lui.

Il appela Kerry McGrath dès son réveil, à neuf heures et demie. Elle répondit tout de suite. Avec soulagement, il perçut un accent de sincère reconnaissance dans son ton.

« Monsieur Arnott, j'apprécie réellement que vous me rappeliez, et je vous assure que notre entrevue restera confidentielle, dit-elle. Votre nom est venu à ma connaissance car vous semblez avoir été conseil en antiquités et ami de Suzanne Reardon il y a plusieurs années. Cette affaire connaît de nouveaux rebondissements, et j'aimerais beaucoup m'entretenir avec vous des relations de Suzanne avec son père, le Dr Charles Smith. Je vous le promets, je ne prendrai que quelques minutes de votre temps. »

Elle ne cherchait pas à le tromper. Jason était capable de repérer immédiatement ce qui était factice, il avait fondé sa carrière là-dessus. Il n'éprouverait aucune difficulté à parler de Suzanne. Il l'avait fréquemment conseillée dans ses achats, comme il avait conseillé Vera Shelby Todd hier. Elle avait assisté à nombre de ses réceptions, ainsi que des douzaines d'autres personnes. Il n'y avait rien à redire à ça.

Jason accepta la demande de Kerry quand elle lui expliqua avoir un rendez-vous important à une heure de l'après-midi et désirer lui rendre visite le plus tôt possible.

71

Kerry décida d'emmener Robin avec elle chez Jason Arnott. Elle savait que Robin avait été bouleversée de la voir se disputer avec Bob la veille au soir pour s'emparer du billet d'Haskell, et elle pensa que le trajet en voiture jusqu'à Alpine leur donnerait une demi-heure pour bavarder. Elle se reprochait la scène avec Bob. Elle aurait dû savoir qu'il ne lui abandonnerait certainement pas le billet. De toute manière, elle en connaissait le contenu. Elle l'avait noté rapidement au dernier moment, pour pouvoir le montrer à Geoff plus tard.

C'était une belle journée limpide et ensoleillée, le genre de journée propre à vous remonter le moral. Maintenant qu'elle se savait obligée d'examiner sérieusement le cas de Reardon et de chercher à y voir clair, Kerry était déterminée à agir rapidement.

Robin avait accepté de bon gré de l'accompagner en voiture, non sans faire remarquer qu'elle espérait être de retour vers midi. Elle voulait inviter Cassie à déjeuner.

Kerry lui parla alors de son intention de la conduire dans la famille de Geoff pendant qu'elle se rendrait à Trenton pour son travail.

« Parce que tu t'inquiètes pour moi, dit Robin d'un ton détaché.

— Oui, reconnut Kerry. Je veux être sûre que tu sois en sécurité, et je sais que ce sera le cas chez les Dorso. Lundi, après t'avoir déposée à l'école, je mettrai Frank Green au courant de tout ça. En attendant, Rob, lorsque nous entrerons chez M. Arnott, tu viendras avec moi, mais tu sais que je dois avoir une conversation privée avec lui. As-tu emporté un livre ?

— Oui. Je me demande combien seront les neveux et nièces de Geoff aujourd'hui. Voyons, il a quatre sœurs. La plus jeune n'est pas mariée. La plus proche de Geoff a trois enfants, un garçon qui a neuf ans — presque mon âge —, une fille de sept ans, et un autre garçon qui en a quatre. La deuxième sœur de Geoff a quatre enfants, mais ils sont un peu petits — je crois que l'aîné a six ans. Ensuite il y a celle qui a des jumeaux de deux ans.

— Rob, pour l'amour du ciel, comment sais-tu tout ça ?

— L'autre soir à dîner, Geoff en a parlé. Tu étais complètement dans la lune. Je me suis bien aperçue que tu n'écoutais pas. De toute façon, je crois que ce sera sympa d'aller là-bas. Il dit que sa mère est une fameuse cuisinière. »

Elles quittaient Closter pour entrer dans Alpine et Kerry consulta les indications qu'elle avait notées. « Ce n'est plus loin maintenant. »

Cinq minutes plus tard, elle engageait sa voiture sur une route sinueuse menant à la demeure de style européen de Jason Arnott. Le soleil jouait sur la façade, un superbe ensemble de pierre, stuc, brique et bois, avec de hautes fenêtres à vitraux.

« Wouah ! s'écria Robin.

— Tu peux constater à quel point nous vivons modestement », dit Kerry en se garant dans l'allée en demi-cercle.

Jason Arnott en personne leur ouvrit la porte avant qu'elles ne trouvent la sonnette. Son accueil fut cordial. « Madame McGrath, enchanté de vous connaître, et est-ce là votre assistante ?

— Je vous ai prévenu que ma visite n'aurait rien d'officiel, monsieur Arnott, dit Kerry en lui présentant Robin. Peut-être pourrait-elle attendre ici pendant notre entretien. » Elle indiqua un fauteuil près d'un bronze grandeur nature de deux chevaliers au combat.

« Oh non. Elle sera beaucoup plus à son aise dans le petit bureau. » Arnott indiqua une pièce sur la gauche du hall d'entrée. « Nous pourrons nous installer dans la bibliothèque, à côté. »

On se croirait dans un musée, pensa Kerry en suivant Arnott. Elle aurait aimé pouvoir s'arrêter et admirer les superbes tentures murales, le mobilier raffiné, les tableaux, l'harmonie parfaite de l'ensemble. Concentre-toi sur ce que tu fais, se reprit-elle. Tu lui as promis de ne pas t'attarder plus d'une demi-heure.

Lorsque Arnott et elle furent installés l'un en face de l'autre dans de confortables fauteuils club, elle dit : « Monsieur Arnott, Robin a été blessée au visage dans un accident de voiture il y a quelques semaines et c'est le Dr Charles Smith qui l'a soignée. »

Arnott haussa un sourcil. « Le Dr Charles Smith, le père de Suzanne Reardon ?

— Lui-même. Les deux fois où j'ai accompagné Robin à son examen de contrôle, j'ai vu sortir du cabinet médical une cliente qui offrait une ressemblance frappante avec Suzanne Reardon. »

Arnott la regarda avec intérêt. « Simple coïncidence, je présume. Vous ne le soupçonnez pas d'avoir délibérément recréé Suzanne, tout de même ?

— Vous ne pensez pas si bien dire, monsieur Arnott. Je suis là car, comme je vous l'ai dit au téléphone, j'ai besoin de mieux connaître Suzanne. J'ai besoin de savoir quelles étaient réellement ses relations avec son père et, pour autant que vous le sachiez, avec son mari. »

Arnott se renversa dans son fauteuil, regarda le plafond et joignit les mains sous son menton.

C'est une pose, pensa Kerry. Il prend cette attitude pour m'impressionner. Pourquoi ?

« Laissez-moi commencer par ma première rencontre avec Suzanne. Elle se situe il y a une douzaine d'années environ. Un jour, elle a simplement sonné à ma porte. Je dois vous avouer qu'elle était belle à vous couper le souffle. Elle s'est présentée, a expliqué que son mari et elle étaient en train de faire construire une maison dans le voisinage, qu'elle voulait l'aménager avec des meubles anciens, et qu'elle avait entendu dire que j'emmenais certains de mes amis dans les ventes aux enchères et les guidais dans leurs achats. Je lui ai répondu que c'était exact, mais que je ne me considérais pas comme un décorateur, pas plus que je n'avais l'intention de devenir conseiller à plein temps.

— Demandez-vous des honoraires pour vos services ?

— Au début, je ne demandais rien. Par la suite, j'ai découvert que si je prenais un réel plaisir à accompagner des gens agréables dans ces sorties, je les empêchais de faire de mauvaises affaires et les aidais à dénicher de beaux objets à des prix intéressants ; j'ai donc décidé de prendre une commission raisonnable. Au début, je n'avais pas envie d'avoir une histoire avec Suzanne. Elle était plutôt envahissante, voyez-vous.

— Mais vous avez fini par céder. »

Arnott haussa les épaules. « Madame McGrath, lorsque Suzanne voulait quelque chose, elle l'obtenait. A vrai dire, lorsqu'elle s'est rendu compte que ses tentatives de flirt m'agaçaient plutôt qu'autre chose, elle exerça son charme différemment. Elle pouvait se montrer très drôle. Nous finîmes par devenir d'excellents amis ; elle me manque énormément. Sa présence apportait beaucoup à mes réceptions.

— Skip l'accompagnait-il ?

— Rarement. Il n'aimait pas les mondanités, et mes invités ne le trouvaient pas très sympathique. Néanmoins, ne vous méprenez pas sur mes paroles.

C'était un jeune homme bien élevé et intelligent, seulement, il était différent de la plupart des gens que je voyais. C'était le genre d'homme qui se levait tôt, travaillait dur, et n'éprouvait aucun goût à bavarder pour ne rien dire — ainsi qu'il le déclara en public à Suzanne un soir où il la planta là pour rentrer chez lui.

— Avait-elle sa propre voiture ce soir-là ? »

Arnott sourit. « Suzanne n'avait aucune peine à se faire raccompagner.

— Comment qualifieriez-vous les rapports entre Suzanne et Skip ?

— En voie de détérioration. Je les ai connus durant les deux dernières années de leur mariage. Au début, ils semblaient très amoureux l'un de l'autre, mais il est peu à peu apparu qu'elle s'ennuyait avec lui. Vers la fin, on les voyait très peu ensemble.

— Selon le Dr Smith, Skip était maladivement jaloux de Suzanne et la menaçait.

— S'il l'a fait, Suzanne ne m'en a jamais rien dit.

— Connaissiez-vous bien le Dr Smith ?

— Comme le connaissait n'importe lequel des amis de sa fille, je suppose. Si je me rendais à New York avec Suzanne le jour de fermeture de son cabinet, il s'arrangeait souvent pour nous rejoindre à l'improviste. Mais cela semblait agacer Suzanne. Elle disait : "Je n'aurais pas dû le prévenir que nous venions aujourd'hui."

— Lui montrait-elle son agacement ?

— Tout comme elle manifestait en public son indifférence envers Skip, elle ne faisait aucun effort pour dissimuler son impatience à l'égard de son père.

— Saviez-vous qu'elle avait été élevée par sa mère et son beau-père ?

— Oui. Elle m'a dit qu'elle avait été très malheureuse dans sa jeunesse. Ses belles-sœurs étaient jalouses de sa beauté. Elle m'a confié un jour : "Par bien des côtés, je ressemblais à Cendrillon." »

Voilà qui répond à ma question suivante, pensa Kerry. A l'évidence, Suzanne n'avait pas avoué à Arnott qu'elle avait grandi sous les traits de la petite sœur dépourvue de grâce dénommée Susie.

Une pensée lui vint soudainement à l'esprit : « Comment appelait-elle le Dr Smith ? »

Arnott réfléchit. « Soit docteur, soit Charles, dit-il après un moment.

— Pas papa ?

— Jamais. Du moins, pas que je m'en souvienne. » Arnott regarda ostensiblement sa montre.

« J'ai promis de ne pas vous retenir trop longtemps, mais j'ai besoin de savoir une chose encore. Suzanne avait-elle une aventure avec un autre homme ? Plus précisément, sortait-elle avec Jimmy Weeks ? »

Arnott parut se concentrer avant de répondre. « C'est moi qui l'ai présentée à Jimmy Weeks ici même. Ce fut la seule et unique fois où il vint chez moi. Ils se sont beaucoup plu. Comme vous le savez peut-être, Weeks a toujours dégagé une formidable impression de pouvoir, qui attira immédiatement Suzanne. Et, bien entendu, Jimmy n'était pas insensible à une jolie femme. Suzanne disait à qui voulait l'entendre qu'après leur rencontre il s'était mis à fréquenter régulièrement le Palisades Country Club, où elle passait une grande partie de son temps. Je crois que Jimmy en était déjà membre. »

Kerry se souvint de la déclaration du caddie. « En était-elle heureuse ?

— Oh, très heureuse. Mais je ne pense pas qu'elle l'ait montré à Jimmy. Elle n'ignorait pas qu'il collectionnait les petites amies, et elle aimait le rendre jaloux. Vous rappelez-vous l'une des premières scènes d'*Autant en emporte le vent*, celle où Scarlett attire autour d'elle tous les admirateurs des autres jeunes filles ?

— Bien sûr.

— Notre chère Suzanne était ainsi. On aurait pu croire qu'elle perdrait cette habitude avec le temps. Après tout, c'est un jeu d'adolescente, n'est-ce pas ? Mais il n'était pas un homme qu'elle n'essayât de séduire. Ce qui ne la rendait pas particulièrement populaire auprès des femmes.

— Et la réaction du Dr Smith en la voyant flirter ?

— Indigné, dirais-je. Je crois que, s'il l'avait pu, Smith aurait fait édifier une barrière autour de sa fille pour empêcher quiconque de s'en approcher, un peu comme les musées ceignent d'un cordon leurs œuvres d'art les plus précieuses. »

Vous ignorez à quel point vous approchez de la vérité, faillit dire Kerry. Elle se souvint des propos de Deidre Reardon concernant l'attitude de Charles Smith envers sa fille. Elle avait dit qu'il la traitait comme un objet. « Si votre théorie est exacte, monsieur Arnott, le Dr Smith n'aurait-il pas eu toutes les raisons d'en vouloir à Skip Reardon ?

— Lui en vouloir ? Je crois que c'était plus profond que cela. Je crois qu'il le haïssait.

— Monsieur Arnott, pensez-vous que Suzanne recevait des bijoux d'un autre homme que son mari et son père ?

— Si oui, je n'étais pas dans la confidence. Suzanne possédait quelques très beaux bijoux, ça je le sais. Skip lui en offrait tous les ans pour son anniversaire, et également pour Noël, toujours après qu'elle eut précisé exactement l'objet de son choix. Elle avait aussi quelques pièces uniques et plus anciennes de Cartier. Je crois que c'est son père qui les lui avait données. »

Ou qui disait les lui avoir données, rectifia Kerry en elle-même. Elle se leva. « Monsieur Arnott, pensez-vous que Skip Reardon a tué Suzanne ? »

Il se mit debout. « Madame McGrath, je m'estime très compétent en antiquités et objets d'art. Je suis moins à l'aise pour juger les gens. Mais n'est-il pas vrai que l'amour et l'argent sont les deux plus grandes raisons de tuer ? Je constate avec regret que, dans ce cas, ces deux raisons semblent s'appliquer à Skip. N'êtes-vous pas de cet avis ? »

Depuis une fenêtre, Jason regarda la voiture de Kerry disparaître dans l'allée. Songeant à leur brève conversation, il se persuada qu'il s'était montré suffisamment circonstancié dans ses réponses pour paraître obligeant, suffisamment vague pour que Kerry, comme la défense et l'accusation il y a dix ans, décide qu'il n'y avait pas lieu de l'interroger davantage.

Est-ce que je crois que Skip Reardon a tué Suzanne ? Non, je ne le crois pas, madame McGrath. Je crois que, comme bien des hommes, Skip aurait été capable de tuer sa femme. Seulement, ce soir-là, quelqu'un d'autre l'a fait à sa place

72

Skip Reardon venait peut-être d'endurer l'une des pires semaines de son existence. Le scepticisme qu'il avait décelé dans le regard de Kerry McGrath le jour où elle était venue lui rendre visite s'était ajouté à la rumeur d'une éventuelle suppression des appels.

C'était comme si un chœur grec psalmodiait sans fin dans sa tête : *Encore vingt ans, encore vingt ans, avant la libération sous condition.* Encore et encore. Toute la semaine, au lieu de lire ou de regarder la télévision le soir, Skip avait contemplé les photos qui ornaient le mur de sa cellule.

La plupart représentaient sa mère et Beth. Certaines dataient de dix-sept ans. Il avait vingt-trois ans alors, était fiancé depuis peu avec Beth. Elle avait obtenu son premier poste d'institutrice, et il venait de créer l'entreprise de travaux publics Reardon.

Pendant dix ans d'emprisonnement, Skip avait passé des centaines d'heures à regarder ces photos, se demandant pourquoi tout avait si mal tourné. S'il n'avait pas fait la connaissance de Suzanne ce soir maudit, aujourd'hui, lui et Beth seraient mariés depuis quatorze ou quinze ans. Ils auraient probablement deux ou trois enfants. A quoi cela ressemblait-il d'être père ?

Il aurait construit pour Beth une maison qu'ils auraient conçue ensemble — pas cette villa extravagante exigée par Suzanne, tout droit sortie de l'imagination d'un architecte, et qu'il en était venu à détester.

Pendant toutes ces années en prison il avait été soutenu par la conscience d'être innocent, par sa confiance dans la justice américaine, et par la conviction qu'un jour le cauchemar prendrait fin. Dans ses rêves, la cour d'appel reconnaissait que le Dr Smith était un menteur, et Geoff arrivait à la prison et disait : « Ça y est, Skip, vous êtes un homme libre. »

Selon le règlement carcéral, Skip était en droit de passer deux appels téléphoniques par jour. Généralement il appelait sa mère et Beth deux fois par semaine. Au moins l'une des deux venait le voir le samedi ou le dimanche.

Cette semaine, Skip n'avait téléphoné à aucune des deux. Il avait réfléchi. Il ne voulait plus que Beth vienne lui rendre visite. Elle devait continuer à vivre. Elle aurait quarante ans dans l'année. Il voulait qu'elle rencontre quelqu'un d'autre, se marie, ait des enfants. Elle adorait les enfants. C'était pour ça qu'elle avait choisi le métier d'institutrice et ensuite celui de conseillère pédagogique.

Et il avait pris une autre décision aussi : il ne perdrait plus de temps à dessiner des maisons et des intérieurs en s'imaginant les réaliser un jour. Lorsqu'il sortirait de prison — s'il en sortait jamais —, il aurait plus de soixante ans. Trop tard pour un nouveau départ. Et il ne lui resterait personne à chérir.

Voilà pourquoi le samedi matin, lorsque Skip apprit que son avocat le demandait au téléphone, il prit la communication avec la ferme intention de dire à Geoff de laisser tomber. Lui aussi devait s'occuper d'autres affaires. L'annonce que Kerry McGrath s'apprêtait à venir le voir en même temps que sa mère et Beth le contraria.

« Qu'est-ce qu'elle veut, Geoff ? demanda-t-il. *Démontrer* à maman et à Beth qu'elles perdent leur temps en essayant de me faire sortir d'ici ? Leur démontrer que tout argument en ma faveur est un argument contre moi ? Dites-lui que je n'ai pas envie d'entendre ce discours une énième fois. La cour a très bien su me convaincre.

— Taisez-vous, Skip, le coupa sèchement Geoff. L'intérêt que montre Kerry pour ce fichu meurtre lui crée déjà suffisamment d'ennuis, y compris la menace qui semble peser sur sa petite fille si elle ne renonce pas à son enquête.

— Une menace ? Qui ? » Skip fixa le récepteur du téléphone dans sa main comme s'il était soudain devenu un objet inconnu. Il n'arrivait pas à comprendre que la fille de Kerry McGrath soit menacée à cause de lui.

« Non seulement *qui*, mais *pourquoi* ? Nous sommes persuadés que Jimmy Weeks est le "qui". Le "pourquoi", c'est que pour une raison quelconque il craint de voir l'enquête rouverte. Maintenant écoutez-moi, Kerry veut revoir chaque détail de cette affaire avec vous, et avec votre mère et Beth. Elle a un paquet de questions à vous poser à tous. Elle a aussi beaucoup à vous apprendre sur le Dr Smith. Je n'ai pas à vous rappeler les conséquences qu'a eues pour vous sa déposition. Nous arriverons à l'heure de la dernière visite, j'espère que vous vous montrerez coopératif. C'est la meilleure chance que nous ayons jamais eue de vous tirer de là. Ce peut être la dernière. »

Skip entendit le déclic de l'appareil dans son oreille. Un gardien le ramena dans sa cellule. Il s'assit sur la couchette et se cacha la figure entre ses mains. En dépit de lui-même, de ce qu'il avait décidé, la lueur d'espoir qu'il avait crue éteinte reprenait subitement vie et se répandait peu à peu dans tout son être.

73

Geoff passa prendre Kerry et Robin à une heure. Lorsqu'ils arrivèrent à Essex Fells, il les fit entrer dans la maison et les présenta à la ronde. A la fin du dîner familial de la veille, il avait brièvement expliqué aux adultes les circonstances de la venue de Robin.

Immédiatement, poussée par son instinct de mère, Mme Dorso s'était posé la seule question importante à ses yeux : cette jeune femme que Geoff s'obstinait à appeler « la mère de Robin » n'avait-elle pas une importance particulière pour son fils ?

« Bien sûr, que Robin vienne passer l'après-midi avec nous, avait-elle dit. Pauvre chou, comment peut-on être assez cruel pour envisager de lui faire du mal ? Et lorsque vous reviendrez de Trenton, toi et sa mère — Kerry, c'est ainsi qu'elle s'appelle n'est-ce pas ? —, vous devriez rester dîner avec nous, Geoff. »

Geoff sut que son vague « On verra » était resté sans aucun effet. A moins d'un imprévu malencontreux, nous dînerons ce soir à la table de ma mère, se dit-il.

Instantanément, il décela l'approbation dans le regard de sa mère à la vue de Kerry. Kerry portait un manteau ceinturé de couleur fauve sur un pantalon assorti. Un pull à col roulé vert bronze mettait en valeur les reflets verts de ses yeux noisette. Ses cheveux mi-longs tombaient souplement. Hormis son rouge à lèvres, elle avait pour tout maquillage une touche d'ombre à paupières.

Peu après, il nota que sa mère appréciait le naturel avec lequel Kerry la remerciait de recevoir Robin. Maman a toujours eu horreur des salamalecs.

Robin se montra ravie en apprenant que les neuf petits-enfants jouaient quelque part dans la maison. « Don t'emmènera avec les deux plus grands au Sports World », lui dit Mme Dorso.

Kerry secoua la tête. « Je ne sais pas...

— Don est ce beau-frère qui est commandant dans la police du Massachusetts, la rassura Geoff. Il ne quittera pas les enfants d'une semelle. »

Les yeux de Robin brillaient d'excitation. Elle regarda les deux jumeaux de deux ans passer devant elle en se bousculant. « On dirait que les bébés attaquent, fit-elle en riant. A bientôt, maman. »

Dans la voiture, Kerry se laissa aller au fond de son siège avec un profond soupir.

« Vous n'êtes pas inquiète, n'est-ce pas ? demanda Geoff.

— Non, pas du tout. C'était une expression de soulagement. Et maintenant, laissez-moi vous mettre au courant de certaines choses.

— Comme quoi ?

— Comme les années d'adolescence de Suzanne, ce qu'elle voyait en se regardant dans la glace à cette époque. Comme le comportement du Dr Smith avec l'une de ses patientes à laquelle il a donné le visage de Suzanne. Plus ce que Jason Arnott m'a appris ce matin. »

Deidre Reardon et Beth Taylor étaient déjà dans la salle d'attente de la prison. Geoff et Kerry communiquèrent leurs noms à la réception avant de les rejoindre. Geoff présenta Kerry à Beth.

Pendant qu'ils attendaient leur tour, Kerry bavarda délibérément de tout et de rien. Elle savait de quoi elle voulait les entretenir quand ils seraient en présence de Skip, mais elle ne désirait pas en parler avant. Elle voulait préserver la spontanéité de leur réaction lorsqu'ils raviveraient réciproquement leurs souvenirs. Comprenant la froideur de Mme Reardon, elle se tourna vers Beth Taylor, qui lui plut dès le premier instant.

A trois heures, on les conduisit dans la grande salle où parents et amis pouvaient rencontrer les prisonniers. Il y avait davantage de monde que le jour où Kerry était venue, la semaine précédente. Consternée, elle regretta de ne pas avoir demandé par voie officielle l'un des parloirs réservés aux familles accompagnées d'un avocat. Mais il aurait fallu faire savoir aux autorités qu'un adjoint du procureur du comté de Bergen rendait visite à un prisonnier condamné pour meurtre, chose qu'elle n'était pas encore prête à faire.

Ils trouvèrent une table dans un coin, d'où le brouhaha ambiant était moins perceptible. Lorsque Skip fut amené dans la pièce, Deidre Reardon et Beth s'élancèrent vers lui d'un même mouvement. Puis le gardien lui ôta ses menottes et Beth recula tandis que Deidre serrait son fils dans ses bras.

Kerry vit ensuite le regard qu'échangèrent Skip et Beth. Leur expression, la retenue de leur baiser en disaient plus que la plus ardente, la plus démonstrative des étreintes. Elle se remémora alors clairement

cette journée, au tribunal, où elle avait vu le désespoir se peindre sur le visage de Skip au moment où
était tombé le verdict, une peine minimum de trente
ans, et où elle l'avait entendu s'écrier que le
Dr Smith était un menteur. Bien que sachant très
peu de chose sur l'affaire à cette époque-là, elle avait
eu l'impression d'entendre l'accent de la vérité dans
la voix de Skip Reardon.

Elle avait apporté un bloc-notes jaune sur lequel
elle avait inscrit une série de questions, avec un
espace sous chacune d'entre elles, réservé aux
réponses. En quelques mots rapides, elle leur expliqua les raisons qui l'avaient poussée à organiser
cette seconde visite : les propos de Dolly Bowles sur
la présence de la Mercedes le soir de la mort de
Suzanne ; le physique ingrat de Suzanne lorsqu'elle
était jeune ; l'étrange recréation de son visage opérée par le Dr Smith sur ses patientes actuelles ; l'atti-
rance de Smith pour Barbara Tompkins ; l'apparition du nom de Jimmy Weeks dans l'enquête ; et,
enfin, la menace concernant Robin.

Kerry leur sut gré à tous les trois, une fois passé
le premier choc de ces révélations, de ne pas se
perdre en commentaires. Beth Taylor prit la main de
Skip. « Que pouvons-nous faire à présent ?

— En premier lieu, il est clair que j'ai maintenant
des doutes sérieux sur la culpabilité de Skip et, si
par chance nous découvrons le genre de preuves que
je cherche, je ferai tout ce qui est en mon pouvoir
pour obtenir l'annulation du verdict. C'est ainsi que
je vois les choses. Il y a une semaine, Skip, vous avez
imaginé après notre entrevue que je ne vous croyais
pas. Ce n'est pas exact. Ce que j'ai ressenti, et cru,
c'était que tout ce que j'avais entendu pouvait
s'interpréter de deux façons — pour vous ou contre
vous. Rien ne pouvait servir de voie de recours. N'ai-
je pas raison, Geoff ? »

Geoff hocha la tête.

« C'est le témoignage du Dr Smith qui a été la

cause déterminante de votre condamnation, Skip. Notre seul espoir est de le démolir. Et le seul moyen d'y parvenir à mon avis est de mettre Smith au pied du mur en révélant qu'il a menti et en l'obligeant à faire face à cette nouvelle situation. »

Elle n'attendit pas leur réaction. « J'ai déjà la réponse à ma première interrogation. Suzanne ne vous a jamais dit qu'elle avait subi une opération de chirurgie esthétique. Et, au passage, laissons tomber les formalités. Je m'appelle Kerry. »

Pendant les quarante-cinq minutes suivantes, elle les bombarda de questions. « Tout d'abord, Skip, Suzanne a-t-elle fait allusion une fois à Jimmy Weeks ?

— Incidemment, dit-il. Je savais qu'il était membre de son club et qu'elle jouait parfois avec lui et deux autres personnes. Elle passait son temps à se vanter de ses scores au golf. Mais lorsqu'elle a compris que je la soupçonnais d'avoir une liaison avec quelqu'un, elle n'a plus mentionné que les femmes avec lesquelles elle jouait.

— Weeks n'est-il pas cet homme qui passe en jugement pour fraude fiscale ? » demanda Deidre Reardon.

Kerry hocha la tête.

« C'est incroyable. Je trouvais particulièrement injuste que le gouvernement le harcèle de cette façon. L'an dernier, j'ai participé bénévolement à la campagne contre le cancer, et il nous a autorisés à utiliser le terrain de sa propriété, à Peapack. Il a soutenu toute l'opération et a fait une importante donation. Et vous dites qu'il avait une liaison avec Suzanne et qu'il menace votre petite fille !

— Jimmy Weeks a soigneusement entretenu son image d'homme généreux, lui dit Kerry. Vous n'êtes pas la seule à penser qu'il est victime de harcèlement de la part du gouvernement. Mais croyez-moi, rien n'est plus éloigné de la vérité. » Elle se tourna vers Skip. « Je voudrais que vous me décriviez les bijoux que Suzanne a pu selon vous recevoir d'un autre homme.

— L'un d'eux était un bracelet en or incrusté des signes du zodiaque en argent, à l'exception du signe du Capricorne. Ce dernier formait l'ornement central, entièrement serti de diamants. Suzanne était Capricorne. C'était visiblement un bijou de très grand prix. Je lui ai demandé d'où il venait et elle a prétendu que son père le lui avait offert. Lorsque j'ai vu Charles Smith quelques jours après, je l'ai remercié de sa générosité et, comme je m'y attendais, il n'a pas compris de quoi je parlais.

— C'est le genre d'objet dont on doit pouvoir retrouver la trace. Pour commencer, nous mènerons une enquête auprès des joailliers du New Jersey et de Manhattan, dit Kerry. Certains d'entre eux sont capables d'identifier un bijou qu'ils ont vendu des années auparavant ou de reconnaître le style de son créateur s'il s'agit d'une pièce unique. »

Skip lui parla d'une bague en émeraudes et diamants sertis d'un fin anneau d'or rose.

« Cette bague aussi était supposée être un cadeau de son père ?

— Oui. Suzanne racontait qu'il voulait se faire pardonner les années où il ne lui avait rien donné. Elle disait que certains de ces bijoux venaient de la famille de sa mère. C'était plus crédible. Elle possédait également une broche en forme de fleur, manifestement très ancienne.

— Je me souviens de celle-là, l'interrompit Deidre. Une sorte de petit bouton y était attaché par une chaînette d'argent. J'ai encore une photo que j'ai découpée dans un journal de la région montrant Suzanne avec cette broche à une fête de charité. Il y avait un autre soi-disant bijou de famille, Skip, c'était le bracelet de diamants que Suzanne portait lorsqu'elle est morte.

« Où se trouvaient les bijoux de Suzanne ce soir-là ? demanda Kerry.

— A l'exception de ceux qu'elle portait, dans son coffret à bijoux sur le dessus de sa coiffeuse, dit Skip. Elle était censée les ranger dans le coffre de son dressing-room, mais elle en prenait rarement la peine.

— Skip, d'après votre déposition au tribunal, plusieurs choses avaient disparu dans votre chambre ce soir-là.

— Je suis certain de la disparition de deux choses. L'une était la broche en forme de fleur. Le problème est que je ne peux pas assurer qu'elle se trouvait dans le coffret à bijoux ce jour-là. Par contre, je suis certain qu'un petit cadre habituellement posé sur la table de nuit n'y était plus.

— A quoi ressemblait-il exactement ?

— Laisse-moi le décrire, Skip, proposa Deidre Reardon. Voyez-vous, Kerry, ce cadre miniature était ravissant. Il passait pour être l'œuvre d'un élève de Fabergé. Mon mari était dans l'armée d'occupation après la guerre et il l'avait rapporté d'Allemagne. C'était un ovale en émail bleu bordé d'un cercle d'or incrusté de perles que je leur ai donné pour leur mariage.

— Suzanne y avait mis une photo d'elle », expliqua Skip.

Kerry vit le gardien à la porte jeter un coup d'œil vers la pendule murale. « Il ne nous reste que quelques minutes, dit-elle hâtivement. Quand avez-vous vu ce cadre pour la dernière fois, Skip ?

— Il était à sa place dans la matinée quand je me suis habillé. Je me souviens de l'avoir regardé pendant que je fourrais mon fourbi habituel dans les poches de ma veste. Ce soir-là, lorsque l'inspecteur m'a dit qu'on allait m'emmener au poste pour m'interroger, l'un des policiers m'a accompagné dans la chambre à coucher pendant que je prenais un sweater. Le cadre avait disparu.

— Si Suzanne avait une liaison avec un autre

homme, aurait-elle pu à votre avis lui donner sa photo ce même jour ?

— Non. C'était l'un de ses plus jolis portraits, et elle y tenait. Et je ne crois pas qu'elle aurait eu le culot de donner le cadeau de ma mère.

— Il n'a jamais réapparu ? demanda Kerry.

— Jamais. Quand j'ai dit qu'il avait peut-être été volé, le procureur a rétorqué que si un voleur s'était introduit dans la maison, tous les bijoux auraient disparu. »

La cloche indiqua la fin des visites. Cette fois, en se levant, Skip passa un bras autour des épaules de sa mère, l'autre autour de celles de Beth, et les attira contre lui. Par-dessus leurs têtes, il regarda Kerry et Geoff. Son sourire lui donnait dix ans de moins. « Kerry, vous allez trouver un moyen de me sortir de cet endroit de malheur, et je vous construirai une maison si parfaite que vous ne voudrez plus jamais la quitter. » Puis il éclata de rire. « Mon Dieu, quand je pense que je suis capable de dire des choses pareilles en prison ! »

A l'autre bout de la salle, le prisonnier Will Toth s'entretenait avec sa petite amie, mais il s'intéressait surtout au groupe qui entourait Skip Reardon. Il avait vu à plusieurs reprises la mère de Skip, son avocat et sa fiancée. Puis, la semaine dernière, il avait reconnu Kerry McGrath quand elle était venue rendre visite à Skip. Il l'aurait reconnue n'importe où — c'était grâce à elle qu'il allait passer les quinze prochaines années de sa vie dans cette tôle. Elle avait requis contre lui à son procès. Aujourd'hui, elle se montrait très aimable avec Reardon ; il avait remarqué qu'elle passait tout son temps à noter ce qu'il lui disait.

Will et sa petite amie se levèrent au signal annonçant la fin des visites. En l'embrassant avant de la quitter, il murmura : « Appelle ton frère dès que tu seras rentrée et dis-lui de passer le message que McGrath est revenue aujourd'hui et qu'elle a pris un sacré paquet de notes. »

Simon Morgan, l'agent du FBI chargé de l'enquête sur le cambriolage des Hamilton, était à son bureau de Quantico le samedi après-midi. Il passait en revue les listings de l'ordinateur concernant cette histoire et celles qui semblaient s'y rapporter.

On avait demandé aux Hamilton, ainsi qu'aux victimes de cambriolages similaires, de fournir le nom de tous les invités ayant assisté à leurs dîners ou réceptions durant les mois précédant ces vols. L'ordinateur avait créé un fichier central puis en avait tiré une liste séparée des noms qui apparaissaient fréquemment.

L'ennui, pensa Simon, c'est que tous ces gens naviguent dans les mêmes sphères et qu'on retrouve fréquemment les mêmes personnes, spécialement aux grandes réceptions.

Néanmoins, une douzaine de noms revenaient très régulièrement. Simon examina la liste alphabétique.

Le premier était Arnott Jason.

Rien de ce côté, pensa Simon. On avait fait des recherches sur Arnott il y a deux ans, et il en était sorti blanc comme neige. Un solide portefeuille d'actions, et des comptes personnels ne révélant aucun apport d'argent soudain que l'on puisse associer à des cambriolages. Le revenu de son capital était en accord avec son mode de vie. Sa déclaration fiscale reflétait au cent près ses transactions boursières. C'était un expert respecté en art et en antiquités. Il recevait souvent et était très apprécié.

Le seul hic dans le personnage, c'était qu'Arnott semblait peut-être un peu trop parfait. Ça, plus le fait que sa connaissance approfondie des meubles anciens et des objets d'art était compatible avec l'approche extrêmement sélective du voleur à l'égard des biens de ses victimes. Peut-être pourrait-on quand même jeter un coup d'œil de son côté, si on n'avait rien d'autre à se mettre sous la dent, pensa Simon. Mais un autre nom sur la liste retint davantage son attention. Sheldon Landi, un individu qui possédait une société de relations publiques.

Landi a ses entrées dans le beau monde, constata pensivement Simon. Il n'est pas riche, et vit pourtant sur un grand pied. Et il correspond aussi au portrait-robot tracé par l'ordinateur. Age moyen, célibataire, études supérieures, travaille à son compte.

Ils avaient adressé six cents circulaires aux personnes dont le nom apparaissait sur les listes d'invités, en y joignant la photo prise par la caméra du système de sécurité. Jusqu'alors, ils avaient enregistré une trentaine de réactions. Une des réponses provenait d'une femme qui soupçonnait son ex-mari. « Il m'a saignée à blanc pendant tout notre mariage, leur avait-elle dit au téléphone, et il a menti pour obtenir une grosse indemnité quand nous avons divorcé, et il a ce genre de menton pointu que j'ai vu sur la photo. A votre place, j'irais jeter un coup d'œil de son côté. »

Se renfonçant dans son fauteuil, Simon se rappela cet appel et sourit. L'ex-mari de la dame en question était sénateur des Etats-Unis.

Jonathan et Grace Hoover attendaient Kerry et Robin à une heure. Le déjeuner tardif du dimanche était pour eux une agréable et reposante habitude.

Malheureusement, le soleil du samedi n'avait pas duré. Dimanche s'avéra gris et froid, mais vers midi la maison était agréablement remplie des délicieux effluves d'un gigot. Une flambée brûlait dans leur pièce favorite, la bibliothèque, et ils s'y étaient confortablement installés en attendant l'arrivée de leurs invitées.

Grace était absorbée dans les mots croisés du *Times*, et Jonathan plongé dans la rubrique « Arts et Loisirs » du journal. Il leva les yeux en entendant Grace murmurer d'agacement et vit que son stylo lui avait glissé des doigts. Il la regarda se pencher péniblement pour le ramasser.

« Grace », fit-il d'un ton réprobateur, tout en se levant précipitamment pour le prendre à sa place et le lui tendre.

Elle soupira. « Franchement, Jonathan, que ferais-je sans toi ?

— Ne t'avise pas d'essayer, chérie. Et puis-je dire que le sentiment est réciproque ? »

Elle lui prit la main et la garda un instant pressée contre sa joue. « Je sais, chéri. Et, crois-moi, c'est une des choses qui me donnent la force de continuer. »

Pendant le trajet en voiture qui les conduisait chez les Hoover, Kerry et Robin parlèrent de la journée de la veille. « C'était beaucoup plus drôle de rester chez les Dorso que d'aller au restaurant, exulta Robin. Maman, je les trouve super.

« — Moi aussi, admit volontiers Kerry.

— Mme Dorso m'a dit que ce n'était pas si difficile de bien faire la cuisine.

— Je sais. J'ai peur de ne pas être à la hauteur.

— Oh, maman ! » Le ton de Robin était plein de reproche. Elle croisa les bras et regarda droit devant elle la route étroite qui indiquait qu'elles approchaient de Riverdale. « Tu fais très bien les pâtes, dit-elle pour la défendre.

— En effet, mais c'est tout. »

Robin changea de sujet : « Maman, la mère de Geoff pense qu'il t'aime beaucoup. Moi aussi. Nous en avons parlé.

— Quoi ?

— Mme Dorso dit que Geoff n'a jamais, jamais amené une seule amie à la maison. Il paraît que tu es la première depuis l'époque des bals des étudiants. Elle dit que c'était parce que ses petites sœurs faisaient des niches à ses copines, et que maintenant il se méfie.

— Peut-être », fit Kerry d'un ton dégagé. Elle voulait oublier qu'au retour de leur visite à la prison, elle s'était sentie si lasse qu'elle avait fermé les yeux pendant une minute et s'était réveillée un peu plus tard appuyée contre l'épaule de Geoff. Et que cela lui avait paru tellement naturel, tellement normal.

Comme prévu, la visite chez Grace et Jonathan fut très agréable. Kerry savait qu'à un moment donné ils en viendraient à parler du procès Reardon, mais pas avant que le café soit servi. C'est-à-dire lorsque Robin se lèverait de table pour aller lire ou s'amuser avec l'un des nouveaux jeux vidéo que Jonathan avait préparés à son intention.

Pendant le repas, Jonathan leur raconta des anecdotes sur les séances du Congrès et les efforts du gouverneur pour faire accepter son budget. « Tu vois, Robin, expliqua-t-il, la politique ressemble à un match de football. Le gouverneur est l'entraîneur qui distribue les places et les leaders de son parti au Sénat et au Congrès sont les stratèges à l'arrière.

— C'est ce que tu es ? l'interrompit Robin.

— Au Sénat, oui, je pense que tu pourrais m'appeler comme ça, convint Jonathan. Le reste de notre équipe protège celui qui a le ballon.

— Et les autres ?

— Ceux de l'autre équipe font tout ce qu'ils peuvent pour bousiller le jeu.

— Jonathan, dit doucement Grace.

— Désolée, ma chérie. Mais j'ai assisté à plus de manifestations de clientélisme cette semaine qu'en bien des années.

— Qu'est-ce que c'est ? demanda Robin.

— Le clientélisme est une vieille coutume pas très honorable où les législateurs rajoutent des dépenses inutiles au budget afin de gagner les faveurs des électeurs de leur district. Certains en font un art. »

Kerry sourit. « Robin, tu as de la chance d'apprendre le fonctionnement du gouvernement de la bouche même d'oncle Jonathan.

— Dans un but très égoïste, assura Jonathan. Une fois que Kerry aura prêté serment devant la Cour suprême à Washington, nous nous occuperons de faire élire Robin au Congrès et de la lancer elle aussi dans la carrière. »

Nous y voilà, pensa Kerry. « Rob, si tu as fini, tu peux aller jouer avec l'ordinateur.

— Il y a quelque chose qui devrait te plaire, Robin, lui dit Jonathan. Je te le garantis. »

La fidèle domestique apportait le café. Kerry était certaine qu'elle en aurait besoin. A partir de maintenant, ça va devenir difficile, pensa-t-elle.

Elle n'attendit pas que Jonathan parle de l'affaire Reardon. Elle préféra lui exposer tous les faits tels qu'elle les connaissait, et conclut en disant : « Il est évident que le Dr Smith a menti. La question est de savoir jusqu'à quel point. Il est également évident que Jimmy Weeks a une raison très importante de ne pas vouloir que le jugement soit révisé. Sinon, pourquoi lui ou ses gens s'intéresseraient-ils à Robin ?

— Bob a réellement insinué qu'un accident pouvait arriver à Robin ? » Le ton de Grace était empreint de mépris.

« Il m'a prévenue, plus exactement. » Kerry se tourna d'un air implorant vers Jonathan. « Ecoutez, vous devez comprendre que je ne veux en aucun cas indisposer Frank Green. Il ferait un très bon gouverneur et je sais que vous parliez autant pour moi que pour Robin en expliquant ce qui se passe au Congrès. Frank ferait appliquer la politique du gouverneur Marshall. Et croyez-moi, Jonathan, j'ai vraiment envie d'être juge. Je sais que je peux en être un bon. Je sais que je peux être juste sans me montrer trop influençable ou sentimentale. Mais quel genre de juge ferais-je si, comme procureur, je me détournais d'une affaire qui apparaît de plus en plus comme une flagrante erreur judiciaire ? »

Elle s'aperçut que sa voix avait monté d'un cran. « Pardon, dit-elle, je me laisse emporter.

— Je suppose que nous faisons ce que nous dicte notre devoir, dit calmement Grace.

— Je ne veux pas tirer la couverture à moi. S'il y a eu une erreur, j'aimerais la découvrir et laisser ensuite la place libre à Geoff Dorso. Je vais voir le Dr Smith demain après-midi. L'essentiel est de jeter le doute sur la véracité de son témoignage. Je le crois au bord d'une dépression nerveuse. Suivre une femme dans la rue est un délit. Si je peux le pousser suffisamment dans ses retranchements pour qu'il s'effondre et avoue qu'il a menti à la barre, qu'il n'a pas donné ces bijoux à Suzanne, que c'était sans doute quelqu'un d'autre, alors tout changera. Geoff Dorso prendra le relais et demandera la révision du procès. Il faudra attendre des mois avant que sa demande soit acceptée. D'ici là, Frank pourra être élu gouverneur.

— Mais toi, ma chère enfant, tu ne pourras peut-être pas siéger au tribunal. » Jonathan secoua la tête. « Tu es très persuasive, Kerry, et je t'admire, même si je m'inquiète du prix à payer. D'abord et avant tout, il y a Robin. La menace n'est peut-être rien de plus qu'un avertissement, mais tu dois la prendre au sérieux.

— C'est ce que je fais, Jonathan. Sauf pendant qu'elle était chez les Dorso, je ne l'ai pas quittée de tout le week-end. Elle n'a pas été seule une seule minute.

— Kerry, si jamais tu as l'impression qu'elle n'est pas en sécurité chez toi, amène-la ici, la pressa Grace. Notre système de surveillance est excellent, et la porte du jardin reste toujours fermée. Elle est équipée d'une alarme, si bien que nous sommes toujours prévenus si quelqu'un essaie de rentrer. Nous trouverons un policier à la retraite pour la conduire à l'école et la ramener ici. »

Kerry posa sa main sur les doigts de Grace et les serra doucement. « Je vous aime tous les deux, dit-elle simplement. Jonathan, je vous en prie, ne soyez pas déçu de me voir agir ainsi.

— Je suis fier de toi, je suppose, dit Jonathan. Je ferai mon possible pour que ton nom reste sur la liste des nominations, mais...

— Mais n'y compte pas trop, je sais, prononça lentement Kerry. Mon Dieu, les choix ne sont pas toujours faciles, n'est-ce pas ?

— Nous ferions mieux de changer de sujet, maintenant, dit rapidement Jonathan. Mais tiens-moi au courant, Kerry.

— Bien sûr.

— Pour parler de choses plus gaies, Grace s'est sentie assez bien pour dîner en ville l'autre soir, dit-il.

— Oh, Grace, je suis tellement contente.

236

— Nous avons rencontré quelqu'un que je n'arrive pas à chasser de mon esprit depuis. Impossible de me rappeler l'endroit où je l'ai déjà vu, dit Grace. Un certain Jason Arnott. »

Kerry n'avait pas jugé nécessaire de leur parler de Jason Arnott. Elle préféra ne rien dire pour le moment, excepté : « Pourquoi pensez-vous le connaître, Grace ?

— Je ne sais pas. Mais je suis certaine de l'avoir déjà rencontré, ou d'avoir vu sa photo dans un journal. » Elle haussa les épaules. « Ça finira par me revenir. Comme toujours. »

Lundi 6 novembre

76

Isolés, les jurés du procès de Jimmy Weeks ne surent rien de l'assassinat de Barney Haskell et de Mark Young, mais les médias firent en sorte que tout le reste du monde l'apprenne. Pendant le week-end, de nombreux articles de presse avaient été consacrés à l'enquête, et la télévision abreuvait les téléspectateurs de reportages sans fin tournés sur les lieux du crime.

Un témoin bouleversé, dont l'identité n'était pas révélée, avait téléphoné à la police. Il s'apprêtait à aller retirer de l'argent à un distributeur quand il avait vu une Toyota bleu foncé entrer dans le parking d'un petit immeuble qui abritait le cabinet juridique de Mark Young. Il était sept heures dix. Croyant son pneu avant droit à plat, il s'était arrêté le long du trottoir pour l'examiner. Alors qu'il était accroupi à côté de sa voiture, il avait vu la porte de l'immeuble s'ouvrir à nouveau et un homme d'une trentaine d'années courir à toutes jambes vers la Toyota. Son visage était caché, mais il tenait ce qui lui sembla être un revolver de gros calibre.

Le témoin avait relevé une partie du numéro de la plaque minéralogique de la Toyota. Elle n'était pas immatriculée dans l'Etat. Efficace, la police avait rapidement trouvé sa trace et découvert qu'il s'agissait d'une voiture volée le jeudi soir à Philadelphie. Le vendredi soir, on avait retrouvé sa carcasse brûlée à Newark.

L'hypothèse selon laquelle Haskell et Young auraient été victimes d'une banale agression s'évanouit au vu de cette preuve. C'était à l'évidence un coup de la Mafia, et il ne faisait aucun doute qu'il avait été commandité par Jimmy Weeks. Mais la police n'avait guère de moyens de le prouver. Le témoin serait incapable d'identifier l'homme au revolver. La voiture était partie en fumée. Les balles qui avaient tué les victimes provenaient probablement d'une arme non déclarée qui gisait en ce moment même au fond d'un fleuve, ou serait échangée contre une bagatelle un soir de Noël sans que personne ne pose de questions.

Le lundi, Geoff Dorso assista à nouveau pendant quelques heures au procès de Jimmy Weeks. Le gouvernement y construisait son argumentation systématiquement, avec preuves à l'appui, apparemment irréfutables. Royce, le procureur des Etats-Unis qui semblait décidé à se présenter contre Frank Green au poste de gouverneur, évitait de faire des effets de manches. L'allure d'un universitaire, le cheveu rare et le nez chaussé de lunettes cerclées de métal, il avait pour stratégie de s'appuyer uniquement sur des faits indiscutables, de rejeter toute explication alambiquée concernant les transactions incroyablement compliquées et les transferts d'argent des sociétés de Weeks.

Il avait fait préparer des tableaux auxquels il se référait en utilisant une longue baguette, semblable dans les souvenirs de Geoff à celle que brandissaient les religieuses lorsqu'il était à l'école primaire. Geoff admit que Royce était passé maître dans l'art de rendre les affaires de Weeks compréhensibles aux jurés. Pas la peine d'être un as en mathématiques pour suivre ses explications.

Royce appela à la barre le pilote du jet privé de Jimmy Weeks et le bombarda de questions : « Combien de fois remplissiez-vous le carnet de vol du jet de la société ? », « Combien de fois M. Weeks a-t-il utilisé l'avion pour son usage personnel ? », « Combien de fois l'a-t-il prêté à des amis pour des voyages privés ? », « Les dépenses n'étaient-elles pas imputées à la société chaque fois que les moteurs tournaient ? », « Toutes les déductions fiscales dont il bénéficiait pour de soi-disant frais professionnels correspondaient en réalité à des voyages d'agrément, n'est-ce pas ? »

Lorsque ce fut au tour de Bob Kinellen de se livrer au contre-interrogatoire, Geoff le vit mobiliser tout son pouvoir de persuasion, essayant de désarçonner le pilote, de le mettre en difficulté sur les dates, sur le motif des voyages. A nouveau, Geoff admira le talent de Kinellen, mais cette fois-ci il ne suffirait probablement pas. Comment savoir ce qui se passait dans la tête des jurés ? Geoff aurait parié qu'ils n'étaient pas convaincus.

Il étudia le visage impassible de Jimmy Weeks. Il venait toujours au tribunal en strict complet d'homme d'affaires, chemise blanche et cravate. Il ressemblait au rôle qu'il essayait de jouer — celui d'un entrepreneur de cinquante ans à la tête de quantité de sociétés, victime des persécutions des services fiscaux.

Aujourd'hui, Geoff l'observait en songeant à la relation qu'il avait eue avec Suzanne Reardon. Une relation de quelle nature ? se demanda-t-il. Jusqu'à quel point était-elle sérieuse ? Etait-ce Weeks qui avait donné ces bijoux à Suzanne ? Il avait entendu parler de la note trouvée sur l'avocat d'Haskell qui reproduisait peut-être le texte du billet accompagnant les roses qu'avait reçues Suzanne Reardon le jour de sa mort. Mais, Haskell mort et le billet disparu, il serait impossible de prouver le moindre rapport avec Weeks.

Les bijoux pouvaient fournir une piste intéressante, toutefois, réfléchit Geoff, une piste qui méritait d'être creusée. Weeks se rendait-il toujours dans le même endroit pour acheter des cadeaux à ses petites amies ? se demanda-t-il. Comment s'appelait cette fille avec laquelle je suis sorti il y a deux ans et qui m'a dit connaître Weeks ? Le nom ne lui revenait pas en mémoire, mais il passerait en revue ses anciens agendas. Il était certain de l'avoir noté quelque part.

Lorsque le juge annonça une suspension de séance, Geoff s'éclipsa discrètement. Il était parvenu à mi-chemin du couloir quand une voix, derrière lui, l'interpella. C'était Bob Kinellen. « Vous me semblez bien intéressé par les affaires de mon client, lui dit calmement Kinellen lorsqu'il l'eut rejoint.

— Un intérêt d'ordre général jusqu'à présent, répliqua Geoff.

— Est-ce pour cette raison que vous voyez Kerry ?

— Bob, je ne crois pas que vous ayez le moindre droit de poser cette question. Néanmoins, je vais vous répondre. J'étais content d'être auprès d'elle après que vous lui avez brutalement révélé que votre illustre client faisait peser des menaces sur sa fille. Personne n'a encore pensé à vous pour le titre du meilleur père de l'année ? Si ce n'est pas le cas, ne perdez pas votre temps à attendre, vous n'avez aucune chance. »

77

Le lundi matin, Grace Hoover resta au lit plus
tard qu'à l'accoutumée. Bien que la maison fût bien
chauffée, le froid de l'hiver semblait pénétrer ses os
et ses articulations. Ses mains, ses doigts, ses
jambes, ses genoux, ses chevilles, tout son corps
était douloureux. Lorsque la session parlementaire
serait terminée, Jonathan et elle partiraient dans
leur maison de Santa Fe. Elle se porterait mieux
là-bas, le climat chaud et sec lui faisait toujours du
bien.

Des années auparavant, au début de sa maladie,
Grace avait décrété qu'elle ne céderait jamais à l'api-
toiement sur soi. Il n'y avait rien de plus insupportable à ses yeux. Malgré tout, dans ses moments les
plus sombres, elle s'avouait qu'en plus de la douleur
chaque jour plus aiguë, l'obligation de diminuer peu
à peu ses activités l'avait terriblement abattue.

Elle avait été l'une des rares épouses à aimer participer aux nombreux événements auxquels un
homme politique comme Jonathan devait assister.
Certes, elle n'y aurait pas passé ses journées, mais
elle savourait l'adulation qui entourait Jonathan.
Elle était tellement fière de lui. Il aurait dû être
nommé gouverneur, elle en était convaincue.

Ensuite, une fois que Jonathan avait marqué de sa
présence ces manifestations, ils allaient tranquillement souper ou, sur une impulsion, décidaient de
partir quelque part pour le week-end. Grace sourit
intérieurement, se souvenant qu'après vingt ans de
mariage, quelqu'un dans l'Arizona leur avait dit
qu'ils ressemblaient à deux jeunes mariés.

Aujourd'hui, ce maudit fauteuil roulant et la
nécessité de demander de l'aide pour faire sa toilette
et s'habiller transformaient en cauchemar tout
séjour à l'hôtel. Elle ne voulait pas laisser Jonathan
lui apporter ce genre d'assistance, et elle préférait

rester à la maison, où une aide-soignante venait quotidiennement.

Elle avait été heureuse d'aller dîner au club l'autre soir. C'était la première fois qu'elle sortait depuis plusieurs semaines. Mais ce Jason Arnott — c'est bizarre que je n'arrive pas à le chasser de mon esprit, songea-t-elle en s'efforçant nerveusement de plier les doigts. Elle avait interrogé à nouveau Jonathan à son sujet, mais sa réponse était qu'elle avait dû l'accompagner à un gala auquel assistait également Arnott.

Cela faisait douze ans que Grace ne se rendait plus à ce genre de soirées. Depuis qu'elle marchait à l'aide de deux cannes, elle détestait être bousculée par la foule. Non, elle était sûre qu'il y avait autre chose chez cet homme qui titillait son souvenir. Oh, bon, cela me reviendra à un moment ou un autre.

La fidèle Carrie, pénétra dans la chambre avec un plateau. « J'ai pensé que vous aimeriez prendre une seconde tasse de thé, dit-elle gentiment.

— C'est vrai, Carrie. Merci. »

Carrie posa le plateau et releva les oreillers. « Voilà. C'est mieux ainsi. » Elle enfonça sa main dans sa poche et en sortit une feuille de papier pliée en quatre. « Oh, madame Hoover, j'ai trouvé ça dans la corbeille à papier du bureau du sénateur. Je sais que le sénateur avait l'intention de le jeter, mais je préfère quand même demander l'autorisation de le prendre. Mon petit-fils Billy parle tout le temps de devenir un agent du FBI plus tard. Ça le rendrait fou de joie de voir la circulaire qu'ils ont envoyée. » Elle déplia la feuille de papier et la tendit à Grace.

Grace y jeta un coup d'œil, s'apprêta à la lui rendre, puis interrompit son geste. Jonathan la lui avait montrée vendredi après-midi en plaisantant : « Quelqu'un que tu connais ? » La note d'accompagnement expliquait que la circulaire était adressée à toutes les personnes invitées dans des maisons qui avaient été cambriolées par la suite.

La photo au grain accentué, pratiquement indistincte, était celle d'un voleur en pleine action. On le soupçonnait d'avoir commis de nombreux cambriolages identiques, presque tous perpétrés à la suite d'une réception. Peut-être était-il l'un des invités.

La note d'accompagnement assurait que toute information transmise à ce sujet resterait confidentielle.

« Je sais que la maison des Peale, à Washington, a été cambriolée il y a quelques années, avait dit Jonathan. Une histoire horrible. Je m'étais rendu là-bas pour fêter la victoire de Jock. Deux semaines plus tard, sa mère est rentrée plus tôt que prévu d'un voyage en famille et elle a sans doute surpris le voleur. On l'a retrouvée au pied de l'escalier la nuque brisée, et le tableau de John White Alexander avait disparu. »

C'est peut-être parce que je connais les Peale que je m'intéresse tellement à cette photo, songea Grace en prenant la circulaire des mains de Carrie. La caméra était placée en dessous du cambrioleur, d'après l'angle de son visage.

Elle examina l'image floue, le cou mince, le nez pointu, les lèvres serrées. Ce n'est pas la vision que l'on a de quelqu'un en regardant son visage de face, pensa-t-elle. Mais si vous levez les yeux depuis un fauteuil roulant, c'est ainsi que vous le voyez.

Cette photo ressemble à l'homme que j'ai rencontré au club l'autre soir, Jason Arnott. Etait-ce possible ?

« Carrie, apportez-moi le téléphone, je vous prie. » Un instant plus tard, Grace parlait avec Amanda Coble, qui lui avait présenté Jason Arnott au club. Après les bonjours d'usage, elle amena la conversation sur lui. Elle avoua qu'elle était toujours obsédée par l'impression de l'avoir déjà vu. Où vivait-il ? demanda-t-elle. Que faisait-il ?

Lorsqu'elle raccrocha, Grace avala son thé refroidi et étudia à nouveau la photo. D'après

Amanda, Arnott était un expert en art et antiquités, et il fréquentait la meilleure société, de Washington à Newport.

Grace téléphona à Jonathan à Trenton. Il s'était absenté de son bureau, mais lorsqu'il la rappela à trois heures et demie, elle lui raconta ce qu'elle croyait avoir découvert, à savoir que Jason Arnott était le cambrioleur recherché par le FBI.

« C'est une terrible accusation, chérie, dit Jonathan avec prudence.

— J'ai de bons yeux, Jonathan. Tu le sais.

— Oui, je le sais, reconnut-il calmement. Et franchement, venant d'une autre personne que toi, j'hésiterais à communiquer son nom au FBI. Je ne veux rien mettre par écrit, mais donne-moi le numéro confidentiel inscrit sur cette circulaire. Je vais passer un coup de fil.

— Non, dit Grace. Puisque tu penses qu'il faut prévenir le FBI, je vais m'en charger moi-même. Si je me suis trompée, tu n'y seras pas mêlé. Si j'ai raison, j'aurai l'impression d'avoir enfin accompli quelque chose d'utile. J'ai beaucoup sympathisé avec la mère de Jock Peale lorsque j'ai fait sa connaissance il y a des années. Découvrir son assassin me ferait plaisir. Aucun meurtrier ne devrait pouvoir échapper à la justice. »

78

Le Dr Charles Smith était d'une humeur exécrable. Il avait passé un week-end solitaire, d'autant plus lugubre qu'il n'avait pu joindre Barbara Tompkins. Il avait fait si beau samedi, regretta-t-il, qu'elle aurait certainement apprécié une excursion en voiture à Westchester, avec un déjeuner dans l'une des petites auberges qui longeaient l'Hudson.

Il avait laissé un message sur son répondeur, mais elle n'avait pas rappelé.

Les choses ne s'étaient pas arrangées le dimanche. D'habitude, il parcourait la rubrique « Arts et Loisirs » du *Times* pour y trouver une pièce off-Broadway, un récital ou un nouveau spectacle au Lincoln Center auquel assister. Mais il n'avait pas le cœur à se distraire. Il avait passé la plus grande partie de la journée étendu sur son lit, tout habillé, l'œil rivé sur la photo de Suzanne accrochée au mur.

Il avait accompli un véritable miracle. Cette enfant maussade, au physique cruellement ingrat, née de deux parents beaux et élégants, était devenue ce qu'elle aurait dû être — et plus encore. Il lui avait donné une beauté si naturelle, si éclatante que l'on éprouvait à sa vue une sorte de stupéfaction.

Le lundi matin, il essaya de joindre Barbara à son bureau et apprit qu'elle était partie en voyage en Californie et ne serait pas de retour avant deux semaines. C'était plus qu'il n'en pouvait supporter. Il savait que c'était un mensonge. Lors de leur dîner jeudi dernier, Barbara avait mentionné qu'elle devait participer à un déjeuner d'affaires à La Grenouille le mercredi suivant. Il s'en souvenait parce qu'elle lui avait dit qu'elle n'était jamais allée dans ce restaurant et se réjouissait à l'avance de l'occasion.

Pendant le reste de la journée, Charles Smith eut du mal à se concentrer sur son travail. Non que son emploi du temps fût très chargé. Les patients se faisaient de plus en plus rares et les femmes qui venaient pour une première consultation revenaient rarement. Il ne s'en souciait pas vraiment — si peu d'entre elles offraient le potentiel d'une véritable beauté.

Et une fois encore il sentit les yeux de Kate Carpenter posés sur lui. Elle était très efficace, mais il était sans doute temps de la renvoyer. Durant la rhinoplastie l'autre jour, il avait remarqué qu'elle le regardait comme une mère inquiète qui espère voir son enfant tenir son rôle sans trébucher dans une pièce jouée à l'école.

Lorsqu'il apprit que son rendez-vous de trois heures et demie était annulé, Smith décida de rentrer plus tôt chez lui. Il allait se rendre en voiture jusqu'au bureau de Barbara et se garer de l'autre côté de la rue. Elle sortait généralement quelques minutes après cinq heures, mais il voulait être sur place à l'avance. La pensée qu'elle pût délibérément l'éviter lui était intolérable. S'il apprenait que c'était vrai...

Il sortait du hall de son immeuble quand il vit Kerry McGrath s'avancer dans la Cinquième Avenue. Il chercha rapidement autour de lui un moyen de l'éviter, mais c'était impossible. Elle lui barrait le chemin.

« Docteur Smith, je suis contente de vous voir, dit Kerry. Je dois absolument vous parler.

— Madame McGrath, mon infirmière Mme Carpenter et la secrétaire sont encore à mon cabinet. Si vous avez besoin d'un renseignement, elles sont là pour ça. » Il lui tourna le dos et passa devant elle.

Kerry lui emboîta le pas. « Docteur Smith, Mme Carpenter et la secrétaire ne sont pas à même de discuter du cas de votre fille avec moi, et ni l'une ni l'autre n'est responsable de l'emprisonnement d'un innocent. »

Charles Smith réagit comme s'il avait reçu une décharge électrique. « Comment osez-vous ? » Il s'immobilisa et lui prit violemment le bras.

Kerry crut qu'il allait la frapper. La fureur déformait ses traits, sa bouche était tordue en une ligne hargneuse. Elle sentit le tremblement de sa main tandis que ses doigts agrippaient son poignet.

Un passant leur jeta un regard surpris et s'arrêta. « Vous avez besoin d'aide, madame ? demanda-t-il.

— Ai-je besoin d'aide, docteur ? » demanda Kerry d'un ton très calme.

Smith relâcha son bras. « Non, tout va bien. » Il commença à descendre d'un pas pressé la Cinquième Avenue.

Kerry régla son allure sur la sienne. « Docteur Smith, vous finirez par me parler, vous le savez comme moi. Et je crois qu'il serait préférable pour vous de m'écouter avant que le contrôle de la situation ne vous échappe et que les choses ne tournent mal. »

Il ne répondit pas.

Elle resta à ses côtés. Elle constata que sa respiration s'était accélérée. « Docteur Smith, même si vous marchez de plus en plus vite, vous n'arriverez pas à me semer. Devons-nous regagner votre cabinet, ou y a-t-il un endroit près d'ici où nous pourrions prendre un café ? Il faut que nous parlions. Sinon, je crains que vous ne soyez arrêté et accusé de suivre les femmes dans la rue.

— Accusé de... de quoi ? » A nouveau, Smith pivota sur lui-même pour lui faire face.

« Barbara Tompkins a peur de vous et de l'intérêt que vous lui manifestez. Aviez-vous effrayé Suzanne de la même façon, docteur ? Vous étiez présent le soir où elle est morte, n'est-ce pas ? Deux personnes, une femme et un petit garçon, ont vu une Mercedes noire garée devant la maison. La femme s'est rappelé une partie de la plaque d'immatriculation — un 3 et un L, selon ses dires. Aujourd'hui, j'ai appris que votre numéro minéralogique comportait un 8 et un L. Assez voisin pour que l'on puisse faire le rapprochement. Maintenant, où pouvons-nous parler ? »

Il continua de la regarder fixement pendant quelques instants, les yeux étincelants de colère. Puis elle vit la résignation l'envahir peu à peu, tandis que tout son corps semblait s'amollir.

« J'habite par ici », dit-il, se détournant. Ils étaient

arrivés à l'angle de la rue, et il fit un geste de la main vers la gauche.

Kerry prit ses paroles pour une invitation. Est-ce que je fais une erreur en entrant chez lui ? se demanda-t-elle. Il semble à bout de résistance. Y a-t-il un domestique sur place ?

Mais, qu'elle soit seule ou non avec Smith, décida-t-elle, elle ne retrouverait sans doute jamais cette occasion. Ce qu'elle venait de lui dire avait peut-être fait craquer quelque chose dans son psychisme. Le Dr Smith, elle en aurait mis sa main au feu, se souciait peu de voir un innocent en prison mais n'apprécierait guère la perspective de se retrouver devant un tribunal au banc des accusés.

Ils arrivèrent au 28, Washington Mews. Smith chercha sa clé et, avec des gestes précis, l'introduisit dans la serrure, la tourna et ouvrit la porte. « Entrez, puisque vous insistez, madame McGrath. »

79

Des informations continuaient à parvenir au FBI, provenant de gens qui avaient été invités dans une ou plusieurs des différentes maisons cambriolées. Ils avaient maintenant une douzaine de pistes, et Simon Morgan faillit crier victoire quand, le lundi matin, son principal suspect, Sheldon Landi, avoua que sa société de relations publiques était une couverture pour sa véritable activité.

Landi avait été convoqué dans son bureau pour être interrogé, et pendant un instant Simon crut qu'un aveu allait sortir de sa bouche. Puis Landi, le front dégoulinant de sueur, tordant ses mains, murmura : « Avez-vous déjà lu *Tell All* ?

— Un canard distribué dans les supermarchés, non ?

— Oui. Un des plus importants. Quatre millions d'exemplaires par semaine. » La voix de Landi vibra de fierté. Puis elle baissa au point de devenir presque inaudible. « Cela ne doit pas sortir de cette pièce, mais c'est moi qui rédige presque tous les articles de *Tell All*. Si jamais ça se sait, tous mes amis me tourneront le dos. »

Plus la peine d'en parler, conclut Simon. Ce faux-jeton n'est bon qu'à diffuser des ragots ; il n'aurait pas le cran d'accomplir le début d'un cambriolage.

A deux heures moins le quart, l'un de ses enquêteurs entra dans son bureau. « Simon, il y a une femme sur la ligne réservée de l'affaire Hamilton. Je crois que vous devriez prendre la communication. Il s'agit de Grace Hoover. Son mari est le sénateur Hoover du New Jersey, et elle croit avoir vu l'autre soir le type que nous cherchons. C'est un des gus dont le nom est déjà apparu, Jason Arnott.

— Arnott ! » Simon décrocha son téléphone. « Madame Hoover, je suis Simon Morgan. Merci de nous appeler. »

Grace Hoover était le témoin idéal pour un flic, se dit-il en l'écoutant. Logique dans son raisonnement, précise dans sa présentation des faits et claire dans sa façon d'expliquer comment, en levant la tête de son fauteuil roulant, ses yeux se trouvaient probablement à la même hauteur que l'objectif de la caméra de surveillance dans la maison des Hamilton.

« Lorsque vous regardez M. Arnott bien en face, son visage paraît plus plein que si vous le regardez de bas en haut, expliqua-t-elle. Ainsi, quand je lui ai demandé si nous nous étions déjà rencontrés, il a serré les lèvres. C'est peut-être un tic chez lui, dès qu'il est concentré. Mon impression est qu'au moment où la caméra l'a surpris, il était totalement absorbé par la contemplation de cette statuette.

Sans doute en train d'évaluer son authenticité. Mon amie m'a dit qu'Arnott était un expert renommé.

— En effet. » Simon Morgan exultait. Il tenait enfin son oiseau ! « Madame Hoover, je ne saurais vous dire combien j'apprécie votre appel. Vous savez que si votre information conduit à une condamnation, une récompense importante vous sera versée, plus de cent mille dollars.

— Oh, ce n'est pas ça qui m'intéresse, dit Grace Hoover. J'en ferai don à une œuvre de charité. »

En raccrochant, Simon songea aux frais du dernier semestre de scolarité de ses fils ; la facture était sur son bureau à la maison, attendant d'être réglée. Secouant la tête, il appuya sur l'interphone et fit venir les trois enquêteurs qui travaillaient sur l'affaire Hamilton.

Il voulait qu'Arnott soit suivi jour et nuit, leur expliqua-t-il. A en juger par l'enquête menée sur lui deux ans auparavant, s'il était coupable de ces vols, c'était un as dans l'art de brouiller les pistes. Mieux valait ne pas le quitter de vue une seconde. Il les conduirait peut-être à l'endroit où il entreposait son butin.

« S'il ne s'agit pas encore une fois d'une fausse piste, et si nous pouvons prouver qu'il est l'auteur de ces vols, dit-il, la prochaine étape sera de lui coller le meurtre de Mme Peale sur le dos. Le boss veut faire un triomphe avec ça. La mère du président jouait au bridge avec Mme Peale. »

80

Le bureau du Dr Smith était propre, mais il avait l'apparence désordonnée d'une pièce dont on s'est désintéressé depuis de nombreuses années. Les abat-jour de soie ivoire, semblables à ceux que Kerry avait toujours vus chez sa grand-mère, étaient fanés par l'âge. L'un d'eux portait encore la trace d'une brûlure et la soie était déchirée à cet endroit. Les gros fauteuils de velours étaient affaissés et élimés.

La pièce, haute de plafond, avait sans doute été belle autrefois. Aujourd'hui, elle semblait figée dans le temps, comme le décor d'un film en noir et blanc des années quarante.

Kerry avait ôté son imperméable, mais le Dr Smith ne fit aucun geste pour le lui prendre des mains. Le manquement à cette simple manifestation de courtoisie sous-entendait sans doute qu'elle ne resterait pas suffisamment longtemps pour qu'il s'en soucie. Elle plia son vêtement et le posa sur le bras du fauteuil dans lequel elle prit place.

Smith s'assit, raide comme un piquet, sur une chaise droite qu'il n'aurait certainement pas choisie s'il s'était trouvé seul.

« Que désirez-vous, madame McGrath ? » Ses lunettes sans monture agrandissaient ses yeux au regard glacial.

« Je veux la vérité, répondit Kerry d'un ton posé. Je veux savoir pourquoi vous prétendiez avoir donné ces bijoux à Suzanne, alors que c'était un autre homme qui les lui avait offerts. Je veux savoir pourquoi vous avez menti à propos de Skip Reardon. Il n'a jamais menacé Suzanne. Il a peut-être perdu patience avec elle, il s'est peut-être mis en colère contre elle, mais il ne l'a jamais menacée. N'est-ce pas ? Quelle raison aviez-vous donc pour l'accuser de l'avoir fait ?

— Skip Reardon a tué ma fille. Il l'a étranglée. Il l'a étranglée si sauvagement que ses yeux étaient remplis de sang, si violemment que les artères du cou se sont rompues, que sa langue pendait hors de sa bouche comme celle d'un animal... » Sa voix se brisa. Ce qui avait commencé comme une explosion de colère se termina presque en un sanglot.

« Je comprends combien a dû vous être douloureux l'examen de ces photos, docteur Smith. » Kerry parlait doucement. Ses yeux se plissèrent en voyant le regard de Smith se diriger derrière elle. « Mais pourquoi avoir toujours accusé Skip de cette tragédie ?

— C'était son mari. Il était jaloux, maladivement jaloux. C'était un fait. Evident pour tout le monde. » Il se tut un instant. « Maintenant, madame McGrath, je ne veux plus parler de ça. J'exige de savoir ce que vous entendez en m'accusant de suivre Barbara Tompkins.

— Attendez. Parlons d'abord de Skip Reardon, docteur. Vous avez tort. Skip n'était pas maladivement jaloux de Suzanne. Il savait qu'elle sortait avec un autre homme. » Kerry s'interrompit. « Mais il en faisait autant de son côté. »

Smith eut un sursaut comme si elle l'avait frappé. « C'est impossible. Il était marié à une femme exquise et il l'adorait.

— *Vous* l'adoriez, docteur. » Les mots jaillirent malgré elle mais, en les prononçant, elle sut qu'ils reflétaient la vérité. « Vous vous êtes mis à la place de Skip, n'est-ce pas ? Si vous aviez été le mari de Suzanne et si vous aviez découvert qu'elle avait une aventure avec un autre homme, vous auriez été capable de la tuer, n'est-ce pas ? » Elle le regarda en face.

Il ne cilla pas. « Comment osez-vous ? Suzanne était ma fille ! dit-il froidement. Maintenant, sortez d'ici. » Il se leva et s'avança vers Kerry, visiblement prêt à la saisir à bras-le-corps et à la jeter dehors.

Kerry se leva d'un bond, prit son manteau et recula hors de sa portée. Elle jeta un coup d'œil autour d'elle, vérifiant si le cas échéant elle pourrait échapper à Smith et atteindre la porte. « Non, docteur, dit-elle. *Susie* Stevens était votre fille. *Suzanne* était votre œuvre, votre création. Et vous aviez le sentiment qu'elle vous appartenait, comme vous croyez posséder Barbara Tompkins. Docteur, vous vous trouviez à Alpine le soir où Suzanne est morte. L'avez-vous tuée ?

— Tuer Suzanne ? Etes-vous folle ?

— Mais vous vous trouviez là-bas.

— Je n'y étais pas !

— Oh si, vous y étiez, et nous allons le prouver. Je peux vous l'assurer. Nous allons faire réviser le procès et libérer cet innocent que vous avez fait condamner. Vous étiez jaloux de lui, docteur Smith. Vous l'avez puni parce qu'il avait jour et nuit la possibilité d'approcher Suzanne et pas vous. Dieu sait pourtant que vous avez essayé ! Pour être exact, vous avez tellement essayé qu'elle a fini par se lasser de vos exigences.

— C'est faux. » Les mots sifflèrent entre ses dents serrées.

Kerry vit que la main de Smith tremblait violemment. Elle baissa la voix, prit un ton plus conciliant. « Docteur Smith, si vous n'avez pas tué votre fille, quelqu'un d'autre l'a fait. Mais ce n'était pas Skip Reardon. Je crois que vous aimiez Suzanne à votre manière. Je crois que vous vouliez voir son meurtrier châtié. Mais savez-vous ce que vous avez fait ? Vous avez donné à l'assassin de Suzanne le moyen d'échapper à la justice. Il est en liberté aujourd'hui, et il se rit de vous, il vous bénit de l'avoir protégé. Si nous avions ces bijoux dont Skip assure que vous ne les avez pas donnés à Suzanne, nous pourrions peut-être remonter à la source. Nous pourrions découvrir qui les lui a donnés. Skip est certain qu'au moins l'un d'eux a disparu et qu'il a probablement été volé au cours de cette soirée.

— Il ment.

— Non, il ne ment pas. C'est ce qu'il n'a cessé de dire depuis le début. Et on a volé autre chose en même temps — un cadre miniature contenant une photo de Suzanne. Il se trouvait sur la table de chevet de la chambre à coucher. L'avez-vous pris ?

— Il n'était pas dans la maison le soir où Suzanne est morte !

— Alors qui a emprunté votre Mercedes ce soir-là ?

Le « Sortez ! » de Smith jaillit de sa gorge en un cri guttural.

Il était préférable de ne pas s'éterniser. Kerry passa devant lui, mais à la porte elle se retourna une dernière fois. « Docteur Smith, Barbara Tompkins m'a parlé. Elle est inquiète. Elle est partie en voyage uniquement pour s'éloigner de vous. A son retour, dans dix jours, je vais personnellement l'accompagner à la police de New York pour porter plainte contre vous. »

Elle ouvrit la porte de la vieille maison, et une bouffée d'air froid pénétra brusquement dans l'entrée. « Sauf, ajouta-t-elle, si vous admettez avoir besoin d'une aide médicale et psychologique. Sauf si vous parvenez à me convaincre que vous avez dit l'entière vérité sur ce qui s'est passé la nuit où Suzanne est morte. Et sauf si vous me donnez les bijoux qui vraisemblablement lui ont été offerts par un autre homme que vous ou son mari. »

Lorsque Kerry remonta le col de son imperméable et fourra ses mains dans ses poches pour parcourir les trois blocs qui la séparaient de sa voiture, elle n'eut conscience ni du regard pénétrant de Smith qui la suivait depuis la grille de la fenêtre de son bureau, ni de l'inconnu garé dans la Cinquième Avenue qui saisit son téléphone cellulaire pour rendre compte de sa visite au 28, Washington Mews.

81

Le procureur des Etats-Unis, en liaison avec les bureaux des procureurs du Middlesex et d'Ocean, obtint un mandat de perquisition pour le domicile principal et la résidence d'été de feu Barney Haskell. Vivant séparé de sa femme la plupart du temps, Barney habitait une maison ancienne dans une rue paisible d'Edison, une ville agréable et modeste. Ses voisins dirent aux journalistes que Barney n'avait jamais fréquenté aucun d'entre eux, mais qu'il se montrait toujours courtois avec son entourage.

Son autre maison, une construction moderne d'un seul étage avec vue sur la mer, à Long Beach Island, était l'endroit où résidait sa femme à longueur d'année. Là, les voisins racontèrent aux enquêteurs que Barney venait souvent durant l'été, qu'il passait des heures entières à pêcher à bord de son Chris-Craft de sept mètres, et que son autre passe-temps était la menuiserie. Son atelier se trouvait dans le garage.

Un couple rapporta que la femme de Barney les avait invités à venir admirer le superbe meuble en chêne massif que son mari avait fabriqué l'année précédente pour abriter leur équipement vidéo. D'après eux, Barney en était très fier.

Pour être en mesure d'obtenir une remise de peine, Barney détenait certainement une preuve sérieuse contre Jimmy Weeks. Les enquêteurs ne l'ignoraient pas et ils savaient aussi que, s'ils ne mettaient pas rapidement la main sur cette preuve, les sbires de Jimmy Weeks la dénicheraient et la détruiraient.

En dépit des protestations de sa veuve, hurlant que Barney était une victime, que cette maison était à elle, même si elle était encore au nom du pauvre homme, et qu'ils n'avaient pas le droit d'y toucher, ils démontèrent tout, y compris le meuble de chêne qui était solidement fixé au mur de la salle de télévision.

Une fois le bois arraché, ils découvrirent un coffre-fort d'une dimension suffisante pour abriter toute la comptabilité d'une petite société.

Tandis que photographes et reporters se massaient à l'extérieur, les caméras de la télévision filmèrent l'arrivée sur les lieux d'un perceur de coffres-forts à la retraite employé par le gouvernement des Etats-Unis. Quinze minutes plus tard, le coffre-fort était ouvert et, peu après, à quatre heures un quart du même après-midi, le procureur des Etats-Unis Royce recevait un appel téléphonique du procureur.

Les doubles des livres de comptabilité des sociétés Weeks avaient été découverts, ainsi que des agendas couvrant une quinzaine d'années en arrière, dans lesquels Barney avait consigné jour après jour tous les rendez-vous de Jimmy, avec ses propres remarques sur chaque réunion et les sujets qui y étaient débattus.

Royce apprit qu'il y avait également des boîtes à chaussures contenant les copies des reçus d'achats divers et coûteux, y compris des fourrures, bijoux et voitures pour les différentes petites amies de Jimmy, reçus sur lesquels Barney avait inscrit : « Achats hors taxes. »

« C'est une aubaine, une vraie mine, assura Howard à Royce. Barney connaissait certainement ce vieil adage : "Traite ton ami comme un futur ennemi." Il a dû préparer son coup depuis le premier jour, avec l'intention de nous donner Jimmy afin d'éviter la prison, au cas où ils seraient pris. »

Le juge avait suspendu l'audience jusqu'au lendemain matin plutôt que de citer un nouveau témoin à quatre heures. Un autre coup de chance, pensa Royce. Après avoir raccroché le téléphone, un sourire continua à flotter sur ses lèvres tandis qu'il savourait ces excellentes nouvelles. Il dit tout haut : « Merci, Barney, j'ai toujours su que tu te mettrais à table. » Puis il resta un moment silencieux, réfléchissant à ce qu'allait être sa prochaine initiative.

Martha Luce, la comptable personnelle de Jimmy, était citée comme témoin de la défense. Ils l'avaient déjà entendue déclarer sous serment que les livres de comptabilité qu'elle avait conservés étaient parfaitement exacts et qu'ils n'existaient qu'en un seul exemplaire. Assurée de bénéficier d'une remise de peine si elle acceptait au contraire de témoigner en faveur du gouvernement, Mme Luce verrait rapidement de quel côté se trouvait son intérêt.

82

Jason Arnott s'était réveillé le dimanche matin avec un début de grippe et avait renoncé à se rendre dans sa maison des Catskill. Au lieu de ça, il passa la journée au lit, se levant seulement pour se préparer un léger repas. C'était en de pareils moments qu'il regrettait de ne pas avoir de domestique à temps plein.

Par ailleurs, il aimait se retrouver tranquille chez lui. Il apporta quelques livres et revues dans sa chambre et passa la journée à lire, à boire du jus d'orange et à sommeiller.

Plusieurs fois néanmoins, il ne put s'empêcher d'examiner la circulaire du FBI, cherchant à se persuader qu'il était impossible de trouver la moindre ressemblance entre lui et cette photo floue et caricaturale.

Lundi matin, il se sentait beaucoup mieux et s'était totalement convaincu que ce document n'était pas une menace pour lui. Même si le FBI se présentait à sa porte pour un interrogatoire de routine parce qu'il avait fait partie des invités des Hamilton, on ne pourrait jamais établir de rapport entre lui et ces vols. Rien ne pourrait les mettre sur sa piste.

Sûrement pas cette photo. Ni ses conversations téléphoniques. Ni un seul objet d'art ou tableau ornant cette maison. Ni la plus minutieuse vérification financière. Ni même sa réservation d'hôtel à Washington pendant le week-end du cambriolage de la maison des Hamilton, puisqu'il s'était inscrit sous une fausse identité.

Il n'y avait rien à craindre. Aucun risque. Dès demain, ou certainement mercredi, il irait passer quelques jours dans les Catskill pour profiter de ses trésors.

Jason ne pouvait pas savoir que les agents du FBI avaient déjà obtenu un mandat judiciaire les autorisant à placer son téléphone sur écoute et qu'ils étaient en ce moment même en train de surveiller sa maison. Il ne pouvait pas savoir que dorénavant il ne pourrait plus faire un geste ou un pas sans être observé et suivi.

83

En quittant Greenwich Village en direction du nord, Kerry fut prise dans les premiers encombrements du soir. Il était cinq heures moins vingt quand elle quitta le parking de la 12e Rue, six heures cinq lorsqu'elle s'engagea dans l'allée de sa maison et vit la Volvo de Geoff garée devant la porte du garage.

Elle avait téléphoné chez elle depuis sa voiture, mais parler à Robin et à Alison ne l'avait qu'en partie rassurée. Elle leur avait recommandé de rester à l'intérieur et de n'ouvrir la porte à personne avant son arrivée.

En voyant la voiture de Geoff, elle remarqua que celle d'Alison n'était plus là. Y avait-il eu un problème ? Kerry éteignit le moteur et les phares, sortit à la hâte de la voiture, claqua la portière derrière elle et s'élança vers la maison.

Robin surveillait visiblement son arrivée. La porte de devant s'ouvrit au moment où elle gravissait rapidement les marches du porche.

« Rob, que se passe-t-il ?

— Rien, maman, tout va bien. En arrivant ici, Geoff a dit à Alison qu'elle pouvait rentrer chez elle, qu'il t'attendrait. » L'inquiétude assombrit le visage de Robin. « C'était OK, hein ? Je veux dire, de laisser entrer Geoff ?

— Bien sûr. » Kerry serra Robin dans ses bras. « Où est-il ?

— Ici. » Geoff apparut sur le seuil de la cuisine. « J'ai pensé qu'après un repas maison chez les Dorso samedi soir, vous en aimeriez peut-être un autre aujourd'hui. Menu très simple. Côtelettes de mouton, salade et pommes de terre au four. »

Kerry s'aperçut qu'elle était à la fois exténuée et affamée. « C'est une idée merveilleuse », soupira-t-elle en déboutonnant son manteau.

Geoff s'avança rapidement pour l'aider à le retirer. Il lui passa naturellement un bras autour des épaules et l'embrassa sur la joue. « Dure journée, hein ? »

Pendant un bref instant, elle laissa sa tête reposer dans le creux de son cou. « J'en ai connu de plus faciles. »

Robin dit : « Maman, je monte dans ma chambre finir mes devoirs, mais puisque c'est moi qui suis en danger, j'aimerais bien savoir exactement ce qui se passe. Que t'a dit le Dr Smith quand tu l'as vu ?

— Termine tes devoirs et laisse-moi souffler

quelques minutes. Ensuite, je te promets un rapport détaillé.

— D'accord. »

Le feu brillait dans la cheminée du salon. Geoff avait apporté la bouteille de sherry et disposé les verres sur la table basse. « J'espère que je ne me montre pas trop envahissant », s'excusa-t-il.

Kerry se laissa tomber dans le canapé et ôta ses chaussures. Elle secoua la tête et sourit. « Non, pas du tout.

— J'ai des nouvelles à votre intention, mais à vous de commencer. Racontez-moi ce qui s'est passé avec Smith.

— Je préférerais vous parler d'abord de Frank Green. Je lui ai annoncé que je quittais le bureau plus tôt cet après-midi, et je lui ai expliqué pourquoi.

— Qu'a-t-il dit ?

— C'est ce qu'il *n'a pas dit* qui flottait dans l'air. Mais pour lui rendre justice, même si les mots lui brûlaient visiblement la gorge, il m'a dit qu'il espérait que je ne l'imaginais pas capable de laisser un innocent en prison par calcul politique. » Elle haussa les épaules. « J'aimerais pouvoir le croire.

— Peut-être dit-il vrai. Parlez-moi de Smith.

— Je l'ai ébranlé, Geoff. Je le sais. L'homme est sur le point de craquer. S'il refuse encore de dire la vérité, ma prochaine démarche sera de faire déposer une plainte contre lui par Barbara Tompkins. Cette perspective l'a secoué, je peux vous l'affirmer. Mais plutôt que de courir ce risque, il va se mettre à table et nous obtiendrons de lui les réponses voulues. »

Elle contempla le feu, les flammes artificielles qui léchaient les fausses bûches. Puis elle ajouta lentement : « Geoff, j'ai dit à Smith que deux témoins avaient vu sa voiture le soir du meurtre. J'ai laissé entendre que, s'il était tellement désireux de voir Skip condamner, c'était peut-être parce qu'il était lui-même le meurtrier de Suzanne. Geoff, je crois qu'il était amoureux d'elle, non pas de sa fille, peut-être même pas de Suzanne en tant que femme, mais de son œuvre, de *sa création.* »

Elle se tourna vers lui. « Considérez ce scénario : Suzanne en a assez de voir son père tourner autour d'elle, de le voir surgir partout où elle se rend. C'est Jason Arnott qui me l'a dit, et je le crois. Donc, le soir du meurtre, le Dr Smith prend sa voiture pour aller chez sa fille. Skip est rentré et reparti, exactement comme il l'a toujours affirmé. Suzanne est dans l'entrée, en train d'arranger les fleurs que lui a envoyées un autre homme. Ne l'oubliez pas, on n'a jamais retrouvé la carte qui les accompagnait. Smith est furieux, blessé et jaloux. Ce n'est pas seulement avec Skip qu'il a des problèmes ; c'est aussi avec Weeks maintenant. Dans un accès de rage, il étrangle Suzanne et, parce qu'il a toujours détesté Skip, il s'empare de la carte, invente que Suzanne avait peur de Skip et devient le témoin à charge principal. De cette façon, non seulement il se venge de Skip, son rival dans la vie de Suzanne, en le faisant condamner à trente ans de réclusion, mais la police ne cherche pas ailleurs un autre suspect.

— Ça tient debout, dit lentement Geoff. Mais dans ce cas pourquoi Jimmy Weeks est-il si inquiet à la pensée que vous pourriez faire réviser le procès ?

— J'y ai également réfléchi. Et on pourrait tout aussi bien prendre pour argument qu'il avait une liaison avec Suzanne. Supposer qu'ils s'étaient disputés ce soir-là, et qu'il l'a tuée. Une autre hypothèse serait que Suzanne lui ait parlé des terrains en Pennsylvanie sur lesquels Skip avait une option. Jimmy lui aurait-il confié par inadvertance que le tracé de l'autoroute passait par là, la tuant ensuite pour l'empêcher de mettre Skip au courant de ce tuyau ? Il a eu ces options pour presque rien, je crois.

— Vous avez drôlement fait travailler vos

méninges aujourd'hui, dit Geoff. Et rassemblé des arguments suffisamment solides pour chaque scénario. Avez-vous écouté les nouvelles en route ?

— Mon cerveau avait besoin de repos. J'ai préféré la station qui donne de vieilles chansons. Sinon, je serais devenue folle dans les encombrements.

— Vous avez bien fait. Pourtant si vous aviez pris les informations à la radio, vous sauriez que tout ce que Barney Haskell s'apprêtait à balancer en échange d'une remise de peine se trouve en ce moment même entre les mains du procureur des Etats-Unis. Apparemment, Barney conservait les moindres documents. Demain, si Frank Green est malin, au lieu de s'opposer à votre enquête, il demandera à mettre son nez dans les dossiers concernant les bijoux achetés par Weeks dans les mois qui ont précédé la mort de Suzanne. Si on peut le coincer sur des trucs comme le bracelet aux signes du zodiaque, nous aurons la preuve que Smith a menti. » Il se leva. « Je dirais, Kerry McGrath, que vous avez largement mérité votre dîner. Reposez-vous en attendant. Je vous appellerai dès que ce sera prêt. »

Kerry se pelotonna sur le canapé et dégusta son sherry, mais malgré le feu, la pièce lui sembla étrangement moins confortable. Un moment plus tard, elle se leva et alla dans la cuisine. « Vous ne voyez pas d'inconvénient à ce que je vous regarde jouer les chefs ? Il fait meilleur ici. »

Geoff partit à neuf heures. Lorsque la porte se referma derrière lui, Robin s'approcha de Kerry : « Maman, il faut que je te demande quelque chose. Ce bonhomme que papa défend ? D'après ce que tu m'as dit, il ne va pas gagner son procès. C'est bien ça ?

— Pas si la preuve que nous pensons avoir trouvée est aussi importante qu'on l'imagine.

— Est-ce que ce sera ennuyeux pour papa ?

— Personne n'aime perdre un procès, bien sûr, mais je crois que la meilleure chose qui puisse arriver à ton père est de voir Jimmy Weeks condamné.

— Tu es sûre que c'est lui qui a essayé de me faire peur ?

— Oui, aussi sûre que je puisse l'être. C'est pourquoi, plus tôt nous pourrons découvrir ses liens avec Suzanne Reardon, plus tôt ses raisons de vouloir nous intimider tomberont.

— Geoff est avocat, n'est-ce pas ?

— Oui.

— Est-ce que Geoff défendrait un type comme Jimmy Weeks ?

— Non, Robin. Je suis sûre qu'il ne le ferait pas.

— Je ne le crois pas non plus. »

A neuf heures et demie, Kerry se rappela qu'elle avait promis de raconter à Jonathan et à Grace son entrevue avec Charles Smith. « Tu crois qu'il peut craquer et avouer qu'il a menti ? demanda Jonathan quand elle l'eut au téléphone.

— Je le crois, oui. »

Grace écoutait sur l'autre poste. « Laisse-moi mettre Kerry au courant de mes exploits, Jonathan. Kerry, soit j'ai donné aujourd'hui la preuve de mes talents de détective, soit je me suis rendue complètement ridicule. »

Kerry n'avait pas jugé bon de mentionner le nom d'Arnott dimanche dernier, lorsqu'elle avait parlé à Jonathan et à Grace du Dr Smith et de Jimmy Weeks. En écoutant ce que Grace avait à dire à son sujet, elle se félicita qu'ils ne pussent voir l'expression de son visage.

Jason Arnott. L'ami fidèle de Suzanne Reardon. Qui, en dépit de son apparente franchise, lui avait paru trop affecté pour être sincère. Si c'était un voleur, si, selon la circulaire du FBI, il était également accusé de meurtre, où se situait-il dans l'énigme du « meurtre aux roses rouges » ?

84

Charles Smith resta de longues heures prostré après avoir mis Kerry à la porte. « Suiveur ! » « Meurtrier ! » « Menteur ! » Les accusations qu'elle lui avait jetées à la figure le faisaient frissonner de dégoût. C'était le même dégoût qu'il ressentait à la vue d'un visage abîmé, marqué ou simplement laid. Tout son être tremblait d'envie de le changer, de le réparer, de rectifier les choses. De lui procurer la beauté que ses mains habiles pouvaient façonner avec ses os, ses muscles et sa chair.

Le courroux qui s'était souvent emparé de lui dans ces cas-là avait pour cible le feu, l'accident ou l'injuste répartition des gènes qui avait provoqué cette aberration. Aujourd'hui, sa rage était dirigée contre la jeune femme qui s'était permis de porter un jugement sur lui.

« Suiveur ! » Le traiter de suiveur parce qu'il éprouvait du plaisir à jeter un bref coup d'œil sur la quasi-perfection qu'il avait créée ! S'il avait pu prévoir l'avenir, savoir de quelle manière Barbara Tompkins lui exprimerait sa gratitude, il lui aurait fait le visage qu'elle méritait — une peau flasque, des paupières tombantes, des narines évasées.

Et si Kerry McGrath emmenait Barbara au poste de police pour déposer cette plainte ? Elle avait dit qu'elle le ferait, et Smith savait qu'elle ne plaisantait pas.

Elle l'avait traité de meurtrier. *Meurtrier !* Pensait-elle réellement qu'il aurait pu faire *ça* à Suzanne ? Un désespoir brûlant le pénétra tandis qu'il revivait le moment où il avait sonné chez elle, à plusieurs reprises, puis tourné la poignée et trouvé la porte ouverte.

Et Suzanne, là, dans l'entrée, presque à ses pieds. Suzanne — mais pas Suzanne. Cette créature déformée avec ces yeux qui lui sortaient des orbites, ensanglantés, cette bouche ouverte, la langue pendante — non, ce n'était pas l'exquise jeune femme qu'il avait façonnée.

Même son corps semblait disgracieux et laid, ramassé sur lui-même, la jambe gauche repliée sous la droite, le talon de sa chaussure gauche planté dans le genou droit, ces fraîches roses rouges répandues sur elle, hommage ironique à la mort.

Il se rappela qu'il s'était tenu au-dessus d'elle, l'esprit traversé par une pensée incongrue — voilà ce qu'aurait ressenti Michel-Ange en voyant sa *Pietà* brisée et mutilée par le cinglé qui s'en était pris à elle dans Saint-Pierre-de-Rome il y avait des années.

Il se souvint qu'il avait maudit Suzanne, qu'il l'avait maudite parce qu'elle n'avait pas tenu compte de ses avertissements. Elle avait épousé Reardon contre son gré. « Attends, l'avait-il suppliée. Il n'est pas assez bien pour toi.

— A tes yeux, personne ne sera jamais assez bien pour moi », s'était-elle récriée.

Il avait supporté leur façon de se regarder dans les yeux, de se prendre la main à table, de s'asseoir côte à côte sur le divan, il avait supporté de voir Suzanne sur les genoux de Skip dans le large et profond fauteuil, lorsqu'il venait les épier par la fenêtre le soir.

Endurer tout ça l'avait déjà suffisamment meurtri, mais la coupe avait débordé le jour où Suzanne s'était mise à fréquenter d'autres hommes, dont aucun n'était digne d'elle, et à venir le trouver ensuite, implorant sa complaisance, le suppliant : « Charles, dis à Skip que c'est toi qui m'as acheté ça... et ça... et ça... »

Et elle faisait mine de s'étonner : « Docteur, pourquoi es-tu tellement contrarié ? C'est toi qui m'as conseillé de rattraper le temps perdu. Eh bien, je le rattrape. Skip travaille trop. Il n'est pas drôle. Tu prends des risques quand tu opères. Je suis comme toi. Je prends des risques moi aussi. Et souviens-toi, docteur Charles, tu es un papa généreux. » Son baiser impudent, sa manière de flirter avec lui, sûre de son pouvoir, de l'indulgence qu'il montrait envers elle.

Meurtrier ? Non, c'était Skip le meurtrier. Penché sur le corps de Suzanne, Smith avait compris exactement ce qui s'était passé. En rentrant à la maison, son rustre de mari l'avait trouvée avec les fleurs d'un autre homme, et il avait explosé de fureur. Et j'en aurais fait autant, s'était avoué Smith en apercevant la carte à moitié dissimulée sous le corps de Suzanne.

Et ensuite, alors qu'il restait figé au-dessus d'elle, tout un scénario s'était mis en place dans son esprit. Skip, le mari jaloux — un jury serait indulgent envers un homme qui avait tué sa femme dans un moment de passion. Il pourrait s'en sortir avec une peine légère, voire sans peine du tout.

Ça ne se passera pas comme ça, s'était-il juré. Smith se souvint qu'il avait fermé les yeux, effaçant de sa vue le visage horrible, déformé, qui lui faisait face, se remémorant à sa place Suzanne dans toute sa beauté. *Ça ne se passera pas comme ça, Suzanne, je te le promets !*

Il n'avait eu aucun mal à tenir sa promesse. Il lui avait suffi de s'emparer de la carte qui accompagnait les fleurs, puis de rentrer chez lui et d'attendre l'inévitable coup de téléphone le prévenant que Suzanne, sa fille, était morte.

Lorsque la police était venue l'interroger, il leur avait dit que Skip était maladivement jaloux, que Suzanne craignait pour sa vie, et, obéissant au dernier souhait de sa fille, il avait affirmé lui avoir offert tous les bijoux dont Skip contestait l'origine.

Non, Mme McGrath pouvait raconter ce qu'elle voulait, le meurtrier était en prison. Et il y resterait.

Il était presque dix heures lorsque Charles Smith se leva. Tout était fini. Il ne pourrait plus opérer. Il ne voulait plus revoir Barbara Tompkins. Elle le dégoûtait. Il alla dans sa chambre, ouvrit le petit coffre-fort dans la penderie et en sortit un revolver.

Ce serait si facile. Où irait-il ? Il croyait en la vie éternelle de l'esprit. La réincarnation ? Pourquoi pas ? Peut-être cette fois-ci renaîtrait-il à l'égal de Suzanne. Peut-être tomberaient-ils amoureux l'un de l'autre. Un sourire flotta sur ses lèvres.

Mais ensuite, au moment où il s'apprêtait à refermer le coffre-fort, il regarda la boîte à bijoux de Suzanne.

Et si Kerry McGrath avait raison ? Si ce n'était pas Skip mais quelqu'un d'autre qui avait ôté la vie à Suzanne ? Kerry McGrath avait dit que cette personne se riait de lui aujourd'hui, le bénissait de l'avoir sauvée en témoignant contre Skip.

Il existait un moyen de tout rectifier. Si Skip Reardon n'était pas le meurtrier, alors Kerry aurait ce qu'il lui fallait pour trouver l'assassin de Suzanne.

Smith prit le coffret à bijoux, posa le revolver sur le couvercle et apporta le tout dans le petit salon jusqu'à son bureau. Puis, avec des gestes précis, il prit une feuille de papier à lettres et dévissa le capuchon de son stylo.

Lorsqu'il eut fini d'écrire, il fit un paquet du coffret et de la lettre et l'introduisit dans une des boîtes d'expédition de Federal Express qu'il conservait chez lui par souci de commodité. Il adressa l'ensemble à Kerry McGrath, adjointe du procureur du comté de Bergen, Hackensack, New Jersey. Il connaissait l'adresse par cœur.

Il enfila son manteau, mit un cache-nez et parcourut les huit blocs qui le séparaient de la boîte aux lettres de Federal Express.

Il était onze heures lorsqu'il fut de retour chez lui. Il ôta son manteau, prit le revolver, regagna sa chambre et s'allongea sur le lit tout habillé. Il éteignit les lumières, à l'exception de celle qui éclairait la photo de Suzanne.

Il finirait cette journée avec elle et commencerait

sa nouvelle vie au premier coup de minuit. Sa décision prise, il se sentit calme, voire heureux.

A onze heures et demie, la sonnette de l'entrée carillonna. Qui venait le déranger ? Contrarié, il s'efforça de l'ignorer, mais un doigt pressait avec insistance sur le bouton. Il était sûr de savoir de quoi il s'agissait. Un jour, un accident avait eu lieu au coin de la rue, et un voisin s'était précipité chez lui pour demander de l'aide. Après tout, il était médecin. S'il s'était produit un accident, pour une dernière fois son habileté pourrait servir à quelque chose.

Le Dr Charles Smith déverrouilla, ouvrit sa porte et s'effondra : une balle venait de l'atteindre entre les yeux.

Mardi 7 novembre

85

Le mardi matin, Deidre Reardon et Beth Taylor attendaient déjà dans la salle d'attente du cabinet de Geoff Dorso quand il arriva, à neuf heures.

Beth le pria de les excuser. « Geoff, pardonnez-nous d'être venues sans prévenir, dit-elle, mais Deidre doit être hospitalisée pour une angioplastie demain matin. Je sais qu'elle sera plus sereine si elle peut vous parler pendant quelques minutes et vous remettre cette photo de Suzanne dont nous avons parlé l'autre jour. »

Deidre Reardon le regardait d'un air anxieux. « Oh, allons, Deidre, fit Geoff amicalement, vous savez bien que ma porte vous est toujours ouverte. N'êtes-vous pas la mère de mon client vedette ?

— Bien sûr. Nous savons tous que ça vous rapporte une fortune, dit-elle en riant doucement, tandis que Geoff prenait ses mains entre les siennes. Mais je voulais vous dire que je regrette tellement mon irruption la semaine dernière dans le bureau de cette adorable Kerry McGrath, et que je suis désolée de l'avoir presque insultée si injustement. Pour me rendre compte ensuite que sa propre petite fille avait été menacée parce que sa mère essayait d'aider mon fils.

— Kerry a très bien compris ce que vous ressentiez ce jour-là. Allons dans mon bureau. Je suis sûr qu'un café nous y attend. »

« Nous ne resterons que cinq minutes, promit Beth pendant que Geoff plaçait un gobelet de café devant elle. Inutile de vous dire que le ciel s'éclaire subitement à la pensée que se dessine un véritable espoir pour Skip. Vous connaissez nos sentiments, vous savez combien nous vous sommes reconnaissantes pour tout ce que vous faites.

— Kerry a vu le Dr Smith hier après-midi, dit Geoff. Elle pense l'avoir ébranlé. Mais l'affaire a connu d'autres rebondissements. » Il leur parla des documents comptables de Barney Haskell. « Nous avons peut-être une chance de découvrir l'origine des bijoux que nous soupçonnons Weeks d'avoir offerts à Suzanne.

— C'est, entre autres, la raison de notre venue, l'interrompit Deidre Reardon. Je vous ai dit avoir une photo sur laquelle Suzanne porte la broche ancienne en diamants qui a disparu. Dès que je suis arrivée à la maison en revenant de la prison, samedi soir, je me suis mise à la chercher dans le dossier : sans succès. J'ai passé tout le dimanche et la journée d'hier à fouiller l'appartement. Mais je ne risquais pas de la trouver à sa place. Stupidement, j'avais oublié que je l'avais fait plastifier et rangée ensuite dans mes papiers personnels. Bref, j'ai fini par mettre la main dessus. Avec tout ce qu'on raconte sur ces bijoux, j'ai cru bon que vous l'ayez. »

Elle lui tendit une enveloppe en papier kraft. Geoff en sortit une page pliée en deux du *Palisades Community Life*, un hebdomadaire régional. En l'ouvrant, il nota la date, 24 avril, près de onze ans auparavant, et à peine un mois avant que Suzanne Reardon ne soit assassinée.

La photo de groupe prise au Palisades Country Club s'étalait sur quatre colonnes. Geoff reconnut immédiatement Suzanne Reardon. Sa beauté extraordinaire sautait aux yeux. Elle se tenait légèrement tournée de côté, et la prise de vue avait mis en évidence les diamants étincelant sur le revers de sa veste.

« C'est la double broche qui a disparu, expliqua Deidre, la désignant du doigt. Mais Skip a oublié quand il l'a vue pour la dernière fois sur Suzanne.

— Vous avez bien fait de me l'apporter, dit Geoff. Lorsque nous aurons une copie des documents comptables tenus par Haskell, nous serons peut-être à même d'en retrouver la trace. »

L'espoir qui éclaira soudain le visage des deux femmes lui serra le cœur. Faites que je ne les déçoive pas, pria-t-il en les raccompagnant. A la porte, il serra Deidre dans ses bras. « Désormais, écoutez-moi bien, vous allez vous remettre de cette angioplastie et vous irez de mieux en mieux ensuite. Il n'est pas question d'être malade le jour où la porte s'ouvrira pour laisser sortir Skip.

— Geoff, je n'ai pas vécu cet enfer aussi longtemps pour passer l'arme à gauche maintenant. »

Après avoir répondu aux différents appels et demandes de ses autres clients, Geoff décida de téléphoner à Kerry. Peut-être aimerait-elle recevoir un fax de la photo que Deidre venait de lui apporter. Ou peut-être ai-je simplement envie de lui parler, s'avoua-t-il.

Lorsque la secrétaire de Kerry le mit en communication avec elle, la voix angoissée de la jeune femme alarma Geoff. « Je viens d'ouvrir un colis que m'a envoyé le Dr Smith par Federal Express. Il contient une courte lettre, le coffret à bijoux de Suzanne et la carte qui accompagnait sans doute les roses. Smith me prévient qu'au moment où je lirai ces mots, il aura mis fin à ses jours.

— Mon Dieu, Kerry, est-ce que...

— Non, il ne l'a pas fait. Il ne s'est pas *suicidé*. Mme Carpenter, son infirmière, vient de m'appeler. Voyant que le Dr Smith n'était pas arrivé pour son premier rendez-vous et qu'il ne répondait pas au téléphone, elle s'est rendue chez lui. Sa porte était entrouverte et elle est entrée. Elle a trouvé son corps étendu dans le vestibule. On lui a tiré une balle dans la tête, et la maison a été mise à sac. Qui a pu faire ça, Geoff ? Quelqu'un qui ne voulait pas voir Charles Smith revenir sur sa déposition et qui cherchait les bijoux ? Qui, Geoff ? Robin sera-t-elle la prochaine victime ? »

86

A neuf heures et demie ce matin-là, Jason Arnott regarda par la fenêtre, vit le ciel couvert et menaçant et se sentit vaguement déprimé. Malgré un reste de courbatures dans les jambes et le dos, il s'était remis du début de grippe qui l'avait laissé abattu pendant le week-end. Mais il ne parvenait pas à surmonter une impression de malaise.

C'était à cause de la maudite circulaire du FBI, bien sûr. Il avait éprouvé le même pressentiment après cette affreuse nuit dans la maison du représentant du Congrès Peale. Certaines lampes du rez-de-chaussée branchées sur la minuterie étaient allumées lorsqu'il était arrivé, mais l'obscurité régnait dans les pièces du haut. Il se trouvait au premier étage, portant le tableau et le système antivol qu'il avait arraché du mur, lorsqu'il avait entendu des pas dans l'escalier. Il avait à peine eu le temps de lever le tableau devant son visage quand la lumière avait inondé le couloir.

C'était alors qu'il avait entendu le cri étranglé : « Oh, mon Dieu », et su que c'était la mère du représentant du Congrès. Il n'avait pas eu l'intention de lui faire du mal. Instinctivement, il s'était élancé vers elle, tenant le tableau comme un bouclier, dans le seul but de la bousculer et de lui prendre ses lunettes afin de pouvoir s'enfuir. Il avait longuement bavardé avec elle à la réception donnée en l'honneur de Peale, et il savait qu'elle était myope comme une taupe.

Mais le cadre épais du tableau l'avait heurtée à la tempe sans qu'il l'ait voulu, elle avait perdu l'équilibre et était tombée en arrière dans l'escalier. Il avait compris qu'elle était morte en entendant le dernier râle qui s'était échappé de sa gorge avant qu'elle ne s'immobilise. Pendant des mois par la suite, il s'était attendu à voir quelqu'un s'avancer vers lui, des menottes à la main.

Aujourd'hui, malgré ses efforts pour se convaincre qu'il ne risquait rien, la circulaire du FBI suscitait en lui la même appréhension.

Après l'affaire Peale, sa seule consolation avait été de pouvoir contempler tout son content le chef-d'œuvre de John White Alexander, *At Rest*, dont il s'était emparé cette nuit-là. Il le gardait dans la chambre à coucher de sa maison des Catskill, tout comme Peale l'avait accroché dans la sienne. Il trouvait amusant de savoir que des milliers de gens se pressaient au Metropolitan pour admirer son pendant, *Repose*. Des deux, il préférait *At Rest*. La femme allongée avait la même silhouette exquise que celle de *Repose*, mais les yeux clos, le visage sensuel lui évoquaient le souvenir de Suzanne.

Le cadre miniature contenant le portrait de Suzanne était posé sur sa table de chevet, et il lui plaisait d'avoir les deux dans sa chambre, même si le faux Fabergé n'était pas digne de trôner en si glorieuse compagnie. La table de chevet était en effet une merveilleuse pièce Renaissance tout en marbre et en dorures et avait fait partie du butin qu'il lui avait fallu transporter en camion après avoir pratiquement vidé la résidence des Merriman.

Il téléphonerait à l'avance. Il aimait en arrivant trouver le chauffage en marche et le réfrigérateur rempli. Mais au lieu d'appeler sa femme de ménage depuis son domicile, il utiliserait un téléphone portable dont le contrat avait été établi sous un nom d'emprunt.

A l'intérieur de ce qui ressemblait à une camionnette des services du gaz et de l'électricité, un signal indiqua qu'Arnott était en train de passer un appel téléphonique. Restant à l'écoute, les agents se regardèrent avec un sourire de triomphe. « Je crois que nous allons bientôt prendre notre renard dans son repaire », fit observer le chef de l'opération. Ils entendirent Jason conclure la conversation en disant : « Merci, Maddie. Je compte partir d'ici une heure, j'arriverai en début d'après-midi. »

La voix sourde de ladite Maddie répondit d'un ton monotone : « Tout sera prêt quand vous arriverez. Vous pouvez compter sur moi. »

87

Frank Green était au tribunal, et Kerry dut attendre midi avant de pouvoir lui annoncer l'assassinat de Smith et l'informer de la réception du paquet qu'il lui avait fait parvenir par Federal Express. Elle était parfaitement calme à présent et se demandait pourquoi elle avait perdu son contrôle lorsque Geoff avait téléphoné. Mais ce n'était pas le moment d'analyser ses émotions. Dans l'immédiat, il lui suffisait de savoir que Joe Palumbo était garé devant l'école de Robin, qu'il la raccompagnerait à la maison et surveillerait les alentours jusqu'au retour de Kerry.

Frank inspecta avec soin le contenu du coffret à bijoux, comparant chaque pièce avec la liste qui était jointe au paquet destiné à Kerry. « Un bracelet aux signes du zodiaque, lut-il. Le voilà. Une montre avec des chiffres en or, boîtier en ivoire, bracelet or et diamants. Bien. Une alliance en or, émeraudes et diamants. D'accord. Un bracelet ancien. Trois rangs de diamants fermés par un diamant. » Il le souleva. « Magnifique.

— Oui. Vous vous souvenez peut-être que Suzanne portait ce bracelet lorsqu'elle a été assassinée. Il y avait un autre bijou, une broche, ou plutôt une double broche en diamants, que Skip Reardon avait décrite. Le Dr Smith ne la mentionne pas, et apparemment elle n'était pas en sa possession, mais Geoff vient de me faxer une photo publiée dans un journal local, qui montre Suzanne avec cette broche quelques semaines à peine avant sa mort. Elle ne figurait pas parmi les bijoux trouvés chez elle. Vous constaterez qu'elle ressemble beaucoup au bracelet et que c'est visiblement un bijou ancien. Les autres pièces sont très belles, mais de dessin contemporain. »

Kerry regarda de près la reproduction et comprit

pourquoi Deidre Reardon l'avait comparée à l'image d'une mère tenant son bébé. Comme elle l'avait expliqué, la broche semblait composée de deux parties, la plus grande en forme de fleur, la plus petite en forme de bouton. Elles étaient attachées par une chaînette. Elle l'examina pendant un moment, perplexe. La broche lui semblait étrangement familière.

« Nous vérifierons si l'un des reçus d'Haskell fait mention de cette broche, promit Green. En attendant, voyons un peu où nous en sommes. Selon vous, les bijoux énumérés par Smith, à l'exception de cette broche, représentent-ils la totalité de ceux qu'il a feint d'avoir offerts à Suzanne pour tromper Skip ?

— C'est ce que Smith écrit dans sa lettre, et cela coïncide avec ce que Skip Reardon m'a dit samedi. »

Green reposa la lettre de Smith. « Kerry, pourriez-vous avoir été suivie lorsque vous êtes allée rendre visite à Smith hier ?

— Cela me paraît probable à présent. C'est pourquoi je m'inquiète tellement pour la sécurité de Robin.

— Nous posterons une voiture de police devant votre maison, mais au point où toute cette histoire en est arrivée, je ne serais pas mécontent de vous savoir, Robin et vous, dans un endroit plus sûr. Jimmy Weeks est piégé. Royce peut réussir à l'inculper de fraude fiscale, mais avec ce que vous avez découvert, il risque de se retrouver impliqué dans un meurtre.

— A cause de la carte qu'il a envoyée avec les roses Sweetheart ? » La carte était déjà entre les mains des graphologues, et Kerry avait rappelé à Green le papier trouvé dans la poche de l'avocat d'Haskell après l'assassinat des deux hommes.

« Exactement. Aucun fleuriste n'a dessiné ces notes de musique. Vous vous imaginez décrivant un billet de ce genre au téléphone ! D'après ce qu'on dit, Weeks a un certain talent de musicien. Le boute-entrain d'une soirée lorsqu'il se met au piano. Avec cette carte — et si le bijou correspond aux reçus d'Haskell —, le procès Reardon est entièrement à réviser

— Et si cette fois-ci l'appel est accepté, Skip pourra être libéré sous caution en attendant le procès — ou le retrait de l'accusation, dit Kerry d'un ton égal.

— Si notre scénario tient la route, c'est ce que je recommanderai, dit Green.

— Frank, il y a un autre point que j'aimerais soulever. Nous savons que Jimmy Weeks cherche à nous intimider pour nous faire renoncer à notre enquête. Mais c'est peut-être pour une autre raison que celle à laquelle nous pensons. J'ai appris que Weeks avait racheté les options de Skip Reardon sur des terrains bien placés en Pennsylvanie à un moment où Skip avait besoin d'argent. Apparemment, il aurait commis un délit d'initié, si bien que toute la transaction a peut-être été illégale. Ce n'est certes pas un délit aussi considérable qu'un meurtre — et nous ne sommes sûrs de rien, à l'heure qu'il est : il *pourrait* être le meurtrier de Suzanne —, mais si le fisc détenait cette information, en plus des accusations d'évasion fiscale et du reste, Weeks risquerait d'être mis à l'ombre pour un bon moment.

— Et il craindrait que vos investigations dans l'affaire Reardon puissent révéler ses autres manipulations ? demanda Green.

— C'est possible.

— Pensez-vous réellement que ce soit suffisant pour le pousser à vous menacer à travers Robin ? Cela me paraît un peu excessif. » Green secoua la tête.

« Frank, d'après mon ex-mari, Weeks est suffisamment arrogant et impitoyable pour utiliser tous les moyens afin de se protéger, et ce, quelle que soit la charge retenue contre lui — un meurtre ou le vol d'un journal. Mais une autre raison pourrait empêcher le scénario du meurtre de fonctionner, même si nous parvenons à prouver les liens existant entre Jimmy Weeks et Suzanne. » Kerry le mit alors au courant des relations d'amitié entre Arnott et Suzanne et du fait qu'Arnott était peut-être un voleur professionnel, d'après Grace Hoover.

« Si c'était le cas, vous le croyez également mêlé au meurtre de Suzanne Reardon ? demanda Green.

— Je n'en sais rien, dit Kerry pensivement. Il faut d'abord savoir s'il est vraiment l'auteur de ces cambriolages.

— Restez là. Je vais demander au FBI de nous faxer immédiatement cette circulaire. Nous saurons ainsi qui mène l'enquête. »

Cinq minutes plus tard, sa secrétaire lui apportait la circulaire. Green pointa son doigt sur le numéro confidentiel. « Dites-leur de me mettre en rapport avec le type qui commande l'opération. »

Six secondes plus tard, Green était au téléphone avec Simon Morgan. Il brancha l'écouteur en position haut-parleur afin que Kerry pût suivre la conversation.

« On touche au but, lui annonça Morgan. Arnott possède une autre résidence, dans les Catskill. Nous avons décidé d'aller sonner à la porte et de voir si la femme de ménage veut bien nous parler. Nous vous tiendrons au courant. »

Kerry agrippa les bras de son fauteuil et tourna la tête vers le haut-parleur. « Monsieur Morgan, ceci est terriblement important. Si vous pouvez encore contacter votre agent, demandez-lui de chercher un cadre miniature ovale. Il est en émail bleu avec un rang de perles autour du verre. Il contient peut-être la photo d'une belle jeune femme brune. Si vous le trouvez, nous serons à même d'impliquer Jason Arnott dans une affaire de meurtre.

— Je peux encore le joindre. Je vais lui soumettre votre demande, et je vous rappellerai, promit Simon.

— De quoi s'agit-il ? interrogea Green en coupant brutalement la communication.

— Skip Reardon a toujours soutenu qu'un petit cadre, une copie de Fabergé, avait disparu de leur chambre le jour où Suzanne est morte. Cet objet et la broche ancienne sont les deux objets dont on a perdu la trace jusqu'à présent. »

Kerry se pencha en avant et souleva le bracelet de diamants. « Regardez. Il est d'une tout autre facture que le reste des bijoux. » Elle prit la photo de Suzanne où l'on remarquait la broche ancienne. « C'est étrange. J'ai l'impression d'avoir déjà vu une broche de ce genre, je veux dire en deux parties. C'est sans doute parce qu'elle revenait constamment dans les déclarations de Skip et de sa mère à l'époque de l'instruction. J'ai lu et relu les minutes du procès jusqu'à en avoir le tournis. »

Elle reposa le bracelet dans le coffret. « Jason Arnott passait beaucoup de temps avec Suzanne. Peut-être n'était-il pas aussi asexué qu'il a bien voulu nous le faire croire. Considérez les choses de ce point de vue, Frank. Mettons qu'il soit tombé amoureux de Suzanne, lui aussi. Il lui a offert la broche ancienne et le bracelet. C'est exactement le genre de bijoux qu'il choisirait. Puis il s'est rendu compte qu'elle avait une aventure avec Jimmy Weeks. Et s'il était venu ce soir-là, s'il avait vu les roses Sweetheart et la carte que nous soupçonnons Jimmy d'avoir envoyées ?

— Vous voulez dire qu'il aurait tué Suzanne et repris la broche ?

— Et sa photo. D'après ce que dit Mme Reardon, c'est un très joli cadre.

— Pourquoi pas le bracelet ?

— Pendant que je vous attendais ce matin, j'ai examiné les photos du corps qui ont été prises avant qu'il ne soit enlevé. Suzanne y porte un jonc d'or au poignet gauche. On le voit très distinctement sur les photos. Le bracelet de diamants, qui était à l'autre bras, n'apparaît pas. J'ai parcouru les rapports de police. Le bracelet était caché sous la manche de son chemisier, assez haut pour qu'il ne soit pas visible. Selon le rapport du médecin légiste, le fermoir de sécurité était neuf et étroitement ajusté. Suzanne avait peut-être voulu changer de bracelet et, ne parvenant pas à l'ôter, l'avait remonté sur son bras, à moins qu'elle n'ait compris que son agresseur était venu le reprendre — probablement parce que c'était un cadeau de sa part — et voulu le dissimuler. Quelle que soit la raison, la ruse a marché, car il ne l'a pas trouvé. »

En attendant que Morgan les rappelle, Green et Kerry préparèrent ensemble une notice, accompagnée des photos des bijoux en question, destinée aux joailliers du New Jersey.

A un moment donné, Frank fit observer : « Kerry, vous rendez-vous compte que, si les soupçons de Mme Hoover se révèlent exacts, cela signifie qu'une information provenant de l'épouse de notre sénateur aura permis de trouver le meurtrier de la mère du représentant Peale ? Et si Arnott est impliqué dans l'affaire Reardon... »

... Frank Green sera nommé au poste de gouverneur, termina Kerry en elle-même. Il cherche déjà comment faire oublier qu'il a fait condamner un innocent ! Mais c'est ça, la politique, je suppose.

88

Maddie Platt ne se rendit pas compte qu'une voiture la suivait lorsqu'elle se rendit au supermarché et fit ses courses, choisissant avec attention toutes les provisions qu'elle avait reçu l'ordre d'acheter. Elle ne remarqua pas davantage que la même voiture démarra derrière elle quand elle quitta Ellenville, empruntant les routes étroites et sinueuses qui menaient à la propriété de campagne de l'homme qu'elle connaissait sous le nom de Nigel Grey.

Elle pénétra dans la maison et, dix minutes plus tard, sursauta en entendant carillonner la sonnette de l'entrée. Personne ne venait jamais ici. Qui plus est, M. Grey lui avait interdit de faire entrer qui que ce soit. Elle ne devait pas ouvrir la porte à un inconnu.

Lorsqu'elle jeta un coup d'œil par la petite fenêtre latérale, elle distingua l'homme en tenue d'uniforme sur la dernière marche du porche. Il la vit et tendit vers elle le badge reconnaissable entre tous des agents du FBI. « FBI, m'dame. Voulez-vous ouvrir, je vous prie, j'aimerais vous parler. »

Nerveusement, Maddie entrouvrit la porte et se retrouva à quelques centimètres du badge où étaient reproduits le célèbre insigne du FBI et la photo d'identité de l'agent.

« Bonjour m'dame. Je suis l'agent Milton Rose. Je ne veux pas vous faire peur ni vous ennuyer, mais il est important que je parle avec vous de M. Jason Arnott. C'est vous qui vous occupez de sa maison, n'est-ce pas ?

— Monsieur, je connais aucun M. Arnott. Cette maison est la propriété de M. Nigel Grey, et je suis à son service depuis de nombreuses années. Il doit venir dans l'après-midi, en fait il devrait arriver bientôt. Et je peux vous l'dire tout de suite — j'ai reçu l'ordre formel de jamais laisser entrer quelqu'un sans son autorisation.

— M'dame, je ne demande pas à entrer. Mais il faut vraiment que je m'entretienne avec vous. Votre M. Grey se nomme en réalité Jason Arnott, et nous le soupçonnons d'être l'auteur de plusieurs vols d'objets d'art et de pièces d'antiquités diverses de très grande valeur. Il pourrait aussi être coupable du meurtre de la mère d'un membre du Congrès, qui l'aurait surpris pendant qu'il cambriolait sa maison.

— Seigneur Marie Joseph ! » s'exclama Maddie. Bien sûr, M. Grey était toujours venu seul, mais elle avait pensé que cette maison des Catskill était un endroit où il s'évadait pour trouver un peu de repos et de tranquillité. Elle se rendait compte maintenant qu'il aurait pu « s'y évader » pour des raisons bien différentes.

L'agent Rose continua à lui décrire plusieurs des objets de valeur volés dans les maisons où Arnott avait précédemment été reçu. Tristement, elle confirma que pratiquement toutes ces pièces se trouvaient dans cette maison. Et, oui, le petit cadre ovale bleu incrusté de perles, avec la photo d'une femme, était effectivement sur la table de nuit.

« M'dame, nous savons qu'il va arriver d'un instant à l'autre. Je dois vous demander de nous accompagner. Je suis certain que vous n'étiez au courant de rien, et vous n'aurez aucun ennui. Mais nous allons faire une demande de perquisition par téléphone afin de pouvoir fouiller la maison de M. Arnott et l'arrêter. »

Hébétée, Maggie se laissa conduire vers la voiture qui attendait plus loin. « J'peux pas y croire, répétait-elle en pleurant. Je savais pas. »

89

A midi et demi, une Martha Luce apeurée, qui depuis vingt ans avait été la comptable personnelle de James Forrest Weeks, se tenait recroquevillée sur elle-même, tordant un mouchoir mouillé entre ses doigts, dans le bureau du procureur des Etats-Unis Brandon Royce.

La déclaration sous serment qu'elle avait faite devant Royce des mois auparavant venait d'être relue en sa présence.

« Vous en tenez-vous à ce que vous nous avez dit ce jour-là ? demanda Royce tout en frappant du doigt les papiers qu'il tenait à la main.

— J'ai dit la vérité dans la mesure où je croyais que c'était la vérité », répondit Martha dans un murmure. Elle jeta anxieusement un regard de biais vers la sténotypiste puis vers son neveu, un jeune avocat auquel elle avait téléphoné, affolée, en apprenant le résultat de la perquisition du domicile de Barney Haskell.

Royce se pencha en avant. « Madame Luce, croyez-moi, vous vous trouvez en très mauvaise posture. Si vous persistez à mentir sous serment, vous le faites à vos risques et périls. Avec ce que nous savons, Jimmy Weeks est fini. Je vais mettre cartes sur table. Dès lors que Barney Haskell nous a été enlevé si brusquement, il serait utile de vous avoir comme témoin vivant (il mit l'accent sur le mot "vivant") pour confirmer l'exactitude de ses documents. Sinon, nous condamnerons quand même Jimmy Weeks, mais ensuite, madame Luce, nous nous occuperons de vous. Le parjure est un délit très grave. Faire obstacle à la justice est un délit très grave. Aider et encourager une fraude fiscale est un délit très grave. »

Le visage peureux de Martha Luce se décomposa. Elle se mit à sangloter. Les larmes qui immédiatement rougirent ses yeux bleu clair roulèrent sur ses joues. « M. Weeks payait toutes les factures quand maman a été si longtemps malade.

— C'était gentil de sa part, dit Royce. Mais il l'a fait avec l'argent des contribuables.

— Ma cliente a le droit de garder le silence », intervint le neveu.

Royce lui lança un regard glacial. « C'est entendu, maître. Vous pourriez également dire à votre cliente que nous n'aimons pas particulièrement mettre en prison de pauvres femmes dont la confiance a été trompée. Nous sommes prêts, cette fois-ci — et cette fois-ci uniquement —, à offrir l'impunité à votre cliente en échange de sa totale collaboration. Après, c'est à elle de décider. Mais rappelez à votre "cliente" (la voix de Royce s'emplit de sarcasme) que Barney Haskell a attendu tellement longtemps pour accepter notre offre qu'il n'a jamais pu en profiter.

— L'impunité totale ? demanda le neveu.

— Totale, et nous mettrons immédiatement Mme Luce sous bonne garde. Nous n'aimerions pas qu'il lui arrive quelque chose.

— Tante Martha... », commença le jeune homme, la voix hésitante.

Elle cessa de renifler. « Je sais, chéri. Monsieur Royce, peut-être ai-je toujours soupçonné que M. Weeks... »

90

En apprenant l'existence d'une cache dans la résidence d'été de Barney Haskell, Bob Kinellen sut qu'il pouvait renoncer à tout espoir d'obtenir l'acquittement de Jimmy Weeks. Même son beau-père, l'impassible Anthony Bartlett, commençait visiblement à accepter l'inévitable.

En ce jeudi matin, le procureur des Etats-Unis Royce avait demandé que la pause du déjeuner soit prolongée d'une heure. Sa requête avait été acceptée et Bob devinait quel était le but de la manœuvre. Martha Luce, témoin de la défense, et l'un des plus crédibles à cause de son honnêteté et de sa timidité, était soumise aux pressions de la partie adverse.

Si Haskell avait conservé une copie des documents comptables, le témoignage de Martha Luce certifiant sous serment l'exactitude des comptes de Jimmy lui était probablement présenté comme une épée de Damoclès suspendue au-dessus de la tête.

Si Martha Luce devenait témoin à charge en échange de l'impunité, c'était la fin.

Bob Kinellen resta assis sans rien dire, cherchant désespérément à éviter le regard de son client. Une immense lassitude l'accablait, et il se demanda à partir de quel moment elle l'avait envahi. Se remémorant les derniers jours, il eut soudain la réponse à sa question. A partir du jour où j'ai fait état de la menace qui pesait sur ma propre fille, se dit-il. Pendant onze ans, il s'était toujours conformé à la loi. Jimmy Weeks avait droit à une défense, et Bob avait pour tâche de lui éviter une condamnation. Il l'avait fait par des voies légales. Si d'autres moyens étaient également utilisés, il l'ignorait, ou ne voulait pas en entendre parler.

Mais dans ce procès, Bob avait été lui-même complice du détournement de la loi. Weeks venait de lui révéler pourquoi il avait voulu avoir Mme Wagner dans le jury : son père était en prison en Californie. Il y avait trente ans, il avait assassiné une famille entière de campeurs dans le parc national de Yosemite. L'intention de Bob était de ne pas divulguer cette information et de s'en servir ensuite pour faire appel. Il savait aussi que c'était contraire à l'éthique. Il ne s'agissait plus de jouer les funambules. Il avait dépassé ce stade. Le cri bouleversé poussé par Robin en le voyant aux prises avec sa mère l'emplissait encore de remords. Quelle explication Kerry avait-elle pu donner à leur fille ? *Ton père est venu me mettre au courant de la menace que son client fait peser sur toi ? Le client de ton père est l'homme qui a donné l'ordre à un de ses sbires de te faire peur la semaine dernière ?*

Jimmy Weeks était terrorisé à l'idée d'aller en prison. La seule pensée d'être enfermé lui était insupportable. Il ferait n'importe quoi pour l'éviter.

L'inquiétude de Jimmy était manifeste. Ils avaient déjeuné dans la salle privée d'un restaurant à quelques kilomètres du palais de justice. Jimmy avait tout de suite attaqué : « Je ne veux pas vous entendre parler de négociations avec l'accusation, compris ? »

Bartlett et Kinellen avaient attendu sans répondre.

« Au banc du jury, je ne crois pas qu'on puisse compter sur ce pauvre type avec sa femme malade. Il s'effondrera. »

J'aurais pu vous le dire, pensa Bob. Il ne voulait pas s'en mêler. Si son client avait soudoyé ce juré, c'était à son insu. *Et Haskell a été victime d'une agression*, se moqua une voix intérieure.

« Bobby, d'après mes sources, l'huissier audiencier vous doit une faveur, dit Weeks.

— De quoi parlez-vous, Jimmy ? » dit Bob.

« Vous le savez très bien. Vous avez évité des ennuis à son fils, de très gros ennuis. Il vous en est reconnaissant.

— Et ?

— Bobby, je crois que cet huissier devrait laisser entendre à cette face de singe de Wagner que son cher papa, le meurtrier, va faire les gros titres, à moins qu'un doute raisonnable ne s'empare d'elle lorsque le jury délibérera. »

Dors avec les chiens et tu te réveilleras avec les puces, lui avait dit Kerry avant la naissance de Robin.

« Jimmy, qu'elle n'ait pas signalé ce fait nous donne déjà le moyen de faire réviser le procès. C'est notre atout majeur. Inutile d'en faire davantage. » Bob lança un coup d'œil à son beau-père. « Anthony et moi prenons des risques en ne rapportant pas cet élément à la cour. Nous pouvons nous en tirer en déclarant que nous n'avons été mis au courant qu'à la fin du procès. Même si vous êtes condamné, vous bénéficierez d'une mise en liberté sous caution, et ensuite nous ferons traîner.

— Ça ne suffit pas, Bobby. Cette fois-ci, vous allez vous mouiller. Vous allez avoir une petite conversation amicale avec l'huissier audiencier. Il vous écoutera. Il parlera à cette dame qui est déjà dans de sales draps pour avoir menti dans son questionnaire. Puis nous ferons récuser le jury, à défaut d'un acquittement. Et ensuite nous ferons traîner pendant que tous les deux vous chercherez un moyen d'obtenir ce foutu acquittement la prochaine fois. »

Le serveur revint avec les entrées. Bob Kinellen avait commandé des escargots, une spécialité de l'endroit qu'il appréciait particulièrement. Il s'aperçut seulement après avoir terminé, une fois son assiette débarrassée, qu'il n'en avait retiré aucun plaisir. *Jimmy n'est pas seul à être le dos au mur*, pensa-t-il. *Je le suis autant que lui.*

91

Kerry regagna son bureau après l'appel à Simon Morgan. Elle n'avait plus aucun doute : d'une façon ou d'une autre, Arnott était irrévocablement lié à la mort de Suzanne Reardon. Pour savoir comment, cependant, il fallait attendre que le FBI l'ait arrêté et que Frank Green et elle puissent l'interroger.

Une pile de messages l'attendait, dont l'un, émanant de Jonathan, était marqué « Urgent ». Il avait laissé son numéro direct à son bureau. Elle le composa sans attendre.

« Merci de me rappeler, Kerry. Je dois me rendre à Hackensack, et j'aurais aimé bavarder avec toi. Es-tu libre pour déjeuner ? »

Il y a quelques semaines, il avait commencé la conversation par un « Es-tu libre pour déjeuner, madame le Juge ? »

Kerry savait que l'omission d'aujourd'hui n'était pas fortuite. Jonathan jouait franc jeu. Si les retombées de ses investigations coûtaient à Frank Green sa nomination, elle pouvait dire adieu à la magistrature, que son enquête soit justifiée ou non. C'était ça la politique, et par ailleurs, il y avait quantité de gens hautement qualifiés qui souhaitaient ardemment ce siège.

« Bien sûr, Jonathan.

— Chez Solari, à une heure et demie. »

Elle savait pourquoi il l'appelait. Il avait appris la mort de Smith et s'inquiétait pour elle et pour Robin.

Elle composa le numéro de Geoff. Il était en train de manger un sandwich à son bureau.

« Heureusement que je suis assis, lui dit-il quand elle l'eut mis au courant des agissements d'Arnott.

— En ce moment précis, les agents du FBI photographient et répertorient tout ce qu'ils trouvent dans la maison des Catskill. Morgan dit qu'ils ne savent pas encore s'ils vont tout déménager dans un entrepôt ou inviter seulement les victimes des cambriolages à venir identifier leurs biens sur place. De toute façon, lorsque Green et moi irons interroger Arnott, nous aimerions que Mme Reardon nous accompagne pour identifier le cadre.

— Je vais lui demander de repousser de quelques jours son hospitalisation. Kerry, l'un de nos associés était au tribunal fédéral ce matin. Il paraît que Royce a demandé une heure supplémentaire pour la pause du déjeuner. La rumeur dit qu'il serait en train d'inciter la comptable de Jimmy Weeks à plaider coupable. Cette fois-ci, il ne prendra pas le risque de perdre un autre témoin.

— On approche de la fin, par conséquent ?

— Exactement.

— Avez-vous prévenu Skip de la lettre de Smith ?

— Immédiatement après vous avoir parlé.

— Quelle a été sa réaction ?

— Il s'est mis à pleurer. » La voix de Geoff s'enroua. « Moi aussi. Il va sortir, Kerry, et ce sera grâce à vos efforts.

— Non. Ce n'est pas exact. C'est grâce à vous et à Robin. J'étais prête à lui tourner le dos.

— Nous en discuterons une autre fois. Kerry, Deidre Reardon me demande sur l'autre ligne. J'ai essayé de la joindre. Je vous rappellerai tout à l'heure. Mais je ne veux pas que Robin et vous restiez seules ce soir. »

Avant de partir à son déjeuner avec Jonathan, Kerry téléphona à Joe Palumbo. Il répondit immédiatement. « Palumbo.

— Ici Kerry, Joe.

— L'heure de la récréation est terminée, Kerry. Robin est en sécurité à l'intérieur. Je suis garé devant l'entrée principale, qui est la seule dont la porte ne soit pas fermée. Je la reconduirai à la maison et resterai avec elle et la jeune fille qui la garde. » Il se tut un instant. « Ne vous inquiétez pas, maman. Je prends soin de votre bébé.

— Je sais. Merci, Joe. »

Il était temps d'aller retrouver Jonathan. Tout en se hâtant dans le couloir, s'élançant pour attraper l'ascenseur avant que les portes ne se referment, Kerry ne cessait de penser à la broche disparue. Quelque chose dans ce bijou lui semblait si familier. Les deux parties. La fleur et le bouton, comme une mère et son enfant. Maman et bébé... pourquoi cela lui rappelait-il quelque chose ?

Jonathan était déjà installé à sa table habituelle. Il se leva en la voyant arriver. Comme toujours, son étreinte brève et chaleureuse la réconforta. « Tu as l'air bien fatiguée, jeune femme, dit-il. Ou tendue peut-être ? »

Chaque fois qu'il s'adressait à elle de cette

manière, Kerry sentait l'envahir le souvenir des jours heureux où son père était en vie, et elle éprouvait un élan de gratitude envers Jonathan qui par bien des côtés l'avait traitée comme sa fille.

« La journée a été rude, en effet, dit-elle en s'asseyant en face de lui. Avez-vous appris la nouvelle à propos du Dr Smith ?

— Grace m'a téléphoné. Elle a entendu l'information à dix heures, pendant qu'elle prenait son petit déjeuner. C'est du Weeks cousu main. Kerry, nous sommes terriblement inquiets pour Robin.

— Moi aussi. Mais Joe Palumbo, un de nos enquêteurs, est posté devant l'école. Il ne la quittera pas jusqu'à mon retour. »

Le serveur attendait devant leur table. « Commandons, suggéra Kerry, et ensuite je vous mettrai au courant des derniers événements. »

Ils choisirent tous les deux une soupe à l'oignon, qui leur fut servie presque instantanément. Pendant qu'ils mangeaient, elle lui parla du paquet arrivé par Federal Express contenant les bijoux et la lettre du Dr Smith.

« J'ai honte d'avoir cherché à te dissuader de mener cette enquête, Kerry, dit doucement Jonathan. Je ferai tout ce qui est en mon pouvoir, mais si le gouverneur décide que la nomination de Green est compromise, il est capable de te le faire payer.

— Bon, il ne me reste qu'à espérer, dit Kerry. Et nous pouvons remercier Grace d'avoir mis le FBI sur la piste. » Elle lui raconta ce qu'elle avait appris sur Jason Arnott. « Je vois déjà comment Frank Green va désamorcer les critiques soulevées par la condamnation injuste de Skip Reardon. Il meurt d'impatience d'annoncer que l'assassin de la mère du représentant Peale a été arrêté grâce à une information fournie par l'épouse du sénateur Hoover. En fin de compte, vous deviendrez son meilleur ami, et qui l'en blâmerait ? Dieu sait que vous êtes probablement l'homme politique le plus respecté du New Jersey. »

Jonathan sourit. « Nous pouvons toujours transformer un peu la vérité, dire que Grace a au préalable consulté Green et qu'il l'a incitée à téléphoner au FBI. » Puis le sourire déserta son visage. « Kerry, en quoi l'éventuelle culpabilité d'Arnott dans l'affaire Reardon peut-elle affecter Robin ? Serait-ce Arnott qui a pris cette photo d'elle et te l'a ensuite envoyée ? »

— Impossible. C'est Bob lui-même qui m'a fait part de cette menace, laissant entendre ainsi que Jimmy Weeks était à l'origine de la photo.

— Quelle sera la prochaine étape ?

— Frank Green et moi comptons emmener Deidre Reardon dans les Catskill dès demain afin qu'elle reconnaisse le cadre miniature. Ils ont sans doute arrêté Arnott, à l'heure qu'il est. Ils vont le garder dans la prison locale, du moins pour l'instant. Puis une fois le lien établi entre les objets volés et chacun des cambriolages, ils le poursuivront en justice dans différents endroits. Je pense qu'ils brûlent d'envie de le juger en premier lieu pour le meurtre de la mère de Peale. Et, bien sûr, s'il était impliqué dans la mort de Suzanne Reardon, nous voudrons le juger ici.

— Suppose qu'il ne parle pas ?

— Nous envoyons des notices à tous les joailliers du New Jersey, tout particulièrement dans le comté de Bergen puisque Weeks et Arnott y résident. A mon avis, l'un d'eux finira par reconnaître les bijoux les plus récents et fera le lien avec Weeks. Et il apparaîtra alors que le bracelet ancien provenait d'Arnott. Lorsqu'on l'a trouvé sur le bras de Suzanne, il avait visiblement un fermoir neuf, et c'est une pièce tellement unique qu'un bijoutier devrait s'en souvenir. Plus nous serons à même de confondre Arnott, plus il devrait être facile de l'amener à plaider coupable et à conclure un accord.

— Tu prévois donc de partir tôt dans la matinée pour les Catskill ?

— Oui. Je ne veux pas laisser à nouveau Robin seule à la maison, mais si Frank désire prendre la route dès la première heure, je demanderai à Alison de passer la nuit chez nous.

— J'ai une meilleure idée. Confie-nous Robin. Je la conduirai à l'école le matin, ou, si tu préfères, tu peux demander à ce Palumbo de venir la chercher. Nous avons le meilleur service de surveillance qui soit. Tu le sais. Je serai là, bien sûr, et figure-toi que même Gloria a un revolver dans le tiroir de sa table de nuit. Je lui ai appris à s'en servir il y a des années. Par ailleurs, je crois que cela ferait du bien à Grace d'avoir la visite de Robin. Elle n'était pas en forme ces derniers temps, et Robin est si drôle. »

Kerry sourit. « C'est vrai. » Elle resta pensive pendant un moment. « Jonathan, je pense que ce serait une bonne solution. J'ai besoin d'avancer un peu sur un autre procès en cours, et ensuite je veux passer au peigne fin l'affaire Reardon, voir si je peux y trouver un élément qui nous soit utile pour l'interrogatoire d'Arnott. Je téléphonerai à Robin dès qu'elle sera rentrée à la maison et je la mettrai au courant de votre invitation. Elle va sauter de joie. Elle vous adore, vous et Grace, et elle aime beaucoup la chambre rose.

— C'était la tienne, t'en souviens-tu ?

— Bien sûr. Comment pourrais-je l'oublier ! C'était au temps où je traitais le cousin de Grace, le paysagiste, d'escroc. »

92

La suspension de séance terminée, le procureur général Royce regagna le tribunal pour assister à l'audience de l'après-midi dans le procès qui opposait les Etats-Unis à James Forrest Weeks. Il s'était rapidement rendu compte que, derrière son apparence timide et effacée, Martha Luce avait une mémoire d'ordinateur. Les preuves irréfutables qui allaient enfin leur permettre d'épingler Jimmy Weeks avaient jailli de sa bouche dès qu'avait commencé l'interrogatoire mené en douceur par les deux adjoints de Royce.

Le neveu de Luce, Royce l'admettait volontiers, montrait des dispositions. Avant que Martha ne se mette à table, il avait insisté pour que les accords passés avec l'accusation soient signés et attestés. En échange de sa coopération loyale et immédiate, sur laquelle elle ne reviendrait pas par la suite, aucun chef d'accusation, qu'il soit d'ordre fédéral, civil ou criminel, ne serait retenu contre elle, maintenant et à l'avenir.

Le témoignage de Martha Luce viendrait plus tard, néanmoins. Le rapport d'instruction suivait imperturbablement son cours. Le témoin à charge d'aujourd'hui était un restaurateur qui, pour obtenir le renouvellement de son bail, admit qu'il devait payer cinq mille dollars par mois en liquide à l'encaisseur de Jimmy.

Quand ce fut au tour de la défense de contre-attaquer, Royce ne cessa de bondir de son banc pour soulever des objections, pendant que Bob Kinellen harcelait le témoin, relevait la moindre erreur, le forçait à admettre qu'il n'avait jamais vu Weeks toucher réellement l'argent, et qu'il ne pouvait pas affirmer que l'encaisseur ne travaillait pas à son compte. Kinellen est un bon avocat, songea Royce, dommage qu'il gaspille son talent pour cette crapule.

Royce ne pouvait savoir que Robert Kinellen partageait ce regret alors même qu'il se lançait dans des effets de manches à l'adresse d'un jury attentif.

93

Jason comprit qu'il était arrivé quelque chose à la minute où il poussa la porte et constata l'absence de Maddie.

Si Maddie n'était pas là et si elle n'avait pas laissé de message, c'était mauvais signe. C'est fini, pensa-t-il. Combien de temps restait-il avant qu'ils ne lui tombent dessus ? Très peu, il en était sûr.

Soudain il eut faim. Il se hâta vers le réfrigérateur et en sortit le saumon fumé qu'il avait demandé à Maddie d'acheter. Puis il prit les câpres, le fromage blanc et le paquet de toasts. Une bouteille de pouilly-fuissé attendait au froid.

Il prépara une assiette de saumon, se versa un verre de vin. Les emportant avec lui, il commença à parcourir la maison. Une sorte de dernier tour, pensa-t-il tout en évaluant les trésors qui l'entouraient. La tapisserie de la salle à manger — ravissante. L'Aubusson du salon — quel plaisir de marcher sur pareille splendeur. Le bronze de Chaim Gross, une mince silhouette tenant un petit enfant dans la paume de sa main. Gross avait privilégié le thème de la mère et de l'enfant. Arnott se rappela que la mère et la sœur de Gross étaient mortes durant l'Holocauste.

Il aurait besoin d'un avocat, bien sûr. Un bon. Mais qui ? Un léger sourire flotta sur ses lèvres. Il connaissait celui qu'il lui fallait : Geoffrey Dorso, qui depuis dix ans s'était consacré sans relâche à faire innocenter Skip Reardon. Dorso avait une formidable réputation et il accepterait peut-être de représenter un nouveau client, surtout si ce dernier pouvait lui fournir la preuve qui l'aiderait à faire libérer ce malheureux Reardon.

Le carillon de l'entrée retentit. Il l'ignora. On sonna à nouveau, avec insistance. Arnott termina son toast, savourant le goût délicat du saumon, l'amertume des câpres.

C'était au tour de la sonnette de la porte de service de retentir à présent. Encerclé, pensa-t-il. Bon. Ça devait arriver un jour ou l'autre. Si seulement il avait obéi à son instinct la semaine dernière et quitté le pays ! Jason avala la dernière goutte de vin, décida qu'un autre verre ne lui ferait pas de mal et retourna dans la cuisine. Des visages se pressaient à toutes les fenêtres, les visages au regard hostile et satisfait d'hommes autorisés à exercer la force.

Arnott leur fit un signe de tête et d'un air narquois leva son verre dans leur direction. Sans cesser de boire, il se dirigea vers la porte de derrière, l'ouvrit, puis s'écarta tandis que les hommes se ruaient à l'intérieur. « FBI, monsieur Arnott, crièrent-ils. Nous avons un mandat de perquisition pour fouiller votre maison.

— Messieurs, messieurs, murmura-t-il. Faites attention, je vous prie. Il y a de nombreux objets rares, sans prix, ici. Peut-être n'y êtes-vous pas habitués mais, pour l'amour du ciel, traitez-les avec précaution. Avez-vous de la boue sous vos semelles ? »

94

Kerry téléphona à Robin à trois heures et demie. Alison et elle étaient toutes les deux devant l'ordinateur, lui raconta Robin, plongées dans l'un des jeux qu'oncle Jonathan et tante Grace lui avaient offerts. Kerry la mit au courant de ses projets : « Je dois travailler tard ce soir et quitter la maison vers sept heures demain matin. Jonathan et Grace seraient très contents si tu allais dormir chez eux, et je me sentirais plus rassurée en te sachant là-bas.

— Pourquoi M. Palumbo était-il garé devant l'école et pourquoi est-ce qu'il m'a raccompagnée à la maison et pourquoi est-il encore garé devant la maison maintenant ? Est-ce parce que je suis vraiment en danger ? »

Kerry s'efforça de prendre un ton dégagé. « Désolée de te décevoir, mais c'est seulement une précaution, Rob. Le procès tire à sa fin.

— Formidable. J'aime bien M. Palumbo, et, d'accord, je resterai avec oncle Jonathan et tante Grace. Je les aime bien eux aussi. Mais toi ? Est-ce que M. Palumbo va rester devant la maison pour te garder ?

— Je rentrerai tard dans la soirée, et dès le moment de mon retour, les policiers patrouilleront tous les quarts d'heure. Ça me suffit.

— Sois prudente, maman. » Pendant une minute, Robin perdit son ton bravache, et elle eut l'air d'une petite fille apeurée.

« C'est à toi de faire attention, mon chou. Fais bien tes devoirs.

— D'accord. Et je vais demander à tante Grace si je peux ressortir ses vieux albums de photos. J'aime tellement regarder les habits et les coiffures d'autrefois et, si je me souviens bien, les photos sont classées dans l'ordre où elles ont été prises. J'ai pensé que je pourrais en tirer des idées, puisque notre prochain exercice en cours de photographie est de composer un album de famille qui raconte une histoire.

— Tu as raison, il y a des photos merveilleuses dans ces albums. J'aimais les parcourir quand je gardais la maison, se souvint Kerry. Je m'amusais à compter les différents domestiques qui étaient au

service de tante Grace et d'oncle Jonathan. Il
m'arrive encore d'y penser quand je passe l'aspira-
teur ou que je range le linge. »

Robin eut un petit rire. « Ne perds pas tout espoir.
Tu peux gagner à la loterie un jour. Je t'aime,
maman. »

A cinq heures et demie, Geoff téléphona depuis sa
voiture. « Vous ne devinerez jamais où je suis. » Il
n'attendit pas la réponse. « Je me trouvais au tribunal cet après-midi. Jason Arnott a essayé de me
joindre. Il a laissé un message.

— Jason Arnott ! s'exclama Kerry.

— Oui. Lorsque je l'ai rappelé il y a quelques
minutes, il a dit qu'il devait me parler immédiatement. Il veut que je sois son avocat.

— Est-ce que vous allez accepter ?

— Premièrement, je ne peux pas parce qu'il est
impliqué dans l'affaire Reardon, et deuxièmement,
même si je le pouvais, je refuserais. Je le lui ai dit,
mais il insiste malgré tout pour me voir.

— Geoff ! Ne le laissez pas vous dire quoi que ce
soit qui puisse vous lier par le secret professionnel. »

Geoff rit doucement. « Merci, Kerry. Je n'y aurais
pas pensé tout seul. »

Kerry rit avec lui, puis expliqua les dispositions
qu'elle avait prises pour Robin. « Je risque de travailler tard au bureau. Au moment où je serai prête
à rentrer à la maison, je préviendrai les policiers
d'Hohokus que je me mets en route. Tout est
arrangé.

— Soyez prudente. » Il prit un ton ferme.
« Quand je pense que vous vous êtes rendue seule
chez Smith, l'autre soir, je me dis que c'était de la
folie. Vous auriez pu vous trouver là lorsqu'on lui a
tiré dessus, tout comme Mark Young s'est fait descendre en même temps qu'Haskell. »

Geoff termina en promettant de rappeler dès qu'il
aurait rencontré Arnott.

Kerry travailla jusqu'à huit heures du soir sur un procès qu'elle devait instruire dans les jours suivants. Puis, une fois encore, elle reprit le volumineux dossier de l'affaire Reardon.

Elle étudia attentivement les photos de Suzanne morte et du décor, alentour. Dans sa lettre, le Dr Smith avait décrit son arrivée dans la maison ce soir-là, et comment il avait découvert le corps de sa fille. Kerry ferma les yeux à la pensée terrifiante de retrouver un jour Robin ainsi. Smith écrivait avoir délibérément subtilisé la carte *Let Me Call You Sweetheart* parce qu'il était persuadé que Skip avait tué Suzanne dans un accès de jalousie, et qu'il ne voulait pas le voir échapper à la condamnation maximum, s'en tirer avec une réduction de peine.

Kerry ne mettait pas en doute ce que Smith avait écrit — la plupart des gens ne mentent pas lorsqu'ils ont décidé de se suicider. Et par ailleurs, ses affirmations confirmaient le récit de Skip. En conséquence, conclut Kerry, le meurtrier est l'homme qui s'est introduit dans cette maison entre le moment où Skip est parti, vers six heures et demie, et celui où le docteur est arrivé, vers neuf heures.

Jason Arnott ? Jimmy Weeks ? Lequel a tué Suzanne ?

A neuf heures et demie, elle referma le dossier. Quelle stratégie adopterait-elle pour interroger Arnott demain ? Si j'étais à sa place, pensa-t-elle, je déclarerais que Suzanne m'avait confié le cadre ce dernier jour, me demandant de le faire réparer car elle s'était aperçue que deux perles étaient sur le point de se détacher. Et qu'en apprenant sa mort, craignant de me retrouver impliqué dans une enquête criminelle, j'avais conservé le cadre.

Une histoire de cette sorte serait parfaitement plausible face au tribunal. Quant aux bijoux, c'était une autre question. Tout dépendait des joailliers. Si elle pouvait prouver qu'Arnott avait offert à Suzanne les bijoux anciens, il ne s'en sortirait pas en prétendant qu'il s'agissait de simples cadeaux d'amitié.

A dix heures, elle quitta les bureaux déserts et descendit au parking. S'apercevant soudain qu'elle mourait de faim, elle s'arrêta au restaurant du coin et prit un hamburger, des frites et un café.

Remplace le café par un Coca, et tu as le repas préféré de Robin, songea-t-elle avec un soupir. J'avoue que mon bébé me manque.

La maman et son bébé...

La maman et son bébé...

Pourquoi cette phrase lui trottait-elle tout le temps dans la tête ? Il y avait là-dedans quelque chose d'inquiétant, de terriblement inquiétant. Mais quoi ?

Elle aurait dû téléphoner pour dire bonsoir à Robin avant de quitter le bureau. Pourquoi ne l'avait-elle pas fait ? Elle avala rapidement son repas et regagna sa voiture. Il était onze heures moins vingt, beaucoup trop tard pour téléphoner. Elle sortait du parking quand le téléphone de la voiture sonna. C'était Jonathan.

« Kerry, dit-il, la voix basse et tendue. Robin est avec Grace. Elle ignore que je te téléphone. Elle ne voulait pas que tu t'inquiètes. Mais, après s'être endormie, elle a fait un affreux cauchemar. Je crois que tu devrais venir. Il s'est passé tellement de choses. Elle a besoin de toi.

— J'arrive tout de suite. » Kerry mit son clignotant à gauche, appuya le pied sur l'accélérateur et lança sa voiture à fond pour aller retrouver son enfant.

95

Le trajet fut épouvantable pour gagner les Catskill depuis le New Jersey. Aux alentours de Middletown, une pluie glacée commença à tomber et les voitures se mirent à rouler au pas. Un semi-remorque qui s'était retourné bloquait toutes les voies de l'autoroute, provoquant un ralentissement d'une heure.

Il était dix heures moins le quart quand Geoff Dorso, épuisé, affamé, arriva au commissariat central d'Ellenville, où était retenu Jason Arnott. Les agents du FBI attendaient pour l'interroger qu'il se fût entretenu avec Geoff.

« Vous perdez votre temps en m'attendant, les avait prévenus Geoff. *Je ne peux pas être son avocat. Ne vous l'a-t-il pas dit ?* »

Menottes aux poignets, Arnott fut conduit dans le bureau des inspecteurs. Geoff ne l'avait pas revu depuis la mort de Suzanne. A l'époque, on avait dit qu'il entretenait des relations d'amitié et d'affaires avec Suzanne Reardon. Personne, y compris Skip, ne l'avait jamais soupçonné de nourrir d'autres sentiments envers elle.

Geoff l'examina attentivement. Arnott avait le visage plus plein que dans son souvenir, mais il avait gardé cette même physionomie courtoise et lasse. Les rides autour de ses yeux trahissaient une profonde fatigue, pourtant le pull à col roulé en cachemire sous sa veste de tweed semblait sortir de chez le teinturier. Elégant jusqu'au bout des ongles, connaisseur raffiné, reconnut Geoff. Même en ces circonstances, il reste un gentleman.

« C'est aimable à vous d'être venu, lui dit Arnott.

— J'ignore vraiment pourquoi je suis ici, répliqua Geoff. Comme je vous l'ai dit au téléphone, vous êtes à présent impliqué dans l'affaire Reardon. Mon client est Skip Reardon. Sachez que ce que vous me direz n'est en aucun cas couvert par le secret professionnel. On vous a énoncé vos droits. Je ne suis pas votre avocat. Tout ce que vous me confierez sera répété au procureur, car j'ai bien l'intention de prouver que vous vous trouviez dans la maison des Reardon le soir du meurtre de Suzanne.

— Oh, mais je m'y trouvais. C'est pourquoi je vous ai fait venir. Ne vous inquiétez pas. Il n'y a rien de secret dans l'information que je vous donne. J'ai l'intention de le reconnaître. Je vous ai demandé de venir parce que je peux être un témoin à décharge pour Skip. Mais en échange, une fois qu'il sera innocenté, je veux que vous me défendiez. Il n'y aura plus aucun conflit d'intérêts, alors.

— Ecoutez, je ne vous défendrai sûrement pas, répondit froidement Geoff. J'ai passé dix années de ma vie à défendre un homme qui a été envoyé injustement en prison. Si vous avez tué Suzanne, ou si vous savez qui l'a tuée, et que vous ayez laissé Skip pourrir derrière les barreaux pendant tout ce temps, je préférerais brûler en enfer plutôt que de lever un doigt pour vous aider.

— Voyez-vous, c'est exactement sur ce genre de détermination que j'aimerais pouvoir compter. » Arnott soupira. « Bon. Essayons autre chose. Vous êtes avocat d'assises. Vous connaissez les bons avocats, qu'ils soient du New Jersey ou d'ailleurs. Promettez-moi de me trouver le meilleur d'entre eux, à n'importe quel prix, et je vous dirai ce que je sais sur la mort de Suzanne Reardon — dont, soit dit en passant, je ne suis pas responsable. »

Geoff fixa l'homme pendant un moment, pesant sa proposition. « D'accord, mais avant que vous ne prononciez un seul mot, je veux avoir une déclaration signée, et en présence de témoins, que toute information venant de votre part ne sera pas couverte par le secret professionnel, et que je pourrai en user comme je l'entends pour assister Skip Reardon.

— Entendu. »

Les agents du FBI avaient emmené une sténotypiste avec eux. Elle prit la brève déclaration d'Arnott. Une fois qu'il l'eut signée, ainsi que deux témoins, il dit : « Il est tard et la journée a été longue. Avez-vous pensé à l'avocat qui pourrait me défendre ?

— Oui, répondit Geoff. George Symonds, de Trenton. C'est un excellent avocat d'assises et un formidable négociateur.

— Ils vont essayer de m'accuser de meurtre avec préméditation dans la mort de Mme Peale. Je jure que c'était un accident.

— S'il existe un moyen de plaider l'homicide involontaire, Symonds le trouvera. Au moins ne risquerez-vous pas la peine de mort.

— Appelez-le tout de suite. »

Geoff savait que Symonds résidait à Princeton ; il était allé dîner chez lui un soir. Il se souvenait aussi que sa ligne de téléphone était au nom de sa femme. Il composa le numéro en présence d'Arnott. Il était dix heures et demie.

Dix minutes plus tard, Geoff raccrocha. « C'est entendu, vous aurez l'un des meilleurs avocats du pays. Maintenant, parlez.

— J'ai eu la malchance de me trouver dans la maison des Reardon au moment où Suzanne est morte, dit Arnott, la voix soudain plus grave. Suzanne prenait si peu soin de ses bijoux, dont certains étaient exceptionnels, que la tentation était devenue trop forte. Je savais que Skip était parti en Pennsylvanie pour affaires, et Suzanne m'avait confié qu'elle avait rendez-vous avec Jimmy Weeks ce soir-là. Vous savez, si étrange que cela puisse paraître, elle était vraiment amoureuse de lui.

— Se trouvait-il dans la maison pendant que vous y étiez ? »

Arnott secoua la tête. « Non, d'après leurs arrangements, elle devait se rendre en voiture jusqu'au centre commercial de Pearl River, y laisser sa voiture et le retrouver dans sa limousine. J'avais compris qu'elle devait le rejoindre tôt dans la soirée. Apparemment, je m'étais trompé. Il y avait de la lumière au rez-de-chaussée lorsque je suis arrivé dans la maison, mais c'était normal. Une minuterie allumait l'éclairage automatiquement. Depuis l'arrière de la maison, j'ai vu que les fenêtres de la chambre principale étaient grandes ouvertes. Y grimper fut un jeu d'enfant, car le toit du premier étage de cette maison ultramoderne descend presque jusqu'au sol.

— Quelle heure était-il ?

— Huit heures précises. Je devais ensuite me rendre à un dîner à Creskill ; l'une des raisons de ma réussite au cours de ma longue carrière est d'avoir presque toujours pu produire des témoins irréprochables pouvant certifier que je me trouvais en leur compagnie lors de mes expéditions.

— Vous êtes entré dans la maison... l'encouragea Geoff.

— Oui. Il n'y avait pas un bruit, j'en ai donc conclu que tout le monde était sorti, comme prévu. Je n'ai pas imaginé un seul instant que Suzanne était encore en bas. J'ai traversé le boudoir voisin de la chambre, puis je suis entré dans celle-ci et me suis dirigé vers la table de chevet. J'avais vu le cadre un jour en passant et n'étais pas certain qu'il fût un authentique Fabergé ; je n'avais pas voulu paraître trop intéressé. J'étais en train de l'examiner lorsque j'ai entendu la voix de Suzanne. Elle invectivait quelqu'un. C'était très surprenant

— Que disait-elle ?

— Quelque chose du genre : "Tu me les as donnés et ils sont à moi. Maintenant, va-t'en. Tu m'ennuies." »

Tu me les as donnés et ils sont à moi. Les bijoux, pensa Geoff. « Cela signifiait donc que Jimmy Weeks avait changé d'avis et s'était arrangé pour venir prendre Suzanne ce soir-là, dit-il.

— Pas du tout. J'ai entendu un homme crier : "Je

dois les reprendre", mais c'était une voix trop distinguée pour être celle de Jimmy Weeks, et ce n'était certes pas celle de ce pauvre Skip Reardon. » Arnott soupira. « J'ai fourré le cadre dans ma poche, presque inconsciemment. Une copie sans intérêt, en réalité, mais la photo de Suzanne était ravissante, et je me suis réjoui de l'avoir en ma possession par la suite. Suzanne était si divertissante. Elle me manque.

— Vous avez fourré le cadre dans votre poche, le pressa de continuer Geoff.

— Et j'ai soudain entendu quelqu'un qui montait l'escalier. J'étais dans la chambre, souvenez-vous, si bien que je me suis précipité dans la penderie de Suzanne, m'efforçant de me dissimuler derrière ses robes du soir. Je n'avais pas refermé complètement la porte.

— Avez-vous vu qui est entré ?

— Non, pas son visage.

— Qu'a-t-il fait ?

— Il s'est dirigé tout de suite vers le coffret à bijoux, a fouillé parmi son contenu et a pris quelque chose. Puis, n'ayant manifestement pas trouvé tout ce qu'il désirait, il s'est mis à fourrager dans les tiroirs. Il semblait plutôt fébrile. Au bout de quelques minutes, soit il a mis la main sur ce qu'il cherchait, soit il a renoncé. Grâce au ciel, il n'a pas regardé dans la penderie. J'ai attendu longtemps, et puis, sentant qu'il était arrivé quelque chose de terrible, je me suis glissé jusqu'au rez-de-chaussée. C'est alors que je l'ai vue.

— Il y avait beaucoup de bijoux dans ce coffret. Qu'a pris le meurtrier de Suzanne ?

— D'après les indications fournies durant le procès, je suis sûr que c'était la broche en forme de fleur et de bouton... la broche ancienne en diamants, vous savez. C'était un bijou de toute beauté, unique.

— Etait-ce la même personne qui avait offert à Suzanne la broche et le bracelet anciens ?

— Certainement. En fait, je crois qu'il cherchait aussi à récupérer le bracelet.

— Savez-vous qui avait donné à Suzanne ce bracelet et cette broche ?

— Bien sûr que je le sais. Suzanne n'avait pas de secrets pour moi. Maintenant je vous préviens, je ne peux pas jurer que c'était lui qui se trouvait dans la maison ce soir-là, mais ce serait logique, non ? Vous comprenez ce que je veux dire ? Mon témoignage aidera à découvrir le véritable meurtrier. Il me semble donc que je devrais bénéficier d'une certaine faveur, vous ne croyez pas ?

— Monsieur Arnott, qui a offert à Suzanne le bracelet et la broche ? »

Arnott eut un sourire amusé. « Vous ne me croirez pas quand je vous le dirai. »

96

Kerry mit vingt-cinq minutes pour atteindre Old Tappan. Chaque tour de roues lui semblait interminable. Robin, brave petite Robin, qui s'évertuait toujours à dissimuler sa déception lorsque Bob la laissait tomber, qui aujourd'hui avait si bien caché sa peur — c'était finalement devenu trop lourd pour elle. Je n'aurais jamais dû la laisser, se reprocha Kerry. Même à Jonathan et Grace.

Même à Jonathan et Grace.

Jonathan lui avait semblé si froid au téléphone.

Dorénavant, c'est moi qui m'occuperai de mon bébé, se promit Kerry.

La maman et son bébé — décidément, cette phrase la hantait.

Elle entrait dans Old Tappan. Plus que quelques minutes.

Robin avait paru si contente à l'idée de dormir chez Grace et Jonathan et de regarder les albums de photos.

Les albums de photos.

Kerry passait devant la dernière maison avant celle de Jonathan. Elle s'engageait dans l'allée. Presque machinalement, elle remarqua que l'éclairage automatique ne s'était pas allumé.

Les albums de photos.

La broche en forme de fleur et de bouton.

Elle l'avait déjà vue.

Sur Grace.

Il y avait des années, lorsque Kerry avait commencé à travailler pour Jonathan. Grace mettait volontiers ses bijoux, alors. De nombreuses photos dans l'album la montraient avec cette broche. Grace avait plaisanté en voyant Kerry admirer la broche. Elle l'avait appelée « la maman et son bébé ».

Sur la photo du journal, Suzanne Reardon portait la broche de Grace ! Cela voulait dire que... Jonathan ? Se pouvait-il qu'il la lui ait offerte ?

Elle se souvenait à présent que Grace avait demandé à Jonathan de ranger tous ses bijoux au coffre-fort. « Je ne peux plus les mettre seule, il me faut de l'aide pour les ôter, et à quoi bon les garder à la maison si c'est pour craindre qu'ils soient volés ? »

J'ai prévenu Jonathan de ma visite au Dr Smith, réfléchit Kerry. Hier soir, après être rentrée à la maison, je lui ai dit que Smith était sur le point de craquer. Oh, mon Dieu ! C'est probablement lui qui a tué Smith.

Kerry coupa le contact. Elle était devant l'élégante façade de pierre. Elle bondit hors de la voiture et s'élança vers les marches du porche.

Robin se trouvait avec un meurtrier.

Kerry n'entendit pas la sonnerie grêle du téléphone de la voiture tandis qu'elle pressait la sonnette.

97

Geoff tenta de joindre Kerry chez elle. N'obtenant pas de réponse, il essaya de lui téléphoner dans sa voiture. Mais bon Dieu, où était-elle passée ? Pendant qu'un garde emmenait Arnott, il essaya de contacter le bureau de Frank Green.

« Le bureau du procureur est fermé. En cas d'urgence... »

Geoff jura entre ses dents tout en composant le numéro en question. Robin passait la nuit chez les Hoover. Où était Kerry ? Finalement, quelqu'un lui répondit sur la ligne des urgences.

« Ici Geoff Dorso. Je dois absolument parler à Frank Green. Cela concerne une affaire de meurtre avec effraction. Donnez-moi son numéro personnel.

— Je peux tout de suite vous dire qu'il n'est pas chez lui. Il a été appelé à Oradell à cause d'un meurtre.

— Pouvez-vous me mettre en communication avec lui ?

— Oui. Ne quittez pas. »

Il lui fallut attendre trois bonnes minutes avant d'avoir la ligne. « Geoff, je suis sur les dents. Ce que vous avez à me dire a intérêt à être important.

— C'est important. Très important. Cela concerne l'affaire Reardon. Frank, Robin Kinellen passe la nuit chez Jonathan Hoover.

— Je sais, Kerry me l'a dit.

— Frank, je viens juste d'apprendre que c'est Jonathan Hoover qui a donné ces bijoux anciens à Suzanne Reardon. Il avait eu une liaison avec elle. Je crois que c'est lui notre meurtrier, et Robin est chez lui. »

Il y eut un long silence à l'autre bout de la ligne. Puis, d'une voix sans émotion, Frank Green dit : « Je me trouve dans la maison d'un vieil homme qui était spécialisé dans la réparation des bijoux anciens. Il a été assassiné en début de soirée. Il n'y a aucune trace de vol, mais son fils me dit que son carnet contenant le nom de ses clients a disparu. J'envoie au plus vite les policiers du district chez Hoover. »

98

Jonathan ouvrit la porte et fit entrer Kerry. La maison était peu éclairée et plongée dans le silence. « Robin est calmée maintenant, dit-il. Tout va bien. »

Les poings de Kerry étaient enfouis au fond des poches de son manteau, crispés par la peur et la colère. Elle parvint à sourire. « Oh, Jonathan, c'est une telle responsabilité pour vous et Grace. J'aurais dû savoir que Robin aurait peur. Où est-elle ?

— Elle est dans sa chambre maintenant. Elle s'est rapidement rendormie. »

Est-ce que je suis folle ? se demanda Kerry tout en le suivant dans l'escalier. Mon imagination me jouerait-elle des tours ? Il semble tellement normal.

Ils arrivèrent devant la porte de la chambre d'amis, la chambre rose, comme l'appelait Robin, à cause du rose pâle des murs, des rideaux et du couvre-lit.

Kerry ouvrit la porte. Dans la lumière diffuse de la veilleuse, elle vit Robin couchée sur le côté dans sa position habituelle, ses longs cheveux bruns répandus sur l'oreiller. En deux enjambées, elle fut près du lit.

La joue de Robin reposait dans sa main. Elle respirait normalement.

Kerry leva les yeux vers Jonathan. Il se tenait au pied du lit, la fixant du regard. « Elle était tellement agitée. Puisque tu es venue ici, tu vas la ramener

avec toi, dit-il. Regarde, son sac contenant ses vêtements et ses livres est prêt. Je vais t'aider à le porter.

— Jonathan, ce cauchemar est une invention.
Elle ne s'est pas réveillée, n'est-ce pas ? dit Kerry
d'une voix calme.

— Non, dit-il d'un ton indifférent. Et il vaudrait
mieux pour elle qu'elle ne se réveille pas tout de
suite. »

Dans la pénombre, Kerry vit qu'il tenait un revolver.

« Jonathan, que faites-vous ? Où est Grace ?

— Grace dort profondément, Kerry. J'ai pensé
que c'était mieux ainsi. Parfois je sais qu'il lui faut
un calmant très puissant pour soulager la douleur.
Je le dissous dans le chocolat chaud que je lui porte
dans son lit tous les soirs.

— Jonathan, que voulez-vous ?

— Je veux continuer à mener la même vie. Je
veux être président du Sénat et proche du gouverneur. Je veux passer les années qui me restent à
vivre auprès de ma femme, que j'aime tendrement,
encore aujourd'hui. Il arrive aux hommes d'avoir
des moments d'égarement, Kerry. Ils font des folies,
se laissent séduire par de belles jeunes femmes.
Peut-être y étais-je plus sensible à cause de la maladie dont souffre Grace. Je savais que c'était de la
déraison de ma part ; je savais que c'était une erreur.
Ensuite, tout ce que j'ai voulu, c'est récupérer les
bijoux que j'avais si stupidement offerts à cette vulgaire petite allumeuse de Suzanne Reardon, mais
elle n'a rien voulu savoir. »

Il agita le revolver. « Ou tu réveilles Robin ou tu la
prends dans tes bras. Le temps presse.

— Jonathan, qu'allez-vous faire ?

— Uniquement ce que je dois faire, et avec le plus
grand regret. Kerry, Kerry, pourquoi as-tu voulu
jouer les don Quichotte ? Qu'importait que Reardon
fût en prison ? Qu'importait que le père de Suzanne
affirmât avoir donné à sa fille ce bracelet qui aurait

pu causer ma ruine ? Les choses auraient dû en rester là. J'aurais continué à servir l'Etat que j'aime, à vivre avec la femme que j'aime. Il était suffisamment douloureux de savoir que Grace avait si facilement deviné ma trahison. »

Jonathan sourit. « Elle est merveilleuse. Elle m'a montré la photo et a dit : "Ce bijou ne te rappelle-t-il pas ma broche en forme de fleur et de bouton ? Cela me donne envie de la porter à nouveau. Voudrais-tu être assez gentil pour aller la retirer du coffre, chéri ?" Elle savait, et je savais qu'elle savait, Kerry. Et brusquement, le vieux crétin romantique que j'étais... s'est senti sali.

— Et vous avez tué Suzanne.

— Uniquement parce qu'elle a refusé de me rendre les bijoux de ma femme, et qu'elle a eu le culot de me dire qu'elle avait un nouvel amant passionnant, Jimmy Weeks. Bon sang, cet homme est un truand. Un véritable mafioso. Kerry, ou tu réveilles Robin, ou tu l'emmènes pendant qu'elle dort.

— Maman », murmura Robin en se réveillant. Elle ouvrit les yeux, se redressa. « Maman. » Elle sourit. « Pourquoi es-tu ici ?

— Sors du lit, Rob. Nous rentrons à la maison. » Il va nous tuer, se dit-elle. Il dira que Robin a fait un cauchemar, que je suis venue la chercher et suis partie avec elle.

Elle entoura Robin de ses bras. Sentant qu'un danger les menaçait, Robin se serra contre elle. « Maman ?

— Tout va bien.

— Oncle Jonathan ? » Robin avait vu le revolver.

« Ne dis rien, Robin », dit calmement Kerry. Que puis-je faire ? pensa-t-elle. Il est fou. Il a perdu la tête. Si seulement Geoff n'était pas parti voir Jason Arnott. Geoff lui serait venu en aide. D'une façon ou d'une autre, il lui serait venu en aide.

Tandis qu'elles descendaient l'escalier, Jonathan

dit calmement : « Donne-moi les clés de ta voiture, Kerry. Je vais vous suivre dehors, puis Robin et toi vous vous mettrez dans la malle arrière. »

Oh, mon Dieu, songea Kerry. Il va nous tuer, nous conduire quelque part et abandonner la voiture, et cela ressemblera à un meurtre de la Mafia. On le mettra sur le compte de Weeks.

Tandis qu'elles traversaient le hall d'entrée, Jonathan se remit à parler. « Je regrette vraiment, Robin. Maintenant, Kerry, ouvre doucement la porte. »

Kerry se baissa pour embrasser Robin. « Rob, quand je pivoterai sur moi-même, chuchota-t-elle, cours chez les voisins et hurle sans t'arrêter.

— La porte, Kerry », insista Jonathan.

Elle l'ouvrit lentement. Il avait éteint les lumières du porche et seule la faible lueur du lampadaire au bout de l'allée éclairait les lieux. « Mes clés sont dans ma poche », dit-elle. Elle se tourna lentement et cria « Cours, Robin ! »

Au même moment, elle se jeta en travers de l'entrée, vers Jonathan. Elle entendit le coup de feu alors qu'elle se précipitait sur lui, puis sentit une douleur cuisante à la tempe, suivie d'une vague d'éblouissements. Le sol de marbre de l'entrée chavira sous ses pieds. Elle eut vaguement conscience de sons discordants autour d'elle : un autre coup de feu, les cris de Robin appelant à l'aide, sa voix diminuant dans le lointain, un hurlement de sirènes, de plus en plus proche.

Et brusquement, il n'y eut plus que les sirènes, et le sanglot étranglé de Grace : « Pardonne-moi, Jonathan. Pardonne-moi. Je ne pouvais pas te laisser faire ça. Pas ça. Pas à Kerry et Robin. »

Kerry parvint à se redresser et pressa sa main contre sa tempe. Le sang coulait le long de son visage, mais le vertige diminuait. Levant les yeux, elle vit Grace glisser de son fauteuil roulant sur le sol, lâcher le revolver qu'elle tenait entre ses doigts gonflés et prendre le corps de son mari dans ses bras.

99

La salle du tribunal s'était remplie pour entendre l'adjointe du procureur Kerry McGrath prêter serment devant ses pairs. Le brouhaha joyeux des voix se tut quand la porte de la chambre des juges s'ouvrit et qu'une procession solennelle de magistrats en robe noire s'avança pour accueillir leur nouvelle consœur.

Kerry s'approcha d'un pas posé et prit sa place sur le côté droit du banc tandis que les juges gagnaient les sièges qui leur étaient réservés en face des invités.

Elle contempla l'assistance. Sa mère et Sam étaient venus en avion pour la cérémonie. Ils étaient assis avec Robin, qui se tenait toute droite sur le bord de son siège, les yeux écarquillés d'excitation. Il restait à peine une trace des coupures qui avaient provoqué cette funeste rencontre avec le Dr Smith.

Geoff se trouvait dans le rang suivant, avec sa mère et son père. Kerry se souvint qu'il avait sauté dans l'hélicoptère du FBI pour venir la rejoindre à l'hôpital, que c'était lui qui avait consolé une Robin en larmes et l'avait emmenée chez ses parents lorsque le médecin avait insisté pour garder Kerry une nuit en observation. Elle cilla en voyant le sourire qui éclairait son visage.

Margaret, sa vieille amie, sa meilleure amie, était là aussi, elle qui avait juré de ne pas rater cette journée pour un empire. Kerry eut une pensée pour

Jonathan et Grace. Eux aussi avaient eu l'intention d'être présents.

Grace avait envoyé une petite lettre.

> Je pars dans notre maison de Caroline du Sud, j'y vivrai avec ma sœur. Tout ce qui est arrivé est de ma faute. Je savais que Jonathan avait eu une liaison avec cette femme. Je savais aussi que ça ne durerait pas. Si seulement je n'avais pas attaché d'importance à cette photo sur laquelle elle portait ma broche, rien de tout cela ne serait arrivé. Je n'attachais aucune importance aux bijoux. C'était ma façon de prévenir Jonathan de renoncer à elle. Je ne voulais pas qu'un scandale ruine sa carrière. Je t'en prie, pardonne-moi et pardonne à Jonathan, si tu le peux.

Est-ce que je le peux ? se demanda Kerry. Grace m'a sauvé la vie, mais Jonathan nous aurait tuées, Robin et moi, pour se tirer d'affaire. Grace savait que Jonathan avait eu une aventure avec Suzanne et qu'il était peut-être son meurtrier, et pourtant elle a laissé Skip Reardon se morfondre en prison durant toutes ces années.

Skip, sa mère et Beth étaient quelque part dans la foule. Skip et Beth allaient se marier la semaine prochaine ; Geoff serait leur témoin.

Il était coutumier que des proches, amis ou confrères, prononcent une brève allocution avant le serment. Frank Green se leva en premier. « Même en fouillant dans ma mémoire, je ne vois personne — homme ou femme — qui soit plus habilité à remplir cette haute fonction que Kerry McGrath. Poussée par son sens de la justice, elle m'a incité à réclamer la révision d'un procès criminel. Nous nous sommes trouvés ensemble face à un père vengeur qui avait condamné le mari de sa fille à la prison, alors que le véritable assassin jouissait de la liberté. Nous... »

Chapeau, admira Kerry en elle-même. L'art de tirer son épingle du jeu... Mais à la fin, Frank lui avait apporté son appui. Il avait demandé un rendez-vous personnel au gouverneur et avait vivement insisté pour que la nomination de Kerry soit soumise à l'approbation du Sénat.

C'était Frank qui avait fait la lumière sur le lien existant entre Jimmy Weeks et Suzanne Reardon. L'une de ses sources, un petit truand à la solde de Jimmy, lui avait donné les explications voulues. Suzanne avait effectivement eu une liaison avec Jimmy, et il lui avait offert des bijoux. C'était lui qui avait fait livrer les roses ce soir-là et il était censé la retrouver pour dîner. Ne la voyant pas arriver, il s'était mis en rage et, dans un accès de fureur, avait même menacé de la tuer. Comme Weeks ne proférait généralement pas ce genre de menaces pour rien, deux de ses hommes avaient cru qu'il était véritablement le meurtrier. Il craignait constamment que quelqu'un n'apprenne ses relations avec elle et qu'on ne lui colle sa mort sur le dos.

Puis ce fut au tour du juge des nominations, Robert McDonough, de raconter qu'il y avait onze ans, lorsqu'il avait vu Kerry entrer dans la salle d'audience pour la première fois, comme nouvelle assistante du procureur, elle lui avait paru si jeune qu'il l'avait prise pour une stagiaire.

C'était une jeune mariée aussi, se rappela pensivement Kerry. Bob était procureur adjoint, alors. J'espère seulement qu'il aura désormais l'intelligence de se garder de Jimmy Weeks et des types de son acabit, se dit-elle. Weeks avait été déclaré coupable sur tous les chefs d'accusation. A présent, il affrontait un autre procès pour tentative de subornation de juré. Il avait essayé d'en rejeter la responsabilité sur Bob, heureusement sans résultat. Mais Bob avait échappé de peu à une mise en examen. Et Weeks n'aboutirait à rien s'il récusait la jurée dont le père était en prison. Il l'avait appris au cours du procès et aurait dû demander alors qu'elle soit remplacée. Tout ça effraierait peut-être Bob avant qu'il n'aille trop loin. Elle l'espérait.

Le juge McDonough lui souriait. « Eh bien, Kerry, je pense qu'il est temps », dit-il.

Robin s'avança, portant la grosse bible. Margaret se leva et marcha derrière elle, la robe noire sur le bras, attendant de la présenter à Kerry après le serment. Kerry leva la main droite, plaça la gauche sur la Bible et répéta à la suite du juge McDonough : « Moi, Kerry McGrath, je jure solennellement... »

REMERCIEMENTS

L'homme n'est pas une île et aucun écrivain, du moins pas l'auteur de ces lignes, n'écrit seul. Un immense merci à mes éditeurs, Michael V. Korda et Chuck Adams, qui restent toujours le *sine qua non* de mes livres, depuis leur conception jusqu'à leur publication. Pour celui-ci, tout particulièrement, vous avez été merveilleux.

Mille remerciements comme d'habitude à Eugene H. Winick, mon agent littéraire, et à Lisl Cade, mon attachée de presse. L'aide qu'ils m'ont apportée est sans prix.

Les conseils d'un expert sont toujours indispensables à l'écrivain. Ce roman donne une place importante à la chirurgie esthétique. Toute ma gratitude au Dr Bennett Rothenberg du Saint Bernard's Hospital, Livingston, New Jersey, qui m'a guidée sur le plan médical. Et à Kim White, du New Jersey Department of Corrections, pour son aide. Une fois de plus, Ina Winick a vérifié l'exactitude des aspects psychologiques de l'intrigue. Merci, Ina.

Mes cinq enfants ont lu mon livre au fil des pages. D'eux, j'ai reçu une quantité de conseils avisés : « N'oublie pas d'isoler le jury », « On ne parle pas comme ça à notre âge »... et toujours des encouragements chaleureux. Merci, les enfants.

Sans oublier ma petite-fille de dix ans, Liz, qui par bien des aspects ressemble à Robin. Je lui demandais : « Liz, que dirais-tu si cela arrivait... » Ses suggestions n'ont cessé de m'étonner.

Je vous aime, chacun de vous.

Composition réalisée par JOUVE

IMPRIMÉ EN FRANCE PAR BRODARD ET TAUPIN
Usine de La Flèche (Sarthe).
LIBRAIRIE GÉNÉRALE FRANÇAISE - 43, quai de Grenelle - 75015 Paris.
ISBN : 2 - 253 - 14377 - 4